AF209256

Leseturm
Literaturkreis Merseburg

Geschichten aus dem Leseturm II
Merseburg zwischen Russenkaserne, Strandkorb und TH

Zum zweiten Mal haben sich Merseburger Literaturfreunde und Autoren im Leseturm zusammengetan. Ihre in diesem Band zusammengefassten Geschichten spiegeln erlebtes Merseburg zwischen Kriegsende und Wende. – Viel ist zu dem Thema schon geschrieben worden. Aber am schönsten sind die Geschichten, die man selbst erlebt hat. Die Dinge, die vielleicht der Großvater seiner Enkelin erzählt. Geschichten, die ein Gefühl aus alter Zeit vermitteln, die den Blick aus verschiedener Sicht auf das gleiche Thema lenken und damit Geschichte werden. Manche Erzählungen lesen sich wie kleine Schlüsselromane. Wer, was, wo und weißt du noch? Und was die eine Geschichte nicht zu Ende erzählt, greift die nächste auf. Und wenn Sie etwas vermissen, erzählen Sie es weiter, vielleicht schreibt es jemand auf.

Leseturm
Literaturkreis Merseburg

Geschichten aus dem Leseturm II

Merseburg zwischen Russenkaserne, Strandkorb und TH

Herausgeber
Katharina Mälzer und Hans-Dieter Weber

Autoren
Regina Oversberg, Heidrun Kligge, Ingeborg Schmelz,
Johanna Adler, Dietrich Werner, Philine Eschke-
Scheubeck, Rüdiger Paul, Christine Winter-Schulz, Jochen
Gartz, Christel Tippelt, Tilo Buschendorf, Birgit Gerlach,
Katharina Mälzer, Hans-Dieter Weber, Peter Gehre

2016

www.leseturm.net

Schlagworte
Geschichten, Erzählungen, Alltagsgeschichten, Anekdoten, Stadtge-
schichte, Merseburg, Russenkaserne, Strandkorb, TH, Technische
Hochschule Merseburg, DDR, Leben in der DDR, Erinnerungen,
Mangelware

Impressum
Hrsg.: Katharina Mälzer, Hans-Dieter Weber, Merseburg, 2015 –
Umschlag- und Titelgestaltung: Pierre Kynast – Titelbilder: Die
Autoren des Buches

Erste Ausgabe © pkp Verlag, Pierre Kynast, Leuna, April 2016 –
Internet: http://www.pkp-verlag.de – Herstellung und Vertrieb:
Books on Demand GmbH, Norderstedt – Taschenbuch: ISBN 978-
3-943519-26-6 – E-Book: ISBN 978-3-943519-27-3

Inhalt

Rex

Regina Oversberg

Sie hatten ihm den Namen Rex gegeben, denn einen authentischeren Namen konnte es für diesen prachtvollen Schäferhund kaum geben. Tagelang hatte der sich in der Bahnhofsvorhalle aufgehalten und schien dort auf jemanden zu warten. Nur ab und zu begab er sich nach draußen, um kurze Zeit später wieder zurückzukehren. Dann suchte er sofort wieder seinen Platz auf, legte den Kopf auf den Vorderpfoten ab und beobachtete die vorübereilenden Menschen. Nachdem sich aber verschiedene Reisende über das große, herrenlose Tier bei der Bahnhofaufsicht beschwert hatten, rief diese schließlich die örtliche Polizei an. Um ganz sicher zu gehen, kamen die Polizisten zu viert, da keiner von ihnen im Umgang mit Hunden geschult war. Sie waren überhaupt noch sehr unerfahren in ihrem Beruf, diese vier jungen Volkspolizisten, die man in einem Schnellkurs auf ihre neue Aufgabe vorbereitet hatte. Immerhin musste in diesen Nachkriegstagen viel improvisiert werden und irgendwie funktionierte das dann auch. Doch dieser Bahnhofshund war eine völlig neue Herausforderung. Mit etwas Futter, einer Hundeleine und viel Optimismus ausgestattet, wagten sie sich schließlich an diesen Fall heran. „Na, wo ist denn der Gutste, bist du der Rex?", sprach Werner das Tier als Erster an. Und „Rex" hob wirklich den Kopf, wedelte leicht mit dem Schwanz, ließ sich von ihm füttern und sogar an die Leine legen. Etwas später ging er mit den vier Uniformierten bereits aus dem Bahnhofgelände heraus. Nachdem sie nun dieses eine Problem gelöst hatten, ergab sich folglich schnell ein neues. Wohin mit dem Hund, wohin mit Rex? Werners Augen leuchteten vor Aufregung, als er schließlich seinen Vorschlag unterbreitete: „Wir könnten ihn doch als Polizeihund einsetzen! Ich wette, das ist ein guter Hund!" Sie probierten daraufhin einige gängige Befehle aus und wirklich, Rex bestand ihre Prüfung mit Bestnoten. Von nun an hatte die Merseburger Polizei einen Hund, und Werner wurde Hundeführer. Am Tag gingen beide zusammen auf Streife, doch in der Nacht schlief der Hund in Werners Wohnung. Nach kurzer Zeit waren sie ein unzertrennliches Paar geworden. Dabei hatte Werner durch das Hundehalsband herausgefunden, dass Rex ein dunkles Geheimnis hatte. In offensichtlicher Symbolik prangten auf seinem Halsband die Runen der SS. Von nun an rätselten die vier täglich aufs Neue, wofür die SS diesen Hund wohl eingesetzt haben könnte.

Dabei versah Rex seinen Dienst zu aller Zufriedenheit, verfolgte mit den Polizisten so manchen Kleinkriminellen oder zeichnete sich bei Einbrüchen als hervorragender Spurenleser aus. Alles war gut! Bis an einem kühlen Herbsttag des Jahres 1945 die Ordnungshüter wieder mal zu einem größeren Einbruch in die Gott-

10

Bild: Gotthardstraße, 1988 (KM)

hardstraße gerufen wurden. Gerade als sie in die Straße einbiegen wollten, geriet der sonst so brave Rex völlig aus dem Häuschen. Er fletschte die Zähne, knurrte, bellte und wollte mit aller Gewalt auf die andere Straßenseite. Nur gemeinsam und mit größter Mühe gelang es den jungen Polizisten, Rex zurückzuhalten. Es war eine glückliche Fügung, dass sie gerade an diesem Tag gemeinsam unterwegs waren. Was den Hund so in Rage gebracht hatte, war schnell ausgemacht, denn auf der anderen Straßenseite lief eine Gruppe sowjetischer Soldaten, die in Merseburg stationiert waren. Nun kannten sie Rex' düsteres Geheimnis, nun ahnten sie, wofür er im Krieg eingesetzt worden war.

Feldpost

Heidrun Kligge

Es ist kurz vor Heiligabend. Schneegestöber verleidet mir die Lust zum Rausgehen. Der Wind heult um das Haus. Die großen, weißen Flocken wirbeln gegen meine Fensterscheibe und bleiben am Glas kleben. Sie bilden wirre Muster. Doch in der Wärme des Raumes fühle ich mich geborgen.

Ich greife nach einer Kiste, die ich seit langem schon durchsehen wollte und nehme einen Stapel Briefe heraus.

Beim Durchblättern der alten Dokumente fällt mir einer in die Hände, der meine ganze Aufmerksamkeit auf sich lenkt. Zwei DIN-A4-Blätter sind zur Hälfte gefaltet. So sieht es aus wie ein kleines Heft. Es ist schon stark vergilbt. Das Datum ist der 21. Dezember 1944. Einen Briefumschlag dazu kann ich nicht finden. Die erste Seite ist verziert mit vier aus Buntpapier ausgeschnittenen, aufgeklebten Männlein, die sich an den Händen halten und tanzen. Auf der dritten Seite befindet sich ein verziertes Herz, dann folgen ein Strohstern,

Bild: Feldpostbrief von 1944 (HK)

mit rotem Zwirn zusammengehalten, noch zwei Männchen, die sich etwas zureichen, und zum Schluss zwei Weihnachtsmänner, Engel und Weihnachtsbäume. Alles ist auf die einzelnen Seiten sauber aufgeklebt. Die Schrift ist mit blauer Tinte fein und gleichmäßig geschrieben. Ich beginne neugierig zu lesen.

Der Brief fängt an mit den Worten: „Meinen lieben Eltern und meinem lieben Schwesterchen". Er ist von meiner Mutter aus dem Krieg. Sie sorgte sich um die Familie daheim wegen des Luftangriffs am 13. Dezember auf Merseburg, die Heimatstadt, und hoffte, dass alle wohlauf seien. Bei der Flack sei es momentan ruhig. Kleidung hätten sie genug; eine schicke Uniform, Unterwäsche und in Kürze gäbe es noch braune Skianzüge. Nur ihre Armbanduhr sei entzwei und fehle sehr.

Schließlich lese ich etwas, was mich sehr bewegt. Jeder Kriegskamerad habe für das Fest 20 Gramm Bohnenkaffee bekommen. Da die Eltern für die Hochzeit der Schwester wohl ihren Vorrat aufgebraucht hatten, schickte meine Mutter ihre 20 Gramm nach Hause. Damit Muttchen und Vati eine schöne Tasse trinken könnten.

20 Gramm, das beschäftigt mich sehr. Wie viel ist das? Ich gehe in die Küche, lange die 500-Gramm-Packung Tchibo aus dem Schrank und wiege 20 Gramm Kaffeebohnen ab. Ich zähle, es sind genau 150 Stück. Gemahlen vier gehäufte Kaffeelöffel?

Wie oft trinkt man den Kaffee nicht aus, lässt ihn stehen, kalt werden. Oder schüttet ihn sorglos weg. Ich fülle die Bohnen zurück in die Tüte und weiß nun, zwei Hände voll Kaffeebohnen lagen in dem Brief, als er 1944 pünktlich zum Fest meine Großeltern erreichte. Dünn wird der Kaffee gewesen sein, den sie sich dann daraus aufgebrüht und geteilt haben, in Gedanken bei ihrem lieben Hannchen, das zum Weihnachtsfest die Stellung nicht verlassen durfte. Er hat ihnen sicherlich vorzüglich geschmeckt.

Wer macht sich heute noch Gedanken über 20 Gramm Bohnenkaffee?

Damals war es für die Tochter in der Ferne ein Verzicht und für die Eltern ein Genuss.

Weihnachten vor 68 Jahren im zweiten Weltkrieg!

Ich trinke meinen kalten Kaffeerest vom Frühstück, er löscht den Durst.

Den Brief lege ich unter den Weihnachtsbaum und singe mein Lieblingsweihnachtslied „Es ist ein Ros entsprungen".

Schließlich packe ich die Geschenke ein, frage mich, ob wir es überhaupt zu schätzen wissen, wie gut es uns heute geht.

Die Heimkehr zur Altenburg 1945

Heidrun Kligge

Im neuen Jahr wurde Johannas Stellung in Dortmund Hörde auf einem Berg stationiert. Die Anhöhe bot noch eine bessere Zielscheibe. Sie hörten, dass sich Belgien befreit hatte und dass die letzte Offensive, die „Ardennen-Offensive" gestartet wurde. Am 20. Januar 1945 marschierte die Rote Armee in Ostpreußen und Ungarn ein. Für die Mädchen der Flak-Scheinwerfer blieben schlimme Einsätze aus. Man wartete, dass der Kessel im Ruhrgebiet geschlossen wurde. Im Februar sagten die Briten und Amerikaner der auf Berlin vorrückenden sowjetischen Armee ihre Unterstützung zu und zerstörten mit ihren Luftangriffen Industrieanlagen und Nachschubbasen. Sie legten die Benzinversorgung des Reiches lahm. Es fielen fast täglich 1 000 Zivilisten dem Bombenhagel zum Opfer. Am 16. März überquerten die Amerikaner bei Remagen den Rhein.

Eines Morgens sagte der Korporal zu ihnen: „Mädels, der Krieg ist sowieso verloren. Wir werden alle sterben. Haut ab, ich schreibe euch Urlaubsscheine aus und sperre euch die Vorratskammer auf. Nehmt euch Verpflegung mit und verratet mich nicht. Macht euch nach Hause. Geht zum Ruhrschnellweg, das ist eine große Fernverkehrsstraße, dort nimmt euch vielleicht jemand mit, denn Züge fahren keine." Das ließen sie sich nicht zweimal sagen. Sie stopften sich ihre Taschen voll, steckten die Urlaubsscheine ein, und Johanna, Ursel und die Kanenaerin liefen gemeinsam los. Sie hatten Glück. Ein Bus stoppte, er fuhr für die Operation Todt Kinder aus Dortmund heraus. Der Fahrer nahm die drei jungen Frauen mit bis Hannover. Dort warteten sie auf einen Zug, der sie am nächsten Tag nach Halle brachte. In Halle trennten sich ihre Wege und Johanna und Ursel liefen zu Fuß bis nach Merseburg. Ihnen blutete das Herz, als sie durch die Straßen ihrer zerbombten Heimatstadt gingen. Die Brücke war von Deutschen vermint und somit unpassierbar. Zwischen Trümmern und Holzsplittern bahnten sich vereinzelt Frühjahrsblüher einen Weg in den Vorgärten. Die Sonne wärmte mit ihren Strahlen, und am azurblauen Himmel schlummerten nur ein paar Federwolken. Die beiden Heimkehrerinnen öffneten ihre Uniformjacken und genossen die frische Frühlingsluft. Ihr Weg trennte sich am Dom. Ursel bog in die schmale Gasse zur Neumarktbrücke ein: „Ich melde mich spätestens morgen!" Die Freundinnen fielen sich um den Hals. Sie hatten Angst auszusprechen, dass sie in wenigen Minuten möglicherweise vor einer Ruine stehen und niemanden der Angehörigen mehr vorfinden würden. Als Johanna zur Altenburg

hinauf stapfte und schon von weitem ihr Wohnhaus wohlbehalten vorfand, hüpfte ihr Herz vor Freude. Sie eilte zur anderen Straßenseite hinüber, in einem Fenster des obersten Stocks sah sie ihre Katze Lieschen sitzen. Dort musste wohl jemand zu Hause sein. Es empfing sie leckerer Bratenduft. Aufgeregt sprang sie die Treppe zur Wohnung hinauf, immer gleich zwei Stufen auf einmal. Noch ehe sie klingeln konnte, wurde hastig die Tür aufgerissen und Marie stürzte ihr, mit Tränen in den Augen entgegen. Sie fielen sich schluchzend in die Arme und die Tochter rief: „Muttchen, hier riecht es aber gut!" „Ich habe gebetet, mei Hannchen, und in meinem Herzen gefühlt, dass du heute heimkommst. Schau, ich habe was besonders Gutes für dich gekocht!" Johanna umarmte den Vater. Dann lief sie zum Herd und erspähte ein Kaninchen im Bratentopf, in der Röhre und auf der Herdplatte stand Schmorkohl. Die Mutter war bei ihrer Ankunft beim Kartoffelschälen. „Morgen kommt unser Urselchen, ach lieber Vater, ich danke dir, das wird ein schönes Osterfest." Glücklich faltete Marie ihre Hände zum Gebet und dann umarmte sie ihr Hannchen immer wieder. Sie setzten sich alle drei an den Küchentisch und sangen Maries Lieblingslied. „Leise zieht durch mein Gemüt liebliches Geläute…" Die Weise erfüllte den Raum, und die Herzen der Sänger bebten. Bei all der Freude bemerkte Johanna jedoch, dass ihre Eltern abgemagert waren, der Krieg hatte auch bei ihnen seine Spuren hinterlassen. Die dunklen Augenränder, die Marie mit ihrem Lächeln zu verbergen suchte, zeugten von vielen schlaflosen Nächten und Sorgen. Später erzählte die Tochter von ihrer Freundin, mit der sie heimgekehrt war. „Geh, lade sie nur ein, mein Schatz, das Essen reicht für alle." Die fürsorgliche Marie legte gleich noch ein paar Kartoffeln dazu. Auch die Kameradin hatte ihr Elternhaus am Neumarkt unversehrt vorgefunden und nahm die Einladung gerne an. Doch die Freude der Familie hielt nicht lange, denn am 3. April erhielt Ursula eine Vermisstenanzeige für ihren Mann. Nun trauerten alle um den Verschollenen. Auf den Urlaubsschein erhielt Johanna ihre Lebensmittelkarte und konnte so zum Lebensunterhalt der Familie beitragen. In ihr Dienstverhältnis in der Versicherung konnte sie Ende April wieder zurück. Später erfuhr sie, dass auch ihre Kanenaer Kriegskameradin gut zu Hause angekommen war.

Im April begann die Schlacht um Berlin. Die Not der Menschen war groß, so wurden im Schlossgarten Kartoffeln und Gemüse angebaut. Die Amerikaner begannen neben der verminten Brücke ein Provisorium zu bauen. Sie besetzten die Bunawerke und beschlagnahmten das Mehrfamilienwohnhaus, in dem Sparigs wohnten. Nach kurzem Zögern zog die Familie hinüber ins alte Kloster in die erste Etage. Über ihrer Wohnung hatte der Jugendklub sein Domizil und Paul betreute sie nun als Herbergsvater. Mit seiner ruhigen, ausgeglichenen Art fand er leicht Zugang zu den jungen Leuten und wurde in ihre Aktivitäten integriert.

Am 8. Mai erfolgte die bedingungslose Kapitulation der deutschen Wehrmacht, nachdem Hitler, wie erst später bekannt wurde, am 30. April Selbstmord begangen hatte. Die Amerikaner und Russen befreiten die Überlebenden in den Konzentrationslagern. Tausende Männer befanden sich in englischer oder russischer Kriegsgefangenschaft. Das Ergebnis des Krieges war vernichtend. Alle großen und viele mittelgroßen Städte lagen in Schutt und Asche. Allein über 650 000 Tonnen englische Bomben hatten Deutschland verwüstet. Zirka 60 Millionen Menschenleben waren dem grausamen Krieg zum Opfer gefallen, davon 20 Millionen Russen, 6 Millionen Juden, 9 Millionen deutsche Zivilisten, fast 12 Millionen deutsche Menschen waren aus ihrer Heimat, östlich von Oder und Neiße, der Tschechoslowakei, Ungarn oder anderen Siedlungsgebieten in Ost- und Südosteuropa vertrieben worden und nun obdach- und mittellos.

In Merseburg waren fast 6 500 Wohnungen zerstört, über 5 600 beschädigt, 1 655 Menschen waren umgekommen, 13 469 obdachlos. Der Sachschaden betrug 60 Millionen Reichsmark. Die Menschen waren froh, dass der Krieg endlich zu Ende war, doch sie standen vor dem Nichts und fürchteten sich vor den Siegermächten. Jetzt galt es für jeden, dem anderen zu helfen. Es begann eine neue Epoche, gezeichnet von Not und Entbehrung, aber es erwachte auch Hoffnung, auf Frieden, Liebe, Toleranz und Gerechtigkeit. Nun beteten Sparigs für bessere Zeiten und die Heimkehr ihres vermissten Schwiegersohns.

Merseburger Rückblicke in die 1950er Jahre

Ingeborg Schmelz

Damals, in den 1950er Jahren, konnte man nach dem Verlassen der Orte Schkopau und Freiimfelde noch an beiden Seiten der Halleschen Straße über weite, landwirtschaftlich genutzte Felder blicken. Nun beeinträchtigten neue Ansiedlungen die freie Sicht. Beim Betrachten des neuen Panoramas schob sich ein ehemals vertrautes, aber längst vergessenes Bild vor meine Augen – es war die schier endlos lange Kette hunderter Fahrradfahrer auf dem Radweg, der parallel zur Straße verläuft. Tagein und tagaus, vor allem zu gewissen Stoßzeiten, radelten sie morgens in Richtung Buna-Werke, um ihrer beruflichen Tätigkeit nachzugehen. Zum Feierabend beziehungsweise Schichtwechsel wiederholte sich dieser Vorgang in der Gegenrichtung. Die Schichtarbeiter bildeten den Anfang dieses Stromes auf dem Radweg, denn ihre Arbeitszeit bewegte sich im 12-Stunden-Takt und begann bei Tagschicht schon um 6

Uhr und endete 18 Uhr. Umgekehrt begann die Nachtschicht 18 Uhr und endete um 6 Uhr am nächsten Morgen. Zu dieser Zeit mischten sich jedoch schon die ersten Arbeiter und Angestellten der Normalschicht, die 6.45 Uhr begann, unter die entgegenkommenden Radler.

Gegenseitige Rücksichtnahme wurde dann zur „Regel Eins", und trotzdem kam es oft zu Karambolagen. In meiner Erinnerung geblieben ist mir ein Vorfall, wo es auch mich erwischt hatte. Wegen einer Panne meines erst neu erworbenen Fahrrads kam es zu einer verspäteten Heimfahrt aus dem Werk. Obwohl ich einen Ersatzschlauch bei mir hatte, dauerte die Reparatur länger als gedacht. Unweigerlich geriet ich in den Pulk der mir entgegenkommenden Radler, deren Nachtschicht bevorstand. Wie es passierte, weiß ich nicht mehr so genau, nur, dass sich die Lenkstangen von meinem und vom Rad des entgegenkommenden Fahrers unsanft berührten. Unser gemeinsamer Sturz war unvermeidbar und den nachfolgenden dritten Beteiligten hätte es fast noch schlimmer erwischt. Er umfuhr die Unfallstelle, rutschte jedoch mit seinem Gefährt unkontrolliert den Abhang in Höhe Buna-Bad hinunter und landete fast im Schlamm des von Chemikalien verseuchten Teiches. Der erste Blick von uns dreien fiel jedoch nicht auf unsere zerschundenen Hände und Knie, unsere Sorge galt dem Fahrrad.

Wir Unglücksraben blieben vor größerem Schaden körperlich als auch materiell verschont. Mein Rad hatte allerdings verbogene Speichen und eine „Acht" im vorderen Reifen. Verdrossen schob ich es nach Hause, war aber froh, dass sich die Vorwürfe und Schuldzuweisungen der beiden vom Unfall Betroffenen im Rahmen hielten.

Das Fahrrad war damals für viele ein Statussymbol. Wer eins besaß, hegte und pflegte es; wie früher die Ritter ihr Pferd. Bei einer Neuanschaffung brauchte man schon gute Beziehungen und etwas Glück. Aus der Umgebung von Merseburg, Schkopau, sogar Ammendorf und Halle radelte trotzdem ein Großteil der Bunabesatzung täglich mit dem Drahtesel. Da fuhr der Betriebsleiter neben dem Hilfsarbeiter oder der Schlosser neben der Laborantin, man winkte sich zu, grüßte sich und es gab keine Prestigeprobleme. Die gleichen Verhältnisse herrschten auch bei der An- und Abreise mit der Straßenbahn, dem Bus oder dem Zug, diese Art der Beförderung nutzten die Werktätigen aus den weiter entfernt liegenden Stadtteilen und Orten.

Zu den Stoßzeiten wimmelte es auf dem Werksvorplatz von Menschen, denn am Eingangstor kontrollierte ein Werkspolizist den Werksausweis, ohne den keiner das Gelände betreten durfte. Der gleiche Vorgang wiederholte sich aber auch, wenn man das Werk am Feierabend verließ oder in der Mittagspause in der gegenüberliegenden, neuen Ladenstraße seinen Einkauf machte. Hier gab es außer einer Lebensmittelabteilung einen Laden für Rundfunktechnik, für Textilien, Schuhe und die Sonder-Kontingente begehrenswerter Sachen, diese krönten den Einkauf.

Gegenüber dieser Einrichtung blickte man auf den imposanten Bau vom Kulturhaus X50. Einst das Zentrum für viele Veranstaltungen wie Theater, Ballett, Filmvorstellungen, Varieté und vieles mehr.

Bild: Christianenstraße, 1988 (KM)

Unzählige Kinobesuche sind mir in Erinnerung geblieben, aber noch beliebter waren für meine Freundin und mich die beiden Merseburger Kinos „Union" und „Zentral".

Leider sank die Zahl der Zuschauer, als das Kino „Völkerfreundschaft" in der Magistrale seine Pforte öffnete, doch wir beide hielten unseren alten Stammkinos die Treue. Das Kino „Union" befand sich in der damaligen Ernst-Thälmann-Straße, der heutigen König-Heinrich-Straße, und wurde nach seinem Umbau das Domizil der Stadtbibliothek. Jedes Mal, wenn ich dieses Gebäude betrete, begleiten mich auch alte Erinnerungen an vergangene Zeiten.

Meine Freundin wohnte in der Christianen-Straße, in der Nähe des Kinos, und bei jedem neuangesagten Film waren wir zur Stelle.

Die Filme mit der Sängerin, Schauspielerin und Tänzerin Caterina Valente waren der Renner, dazu zählten auch „Bonjour Kathrin" und „Du bist Musik für

24

mich". Gleich zweimal hintereinander waren wir in den Vorführungen, um uns die Schlager und Tanzschritte einzuprägen, und bei passender Gelegenheit machten wir Gebrauch davon. Von Gérard Philipe, einem Franzosen, bekannt durch Filme wie „Die Kartause von Parma", „Fanfan der Husar", schwärmten wir besonders. Beeindruckt haben uns auch Filme mit Brigitte Bardot, Curd Jürgens, Sophia Loren und Gina Lollobrigida, aber auch einige Defa- und russische Filme waren sehenswert, vor allem die Märchenfilme.

Die häufigen Kinobesuche waren damals für fast jeden bezahlbar, denn der Preis für eine Eintrittskarte bewegte sich von 1,50 Mark pro einfachen Sitzplatz bis Loge für 3,50 Mark.

Bei einem Besuch im Union-Kino kam es für meine Freundin und für mich zu einem lustigen Vorfall. Wir hatten uns zum Treff in ihrer Wohnung verabredet, da übermannte uns der Appetit auf die süßsauer eingelegten Gurken im großen Steinguttopf in der Küche. Mit fast leerem Magen verputzten wir eine Menge davon, hörten Musik, blätterten in verbotenen, eingeschmuggelten Westillustrierten und bemerkten nicht, wie spät es schon war. Plötzlich sprang meine Freundin auf, packte mich am Arm und fast atemlos kamen wir am Kino an. Nach dem Kauf und dem Abriss der Eintrittskarten, gerade noch bevor der Gong ertönte, entdeckten wir unsere Plätze in dem voll besetzten Kinosaal.

Schon wenige Minuten, nachdem der Hauptfilm begonnen hatte, bemerkte ich ein Grummeln im Bauch. Als es sich wiederholte, versuchte ich meine Sitzstellung zu verändern und schaute auf meinen Sitznachbarn, ob er vielleicht etwas gehört hatte, doch der war ganz vertieft in die Handlung des Films. Erleichtert lockerte ich meine angespannte Haltung. Entsetzlich – wieder dieses blöde Geräusch, doch es kam nicht von mir, sondern aus der Richtung meiner Freundin. Wir schauten uns an, unterdrückten mit Macht das Lachen, als dieses Grummeln und Rumoren im Bauch mal bei der einen, dann bei der anderen immer lauter wurde.

Wir ahnten beide – schuld an der Peinlichkeit waren die zu hastig gegessenen Gurken. Vom Film bekamen wir nicht mehr viel mit, denn nach jedem erneuten Bauchgeräusch kicherten wir, und bei der tragischen Liebesszene, als es mucksmäuschenstill im Raum war, geschah das Unvermeidbare.

Das grummelnde Geräusch bei einer von uns beiden übertönte gerade in diesem Moment das leise Liebesgeflüster auf der Leinwand, wir bekamen nach dem lange unterdrückten Lachen einen regelrechten Heiterkeitsausbruch. Einige im Publikum lachten mit uns, andere meckerten wegen der Ruhestörung und ehe wir uns einen Rausschmiss von der Platzanweiserin einhandelten, verließen wir, noch immer vom Lachkrampf geschüttelt, den Ort des Geschehens.

Steht man vor der Stadtkirche in Merseburg und schaut in Richtung ehemaliges Kaufhaus Dobkowitz, dann fällt der Blick auch auf die Kreuzung Kleine Ritterstraße/ Große Ritterstraße. Die Große Ritterstraße verläuft von hier aus gesehen in westlicher Richtung, vorbei an Ritters Weinstuben und mündet in der Gotthardstraße.

Wo sich heute die Zweigstelle einer Krankenkasse befindet, war das „Bettenhaus Nell", und nach der Einmündung in die Große Ritterstraße, auf der linken

Bild: Blick auf die Große Ritterstraße, 1988 (KM)

Seite, schloss sich eine Bettfedernreinigung an. Schräg gegenüber lag das Kino „Zentral", liebevoll „Flohkiste" genannt. Diesen Spitznamen hatte das alte Kino den gepolsterten, mit rotem Samt bezogenen Logensesseln zu verdanken. Sie waren teilweise zerschlissen und ein Tummelplatz für verschiedene kleine Krabbeltierchen, die so mancher Besucher als ungebetene Gäste mit nach Hause nahm. In der Flohkiste flimmerten meistens die älteren Filme über die Leinwand. An einige Titel erinnere ich mich nur noch vage, wie zum Beispiel „Sie tanzte nur einen Sommer", „Der kleine Muck" oder „Wenn der weiße Flieder wieder blüht" ... Wegen seiner Baufälligkeit gab man das Kino Anfang der 1960er Jahre auf, um es Monate später abzureißen.

Gleich neben dem Kino gab es eine Fleischerei, in der einmal in der Woche, und zwar am Donnerstag, Fleisch ohne Markenabgabe verkauft wurde. Natürlich herrschte ein Riesenandrang an diesem Tag, denn in den 1950er Jahren zählte auch das Fleisch, egal ob Rind oder

27

Schwein, zur Mangelware. Viele Hausfrauen nahmen deshalb so manche Strapaze, wie stundenlanges Anstehen, auf sich, um an die begehrten Artikel zu gelangen. Um eine gerechte Verteilung auf alle Bürger im Land zu gewährleisten, beschränkte man die Schlachterzeugnisse, so wie auch viele andere Grundnahrungsmittel, in monatliche Rationen. Zur Kontrolle und Umsetzung dieser Maßnahme erhielten die Bürger die sogenannten Lebensmittelkarten. Auf denen war ersichtlich, wie viel der Produkte jeder Person zustand. Erst im Frühjahr 1958 schaffte die Regierung der DDR die Lebensmittelkarten ab, allerdings brachte das eine Verteuerung der Waren mit sich.

Es war Weihnachten 1957. Erfreut nahm ich die Einladung einer befreundeten Familie zum Weihnachtsessen an. Natürlich war ich etwas neugierig und malte mir aus, was wohl für ein Bratengericht auf den Tisch kommen würde. Schon beim Betreten der Wohnung duftete es verführerisch aus Richtung Küche. Sobald alle Anwesenden ihre Plätze eingenommen hatten, servierte die Hausfrau das Essen. Kartoffelklöße, Rotkohl und eine riesige Roulade landeten auf meinem Teller. Rundum hörte man nur noch das Klappern des Bestecks und lobende Worte.

Meine anfänglichen Bedenken, ob ich diese große Roulade aufessen könnte, schwanden mit jedem Bissen – sie schmeckte großartig – vielleicht ein klein wenig anders als bei uns zu Hause. Nach dem Ende der Mahlzeit wandte sich die Gastgeberin direkt an mich, wie es geschmeckt habe, und ich antwortete wahrheitsgemäß, dass das Essen hervorragend war. Ich wurde jedoch das

Gefühl nicht los, dass mich alle Anwesenden belustigt ansahen. Nach der Frage, ob ich wüsste, was ich gegessen hatte, antwortete ich gutgläubig: „Na, ich denke, Rinderroulade."

In diesem Moment legte die Hausfrau ihren Arm um meine Schultern und erklärte mir behutsam, dass es eine Pferderoulade vom „Merseburger Rossschlächter" aus der Großen Ritterstraße war.

Erst einmal war ich sprachlos, wollte mir aber auch keine Blöße geben, schließlich warteten ja alle darauf, wie ich reagieren würde. So erwiderte ich nur: „Na und, hat prima geschmeckt." Und die Runde der Eingeweihten atmete erleichtert auf. Somit hatte ich mal wieder eine neue Erfahrung gemacht, nahm die ganze Sache mit Humor und versicherte, dass ich damit kein Problem hätte. Allerdings blieb es für mich das erste und letzte Mal, dass ich das Fleisch dieser edlen Tiere aß, denn ich würde es als Verrat an meinem Lieblingspferd „Selma" betrachten, das ich früher im Stall von meinem Großvater so oft besucht und gefüttert habe, sogar ab und zu reiten durfte.

Ein unvergessliches Erlebnis in Merseburg am 17. Juni 1953 erinnert mich aber auch an einen düsteren Tag meiner Kinder- und Jugendjahre. Wir Schüler der 7. Klasse in der Grundschule Schkopau hörten teils interessiert, aber die meisten gelangweilt, unserem Gegenwartskundelehrer zu. Die große Pause war längst vorbei, und wir lauerten auf das Klingelzeichen, als wir Lärm von der Straße aus Richtung der Buna-Werke vernahmen. Wegen der Sommerwärme waren die Fenster teilweise geöffnet, und als es draußen lauter wurde, blieb keiner auf seinem Platz. Ein Teil drängte zum Fenster, die anderen zu Tür, durch die unser Lehrer schon verschwunden war. Gerade als ein Mitschüler begeistert rief: Freistunde, erschien der Schulleiter und bat uns, ohne Umwege nach Hause zu gehen. Kaum hatten wir den Klassenraum verlassen, da erreichten die Ersten schon die Straße, auf der sich, vereint zu einem Demonstrationszug, viele Menschen befanden.

Sie schwenkten Transparente und riefen im Sprechchor Parolen gegen die Regierung. Dass Unruhen bevorstanden, vermuteten viele in der Bevölkerung, nachdem der Radiosender „Rias" die Meuterei der Berliner Bauarbeiter wegen erneuter Normerhöhung verbreitet hatte.

Heimlich hatte ich am vergangenen Abend auch ein Gespräch meiner Eltern belauscht, das sie nach dieser Nachricht geführt hatten. Ihre Vermutung, dass das keine nur Berlin betreffende Situation bleiben werde, traf nun vielleicht schneller ein als erwartet.

Der Zug bewegte sich in Richtung Merseburg. Schnell schnappte ich mein Fahrrad und folgte meiner damaligen Schulfreundin Loni, die schon auf dem Heimweg war. Als ich zu Hause ankam, war niemand da. Das überraschte mich, denn meine Mutter wartete sonst immer mit dem Mittagessen, weil mein Vater nach der Nachtschicht bis nach zwölf schlief. Erst da fiel mir ein, dass ja heute viel früher Schulschluss war. Sicher stand sie noch beim Gemüsehändler an. Schon klopfte es am Fenster, und Loni stand mit ihrem Fahrrad im Vorgarten und fuchtelte aufgeregt mit den Armen. Sie überredete mich, mit ihr nach Merseburg zu fahren, unsere ganze Clique wollte da hin. Nach kurzem Zögern hinterließ ich meinen Eltern eine Nachricht, und schon ging es los. Auf der Halleschen Straße wimmelte es von Menschen. Wir nahmen den Weg in die Merseburger Innenstadt über den Stadtpark.

Das Gebäude, in dem sich die sowjetische Kommandantur (heute das Säulenkrankenhaus) befand, hinter uns lassend, radelten wir weiter die Weiße Mauer entlang. Da hörten wir wieder diesen Lärm aus den Kehlen von hunderten Menschen. Ein grölender Haufen stürmte Richtung Domplatz und schrie unentwegt: „Bonzen – raus“ und „Holt die Bonzen aus den Löchern“.

Spätestes bei diesem Anblick bereuten wir unsere Neugier, aber ein Zurück gab es auch nicht mehr, denn von allen Seiten drängten die Menschenmassen. Wir hatten uns in Richtung der Gaststätte „Zum Kliatal“ zurückgezogen und zitterten vor Angst und Aufregung. An unsere Fahrräder geklammert, mussten wir miterleben, wie in der Poststraße das Gebäude der Staatssicherheit samt dem Gefängnis von der wütenden Meute gestürmt wurde.

Wie aus dem Nichts befand sich in den Händen einiger Männer ein schwerer Balken, mit dem sie gegen die Eingangstür rammten. An der Fassade kletterten zwei kräftige Gestalten empor und schlugen die Scheiben der Fenster ein, anschließend verschwanden sie im Gebäude. Sie öffneten von innen die Tür, kurz bevor diese von der Ramme zertrümmert worden wäre. Wie sich später herausstellte, waren die mutigen Kletterer vom Beruf her Gerüstbauer.

Kaum war die Tür offen, da strömten die Massen in die dahinterliegenden Räume.

Innerhalb kürzester Zeit übersäten Akten, Papiere, Schreibmaschinen, sogar Tische und Stühle den Hof und die Straße vor dem Gebäude. Personen, die hier ihre Tätigkeiten ausübten, beförderte man unsanft, oft mit Tritten ins Gesäß ins Freie. Ein Glück, es gab keinen Schusswaffengebrauch, aber viele Verletzte durch Schläge mit Fäusten und Knüppeln. Mehrere Volkspolizisten aus dem in der Nähe liegenden Revier versuchten, ihre zerrissene Uniform zu retten, und flüchteten in umliegende Hauseingänge.

Nachdem die Gefängnistüren geöffnet wurden, empfingen die auf der Straße randalierenden Leute die befreiten Inhaftierten mit Gejohle und es kam zu Umarmungen, obwohl keiner wusste, umarmt man gerade einen Verbrecher oder einen politisch inhaftierten Häftling. Binnen kurzer Zeit suchten jedoch fast alle Gefangenen das Weite, und als im Hof Flammen loderten beim Verbrennen der riesigen Aktenberge, da hatten Loni und ich nur noch den Wunsch, ins sichere Zuhause zu radeln. Fast rücksichtslos zwängten wir uns durch die Menschenmasse und weil keine Straßenbahnen fuhren, war es gut, dass wir unsere Fahrräder dabeihatten.

Vorwürfe von den Eltern gab es keine, ich glaube, die waren froh, dass sie uns unversehrt und gesund wieder in die Arme schließen konnten.

Merseburgs Straßenbahn-Linie 5

Regina Oversberg

Merseburg war schon immer gut mit seinem Umland verbunden, da die Stadt ein bedeutendes politisches und kulturelles Zentrum darstellte. In der Neuzeit kamen zu dem umfangreichen Straßennetz der Postkutschenzeit noch die Bahn, der Busverkehr und die Straßenbahnen hinzu. Nachdem die Stadt Halle 1891 als erste europäische Stadt mit einem elektrischen Straßennetz ausgestattet wurde, erfolgte der Ausbau der Strecke bis Merseburg bereits 1900 und 1926 bis nach Bad Dürrenberg. Mit einer Gesamtlänge von einunddreißig Kilometer wurde sie damit eine der längsten Straßenbahnlinien der Welt. Diese Überlandbahn mit der Bezeichnung „Linie 5" benötigt für die Strecke von Halle-Riebeckplatz über Schkopau, Merseburg, Leuna bis nach Bad Dürrenberg eine Stunde und zehn Minuten. Hersteller dieser ersten Bahnen war der Waggonbau Ammendorf. Besonders zu DDR-Zeiten war die Strecke neben der S-Bahn das

Bild: Triebwagen 764 vor dem Lenindenkmal (CT)

zentrale Verkehrsmittel für die Chemiearbeiter der Buna-Werke und der Leuna-Werke, die großen DDR-Chemiekombinate. Dementsprechend groß war auch der Andrang an den Haltestellen zu bestimmten Tageszeiten. Aber auch Schüler aus den umliegenden Ortschaften benutzten regelmäßig diese Bahn zum Schulbesuch in Merseburg, denn als Kreisstadt verfügte sie über die verschiedensten Bildungseinrichtungen. Während 1963 in Halle die Schaffner durch Zahlboxen ersetzt wurden, fuhren sie auf der Überlandbahn weiterhin mit. Mit einer schweren Geldkassette um den Hals mussten sie sich täglich durch die ständig überfüllten Waggons zwängen, in denen das Rauchen als selbstverständlich galt. In Ammendorf erfolgte der fliegende Umstieg der Schaffner zwischen den Bahnen. Den wenigsten war bekannt, dass zweimal täglich bis Ende der achtziger Jahre in umgebauten Straßenbahnen auch Waren des täglichen Bedarfs transportiert wurden, wodurch man freie Kapazitäten auf der Schiene nutzen wollte. In den Jahren von 1967 bis 1968 wurden aus Prag 86 Trieb- und 110 Beiwagen in leuchtend roter Farbe geliefert, die aber erst ab 1971 auch auf der Linie 5 eingesetzt wurden. Diese Tatrazüge mit ihren Schalensitzen aus Plaste bestimmten bis zur Wende das Bild der Trams. Erst nach der Wende wurden sie nach und nach durch modernere Züge abgelöst. Zwei Jahre nach der Wende war auch Schluss mit dem einfachen Fahrschein für fünfzehn Pfennig, der im Jahr 1944 eingeführt worden war.

Wie ich mein lila Wunder erlebte

Johanna Adler

Mein Gefährt, man kann auch ohne zu übertreiben von einem treuen Weggefährten sprechen, brauchte neue Mäntel. Fast jeder, der vom Alter des guten Stückes wusste, redete mir zu, doch gleich ein neues zu kaufen: heute die Mäntel, morgen das Tretlager, übermorgen etwas anderes – eine Kette ohne Ende. Noch zögerte ich, denn wohin mit ihm? Einfach auf den Sperrmüll? Oder am Straßenrand stehen lassen? Das widerstrebte mir dann doch. Verschenken? Dazu war es zu schäbig geworden. Ins Technikmuseum, welches nach der Wende auf dem ehemaligen „Russenflugplatz" gegründet worden war, konnte ich es auch nicht geben, dazu war es nicht mehr original genug. Es hatte im Laufe der vielen Jahre manchen An- und Umbau erfahren. Außerdem war ich zur Sparsamkeit erzogen worden; meine Eltern hatten beide Weltkriege und die Not der Nachkriegszeiten bitter am eigenen Leib erfahren müssen.

Bild: Diamant Damenfahrrad (JA)

Also verschob ich die Entscheidung von einem Tag auf den anderen, zumal die Erinnerungen, wie wir beide zueinander gekommen waren, immer lebendiger in mir aufstiegen.

Meine Gedanken gehen nach Schkopau, dem damaligen Wohnsitz meiner Familie, in die Mitte der 1950er Jahre, also fast 60 Jahre zurück. Zu dieser Zeit beendete man nach der achten Klasse mit einer Prüfung seine Grundschulzeit, blieb entweder noch zwei Jahre bis zur „Mittleren Reife" an derselben Schule – oder begann eine Lehre oder aber wechselte die Schule, um nach vier Jahren an einer „Erweiterten polytechnischen Oberschule" das Abitur abzulegen.

Ich war damals fast 15 Jahre alt, hatte zur Zufriedenheit der Lehrer, meines strengen Vaters, aber auch zu meiner eigenen die Prüfung ganz passabel bestanden und meinte nun, ich könnte dafür belohnt werden: Aus tiefstem Herzen wünschte ich mir nämlich ein eigenes Fahrrad! Einige meiner Altersgenossinnen hatten schon eins; schicke Räder waren das, mit und ohne Gangschaltung, mit Felgenbremsen und toller Beleuchtung, in herrlichen Farben. Natürlich wollte ich am liebsten genau so ein Rad, wäre aber zur Not auch mit einem bescheideneren zufrieden gewesen. Nur ein eigenes musste es sein! Denn ich wollte unter allen Umständen zu denen gehören, die ab dem ersten September – dem damals üblichen Schulbeginn nach den großen Sommerferien – mit dem Rad von Schkopau nach Merseburg zu ihrer neuen Schule fahren würden.

Denn ich habe das Glück gehabt, zur Oberschule zugelassen worden zu sein, obwohl ich nicht Mitglied der „Jungen Pioniere" gewesen war und auch nicht an der Jugendweihe teilgenommen hatte, sondern konfirmiert worden war. Ein Jahr später, also 1959, war die Jugendweihe – bis auf Pfarrerskinder – für alle Pflicht. Vorher schloss das eine das andere aus. Die evangelische Kirche passte sich den Verhältnissen an und konfirmierte diejenigen, die es wünschten, dann eben ein Jahr später.

Ich hatte nun also die Zulassung bekommen, und viele der Schkopauer fuhren – mindestens bei gutem Wetter – mit dem Rad in ihre neue „Penne". Da wollte ich unbedingt dabei sein.

In Merseburg gab es damals zwei Oberschulen, offiziell „Erweiterte polytechnische Oberschule" genannt im Gegensatz zur „Polytechnischen Oberschule", welche mit der zehnten Klasse abschloss. Die Erweiterte Oberschule „Käthe Kollwitz" befand sich in der Dürerstraße, die EOS „Ernst von Harnack" am Dom. In die letztgenannte wurden wir 1958 als letzter Jahrgang am ersten September eingeschult. Im Jahr darauf wurden beide Schulen zusammengelegt und fortan als EOS

„Ernst Haeckel" unter zunächst recht beengten Verhältnissen im Gebäude der nun ehemaligen Käthe-Kollwitz-Schule weitergeführt.

Für mich war es in meinem jugendlichen Übermut selbstverständlich, dass ich nun ein eigenes Fahrrad brauchte, zumal ich ohnehin gern mit dem Rad fuhr. Doch mein gestrenger Vater wollte nicht so recht einsehen, warum ich denn mit dem Rad in die Schule fahren müsste. Es führe doch alle zwanzig Minuten eine Straßenbahn, und wenn es regnet – und, und, und… Außerdem gäbe es in der Familie drei Fahrräder. Nun, mit den drei Rädern hatte er recht und wiederum auch nicht. Das erste war sein Dienstrad – mit einem unter dem Sattel am Rahmen angeschweißten Nummernschild – mit diesem durfte nur er fahren. Es war Eigentum des VEB Chemische Werke Buna. Das zweite gehörte meinem zehn Jahre älteren Bruder, damit konnte und durfte ich auch nicht fahren. Das dritte gehörte meiner Mutter. Das musste ich mir mit einer ebenfalls radfahrenden Schwester teilen, wenn meine Mutter es nicht gerade selbst zum Transport der Unmengen an „Waren des täglichen Bedarfs" für unsere sechsköpfige Familie brauchte. „Waren des täglichen Bedarfs" waren die Sachen, die man in der HO oder im Konsum oder in den noch vereinzelt existierenden privaten Lebensmittelgeschäften erstand – oft im wahrsten Sinne des Wortes nach längerem Schlangestehen. Kurzer Witz am Rande: „Was machst du, wenn du eine Schlange siehst?" „Anstellen!" Ein Auto hatten in unserem Umfeld nur ganz wenige – und das wurde auch nicht zum Einkaufen, sondern höchstens für einen Sonntagsausflug benutzt.

Also, auf Mutters Rad war kein Verlass. Zudem weigerte ich mich, mit ihm zu fahren. Ich hatte mich schon die letzten zwei Jahre geweigert, mir selbst natürlich zum Schaden. Aber meine erwachte Eitelkeit und meine Sturheit – heute nennt man das Pubertät, damals: das Kind ist in der Entwicklung – standen mir im Weg. Obwohl, ich war selber schuld, dass ich es nicht mehr benutzen wollte. Nachdem ich es bei einer kühnen Radhasche beinahe zu Schrott gefahren hatte, wurde mein großer Bruder beauftragt, es wieder in Ordnung zu bringen. Er tat dieses zwar unter Zähneknirschen, jedoch mit viel Sachverstand und so unermesslicher brüderlicher Geduld, dass ich fortan nicht mehr mit Mutters Rad fahren wollte. Dazu verdonnert, dem Bruder Gesellschaft zu leisten und ihm hilfreich zur Hand zu gehen, zollte ich ihm zunächst Respekt und Bewunderung. Bis heute ist mir schleierhaft, wie er all die ausgebauten Einzelteile, welche in unzähligen Schälchen mit Verdünnung „gewässert" und gereinigt wurden, wieder an die richtigen Stellen bringen konnte. Doch es gelang, das mütterliche Rad fuhr nachher besser als zuvor. Er hatte ganze Arbeit geleistet, wenn schon, denn schon. Einmal im Schwung verpasste er dem Fahrrad auch gleich einen neuen Anstrich und zwar mit Farbe, die aus Sparsamkeit – man erinnere sich – gerade zur Verfügung stand, meinem Geschmack jedoch in keiner Weise entsprach. Das Fahrrad hielt ohnehin nicht mit der neuesten Mode mit, denn es stammte noch aus den Jungmädchentagen meiner Mutter. Diese lagen – gelinde gesagt – schon etliche Sommer zurück. Aber es war ausgesprochen robust und hatte neben seiner Funktion als Lastesel auch uns Kinder, selbst mich als jüngste und mit Sicherheit wüsteste Fahrerin ausgehalten. Aber nun war aus dem geduldigen Packesel eine feuerrote „Feuerwehr", von mir als solche sofort beschimpft, geworden. All mein Protest gegen diese Farbe hatte nichts genützt. Also protestierte ich weiter, indem ich es ablehnte, mit dem aufgemöbelten Rad zu fahren. Und nörgelte und nörgelte.

Ich stieß auf taube Ohren, die Eltern taten zwei Jahre lang, als hörten sie es nicht. In unserer Familie wurde auch nicht viel diskutiert, einmal nein, immer nein; was so war, war eben so. Wir mussten zwar nicht hungern oder frieren – die Notzeiten waren glücklicherweise schon vorbei – aber große Sprünge waren bei so vielen Personen, und wie damals üblich nur einem Verdiener, nicht möglich. Die Einsicht, dass unter diesen Bedingungen nicht jeder ohne Grund ein eigenes Fahrrad besitzen konnte, hatte ich im Alter von zwölf, dreizehn Jahren nicht so recht.

Doch inzwischen war ich fast fünfzehn und hatte einen Grund – und quengelte nun erst recht. Was letztendlich den Ausschlag gab, weiß ich bis heute nicht. Auf einmal gaben meine Eltern nach und hatten ein Einsehen. So gegen Mitte der Sommerferien, welche damals acht Wochen dauerten, wurde ich ohne Erklärung zu einer bestimmten Zeit zu einer bestimmten Haltestelle der „Merseburger Überlandbahn" kommandiert. Dort erwartete mich mein Vater nach seinem Feierabend und eröffnete mir zu meinem riesengroßen Erstaunen, dass er mit mir nach Halle fahren und mir in „Dreiteufelsnamen" ein Fahrrad kaufen würde. Wenn mein Vater und ich nicht so zurückhaltend im Austausch mit Zärtlichkeiten gewesen wären, ich hätte ihm glatt vor allen Leuten um den Hals fallen können!

Also, auf nach Halle! Doch welch große Enttäuschung! In keinem der ohnehin nicht so zahlreichen einschlägigen Läden gab es ein Damenfahrrad, nicht eines! Und schon gar nicht, dass wir eine Auswahl gehabt hätten. Wie sich später herausstellte, war das von Vorteil für mich, denn Vaters Vorstellungen wichen sehr von den meinen ab. Hätten wir eine Wahl gehabt, ich hätte nie mein schönes Fahrrad bekommen.

Was blieb mir anderes übrig, als zu warten und zu hoffen. Die Ferien waren ja noch lang. Irgendwann würde es irgendwo schon noch ein Fahrrad geben. Urlaub und Verreisen mit der Familie waren damals ohnehin nicht selbstverständlich, fürs Ferienlager war ich schon zu alt. Also hatte ich Zeit genug und nutzte sie zur Jagd nach einem Rad. Mindestens zweimal in der Woche fuhr ich nach Halle, bestimmt vier oder fünf Wochen lang. Beharrlich war ich ja. Es muss fast in der letzten Ferienwoche gewesen sein, als ich endlich, endlich im damaligen Kaufhaus „Aktivist" am Markt – heute New Yorker – in der Sportabteilung ein – sage und schreibe – ein Fahrrad entdeckte! Und was für eins! Ein Traum von einem Rad: Ein 28er Sportrad der Marke Diamant – in der DDR gab es nur zwei Marken, Diamant und Mifa – mit Schwalbenlenker und Felgenbremse. Zwar ohne Gangschaltung und Freilauf, aber was nicht ist, kann man ja verändern. Mein geistiges Auge sah das schon voraus. Und die Farbe erst! Ganz zart lila, keine meiner beneideten Rivalinnen hatte ein Rad mit so einer Farbe. Ich würde der Star sein. Doch erst musste ich es besitzen! Also, nix wie nach Schkopau zurück, irgendwie den Vater im Bunawerk benachrichtigen und mit ihm wieder nach Halle – und hoffentlich, hoffentlich war das Rad noch da!

Es war noch da, aber… der Vater wollte es mir nicht kaufen! Ihn schreckten die dünnen Alufelgen, die großen Räder, die ungewohnte Bremse, der in seinen Augen instabile Gepäckträger und lauter solche „Mätzchen". Auch war es wohl teurer, als er erwartet hatte. An den Preis kann ich mich leider nicht mehr erinnern, aber ich denke, so um die 300 bis 400 DDR-Mark wird es gekostet haben – und das war viel Geld, deshalb war es wohl auch im Laden stehengeblieben.

Um es kurz zu machen, ich obsiegte. Entgegen seiner Überzeugung – einmal nein bleibt nein – bekam ich mein Fahrrad. Stolz wie ein Spanier strampelte ich hinter der Straßenbahn her, bei jeder Haltestelle holte ich sie ein und winkte meinem Vater darin strahlend und voller Dankbarkeit zu.

Vier Jahre lang bin ich bei gutem Wetter mit ihm zur Schule gefahren, später manchmal zum Dienst ins Merseburger Krankenhaus, auch nach Leuna zur Freundin, an den Autobahnsee und nach Wüsteneutzsch zum Baden und, und, und.

Dann wurde es nötig, einen Kindersitz fürs erste Kind zu besorgen. Das war damals noch ein aus richtigem Rohr geflochtenes Körbchen und wurde völlig stilwidrig einfach an den Schwalbenlenker des tollen Sportrades gehängt. Man hatte sein Kind vis-à-vis vor sich sitzen, ich sehe noch seine Flaumhaare im Gegenwind wehen. Seine Händchen zeigten mir „Auto" und „Wauwau" und „Bahn", wir hatten beide unsere Freude an den Ausflügen, besonders wenn es nach Schkopau zu den Eltern ging. Denn inzwischen war ich verheiratet und wir hatten – unter großen Schwierigkeiten, damals nicht selten – eine Wohnung bekommen.

In den folgenden Jahren wurde es – wie einstmals – Mutters Fahrrad. Spielgerät für die Kinder, ebenso Packesel und Beförderungsmittel, unentbehrlich bis heute. Es bekam zu etlichen meiner Geburtstage im Lauf der vielen Jahre eine Gangschaltung, neue Räder – die empfindlichen Alufelgen hatten manche Acht aushalten müssen – eine neue Beleuchtung und was sonst so alles verschlissen war, wurde ersetzt. Nie hatte es mich im Stich gelassen in den fast 60 Jahren unserer Gemeinsamkeit. Was hatte ich mit ihm alles erlebt! Und nun sollte ich mich von ihm trennen? Mein schwer erkämpftes Rad einfach verschrotten?

Der empörte Aufschrei unserer Tochter – ich erinnere an die Flaumhaare: „Was, du willst deine alte Schmette einfach ausrangieren!", gaben den Ausschlag. Ich kaufte also neue Mäntel und ließ sie aufmontieren. Auch ein neues Fahrradnetz spendierte ich dem treuen Gefährt. Es passt ausgezeichnet zu der Farbe, die es über die Jahre angenommen hat, denn aus dem einstmals so schicken Lila ist ein sattes Rostbraun geworden. Aber heute bin ich nicht mehr wählerisch, die Hauptsache, mein Fahrrad lässt mich auch jetzt nicht im Stich auf meinen Touren nach Schkopau und Ammendorf, nach Bad Dürrenberg und Bad Lauchstädt.

Nur sein altes originales Aluminiumschutzblech will sich mit dem neuen hinteren Mantel nicht so recht vertragen. Es reibt sich manchmal an ihm und gibt dann Töne von sich, als wollte es mir etwas sagen.

Was könnte das wohl sein?

Leben gestern und heute

Heidrun Kligge

Wenn ich durch den Supermarkt gehe, die unüberschaubare Menge an Produkten durchforste, die steril eingepackt in Pappe, Plaste, Folien oder Gläsern auf die Käufer warten, wenn ich mühevoll Preise und Mengenangaben vergleiche und so schnell wie möglich meinen Einkaufszettel abarbeite, dann weiß ich – das war nicht immer so. Stehenbleiben ist fast unmöglich, wenn ich nicht andere dabei behindern will, in den Regalen zu suchen. Dann schiebe ich schnell meinen viel zu großen Einkaufswagen durch die viel zu engen Gänge, und während ich an der Kasse anstehe, erinnere ich mich an früher.

Als ich noch ein Kind war vor fünfundvierzig Jahren, da war alles noch ganz anders.

Es gab Milchläden, dorthin gingen wir Kinder mit Metallmilchkannen, später waren sie dann aus Plaste, denn die Milch gab es noch lose. Es war gar nicht so einfach, bei unserem spielerischen Gehopse, die sich drehenden Holzgriffe der Kannen fest in unseren kleinen Händen zu halten. So kam es öfter vor, dass eine gefüllte Kanne herunterfiel und der Weg erneut zum Milchladen führte. Die Milchverkäuferin schöpfte uns die Milch mit Liter- oder Halblitermaßen aus großen Kübeln in unsere mitgebrachten Behältnisse. Der Liter Milch kostete damals 34 Pfennige. Auch den Quark gab es lose. Er wurde mit Schabern aufs Papier gelegt und abgewogen. Käse wurde mit Handschneidern oder Messern vom Stück runter geschnitten. So war es auch im Konsum mit der Hefe. Man ließ sich dort für 10 oder 20 Pfennige ein Scheibchen vom großen Hefeblock abschneiden. Auch das Sauerkraut gab es lose vom Fass. So wurden die Milchkannen zum Sauerkrautholen umfunktioniert, und unsere Mütter schrieben reichlich auf unsere Zettel, denn sie wussten, dass wir unterwegs gern davon naschten.

Auch die Eier gab es lose. Sie lagen auf riesigen Pappen, die dafür Einkerbungen hatten und wurden uns in Tüten abgezählt. Vorher wurde jedes Ei von der Verkäuferin durchleuchtet, um die schlechten Eier auszusortieren. Dafür hatte sie eine spezielle Lampe, an die sie jedes einzelne Ei hielt. Wir hatten dann Mühe, die Eier in den dünnen Papiertüten heil nach Hause zu tragen. Kam es doch mal vor, dass ein Ei schlecht war, trug man das fürchterlich stinkende Hühnerei zum Konsum zurück und erhielt ein neues. Vorsorglich wurden deshalb die Eier vor dem Gebrauch einzeln in eine Tasse aufgeschlagen.

War zu Hause die Maggiflasche leer, so wurde sie ausgewaschen und im Konsum aus einer riesigen braunen Glasflasche neu gefüllt.

Es gab damals auch noch keine elektrischen Kühlschränke, sondern Eisschränke. Die hatten oben eine Wanne mit Deckel, in die Eis gelegt werden musste. Die Eisstangen erhielt man auf dem Markt oder in Holzbuden, die vor dem Konsum aufgebaut waren. Das Eis kam aus den Eiskellern der Brauerei. Es gab nur einmal in der Woche Eis, meist dienstags. Wenn ausgerufen wurde: „Das Eis ist da!", bildeten sich in kurzer Zeit lange Schlangen. Manchmal reichte es nicht für alle. Eine Stange kostete 30 Pfennige und man tat sie in Netze und trug sie vorsichtig nach Hause. Ließ man sie fallen, gingen sie kaputt. Viele Leute transportierten sie auch auf den Gepäckträgern ihrer Fahrräder. Eine Stange reichte fast zwei Wochen, im Sommer kürzer. Die Stangen waren für die Eisschränke zu lang. Sie wurden zu Hause mit einem Hammer zerschlagen und die Stücke in die Eiswanne gelegt. Wenn sie im Eisschrank schmolzen, wurde das Schmelzwasser in der Wanne aufgefangen und von Zeit zu Zeit ausgegossen So kühlte man damals die Lebensmittel.

Die Kleingärtner gaben das Obst und Gemüse, welches sie selbst nicht brauchten, im Handel ab. So konnten sich die Leute, die keinen Garten hatten, dies im Geschäft kaufen. Die Gärtner bekamen dafür mehr Geld, als die Waren im Laden kosteten, und kauften manchmal ihre Produkte dann billiger zurück. Das geschah auch mit den Eiern der Bauern.

Bonbons und Gummitiere gab es lose aus großen Gläsern, manchmal auch als Belohnung eins gratis.

Von der Brauerei kam der Pferdewagen hin und wieder mit Braunbier durch die Straßen. Die Leute ließen Kannen und Eimer damit füllen. Wir Kinder liefen mit Schaufeln, Schippen und Eimern hinter den Pferden her und sammelten die Pferdeäpfel auf. Das war guter Dünger für die Beete. Das Braunbier wurde liebevoll Puparschknall genannt, weil es die Verdauung anregte und für heftige Bauchwinde sorgte.

Es gab nur Kohlenheizung, und die Kohlen erhielt man auf Kohlenkarten von der Kohlenhandlung. Die Briketts waren ganz früher noch so groß wie Mauersteine und ließen sich gut übereinander stapeln. Wenn der Kohlenhändler die vielen Zentner vor dem Haus abgeschüttet hatte, halfen wir dem Vater mit Begeisterung, sie in den Keller hinunter zu tragen Man konnte auch für einen Teil der Kohlen gebündeltes Holz nehmen. Abwechselnd eine Reihe Briketts, eine Lage Zeitungspapier, so wurden die einzelnen Kohlen zu einer Mauer aufgestapelt. Das war platzsparend und sauber. Der Kohlenstaub, der übrigblieb, kam in einen Eimer und wurde zum Feuern für den Waschkessel verwendet. Das geschah im Waschhaus. Etwa einmal im Monat wurde dort die weiße Wäsche abgekocht. Dazu verfeuerten wir das Altpapier. In der Zeit, bis es im Kessel brodelnd kochte, erzählten wir uns in der schummerigen Waschküche Geschichten. In den Kohlenherd wurde ein Brikett abends in Zeitungspapier gewickelt auf die Glut gelegt. So hielt sich die Glut bis zum nächsten Morgen und es war noch ein wenig warm.

Bis zur 6. Klasse waren wir in der Schule Pioniere. Mit Stolz trugen wir unsere blauen Halstücher, die weißen Pionierblusen mit dem Emblem am Ärmel und die blauen Röcke dazu. Wir handelten nach den zehn Pioniergeboten. Das hieß, wir lernten gern, halfen älteren Menschen und sammelten Flaschen, Gläser, Altpapier und Lumpen. Für leere Gläser und Flaschen gab es pro Stück fünf Pfennige, auch der Erlös für die anderen Altstoffe war damals lukrativ. Das Geld wurde dann in der Schule eingesammelt und gespendet, zum Beispiel für Vietnam. Das waren unsere guten Taten und unsere Vorbilder dazu waren Timur und sein Trupp.

Ich ging für die älteren Leute in meiner Nachbarschaft einkaufen. Hatte oft einen langen Einkaufszettel. Wir trugen auch Kohlen hoch und halfen beim Heizen.

Schließlich bin ich an der Kasse dran und lange mein Geld aus der Tasche. Ja, damals habe ich noch gern eingekauft. Heute ist das für mich eine notwendige Sache, die ich mit dem Einkaufszettel immer schnell erledige. Ich packe alles vom Band zurück in meinen Einkaufswagen und schiebe ihn zum Auto. Wie sich doch alles verändert hat. Schnell muss es heute gehen und es gibt alles im Überfluss.

Manchmal vermisse ich da die gute alte Zeit.

Merseburg Geschichten von und über die Hochschule

Dr. Dietrich Werner

Als Gründungsjahr für die Technische Hochschule in Merseburg wird das Jahr 1954 genannt. Damals ging ich noch zur Oberschule in der Kreisstadt Hildburghausen im südlichen Thüringer Wald. Daß ich einmal in Mitteldeutschland landen würde, daran dachte ich damals nicht. So erging es auch meinem Schulkameraden Gunther aus der Oberschulzeit.

Über die Stationen Bitterfeld und Weißenfels bin ich 1960 in Merseburg gelandet. An der Fakultät für Stoffwirtschaft der damaligen TH für Chemie absolvierte ich mein Chemiestudium. Den Studienplatz hatte ich mir durch eine Industrietätigkeit als ungelernter Anlagenfahrer und zwei Jahre bei der Nationalen Volksarmee, kurz NVA genannt, „verdient". In Bitterfeld hatte mich der Kaderleiter gefragt, was ich für die Arbeiterklasse getan hätte und mich umgehend zur NVA nach Weißenfels dirigiert. Erschwerend für meine Bewerbung zum Studium war noch meine Westverwandtschaft ersten Grades, und das gleich doppelt, gewesen. Durch die 26 Monate im Artillerieregiment 11 „verdiente" ich mir dann den Studienplatz. Sicher war ich mir danach lediglich in der Ablehnung alles Militärischen.

In den Monaten bis zum Studienbeginn arbeitete ich wieder in meinem alten Bitterfelder Betrieb. Hier traf ich meinen Schulkameraden Gunther wieder. Wir spielten zusammen in der Betriebs-Fußballmannschaft. Auch er mußte sich in der chemischen Industrie bewähren, um den Studienplatz an der TH zu „ergattern". Er hatte die Armeezeit auslassen können.

Während des Studiums verlor ich Gunther aus den Augen. Durchkommen, das Studium in den vorgeschriebenen fünf Jahren zu schaffen, war unsere Devise gewesen. Doktrinär wurde uns immer wieder klargemacht, daß wir auf Kosten der Arbeiterklasse studieren. Die Anforderungen waren sehr hoch. Von anfänglich 160 Studenten bei der Immatrikulation schafften es knapp 40 bis zum Diplom.

Nach Einarbeitung in die technische Elektrochemie im damaligen Bunawerk Schkopau bin ich vertragsgemäß im Jahr 1967 an die Hochschule als Assistent zurückgekehrt. Dort traf ich meinen Oberschulkameraden wieder. Es war fast wie bei „Hase und Igel", „ich bin allweil schon hier", sagte er mir grinsend. Er hatte die Armeezeit einfach umgangen. Der Kaderleiter in Bitterfeld hatte wohl nicht „zugeschlagen".

Als Assistent am Institut für Chemiemetalle, wo ich schon meine Diplomarbeit geschrieben hatte, begann ich die Arbeit an meiner Promotion. Gunther war am Nachbarinstitut für Mineralsalze gelandet. Ich hatte in der Zwischenzeit meine Familie gegründet, war Vater einer Tochter geworden.

Gunther war verheiratet, ohne Nachwuchs.

Ein Mensch verschwindet nicht so einfach aus dem Leben oder Der Versuch eines Nachrufs

Bei der Zugfahrt nach Südthüringen in unsere Heimatorte traf ich Gunther oft auf dem Bahnhof Merseburg. Die obligatorische Frage nach dem Nachwuchs beantwortete er meist mit einem Achselzucken. „Wir sind beim Werkeln" oder „da ist der Wurm drin", waren damals seine lakonischen Bemerkungen zu meinen Fragen.

Drei Jahre waren wir am gleichen Institut, weil durch die Hochschulreform Ende der 60er Jahre unsere beiden Institute zusammengelegt worden waren. In der neuen Sektion Verfahrenschemie sahen wir uns fast täglich. Als er mir bei Systembetrachtungen zu meinem umfangreichen Promotionsthema geholfen hat, war ich ihm sehr dankbar.

So vergingen die gemeinsamen Jahre an der Hochschule wie im Fluge. Wir hatten erfolgreich promoviert, ich war damals sehr stolz auf mein „Magna cum laude". Nach meiner Assistenzzeit mußte ich die Hochschule vertragsgemäß verlassen, mit meiner Westverwandtschaft konnte ich „keinen Staat machen". Eine gehobene Laufbahn blieb mir versagt, ich gehörte nicht zur Nomenklatura. Ich wurde wissenschaftlicher Mitarbeiter in der Forschung des Chemiekombinats Bitterfeld, mein Oberschulkamerad Gunther blieb an der Hochschule in Merseburg. Er hatte den besseren Kaderspiegel, während man mir in Bitterfeld meine Westverwandtschaft indirekt vorgeworfen hat. Auch für das Großforschungszentrum hinter der Hochschule war ich nicht aufnahmefähig gewesen. Gunther wurde Oberassistent, ich „verkam" in der Industrie. Das letzte Mal sahen wir uns in der damaligen Bezirksstadt Halle, wohin ich Ende der 60er Jahre gezogen war. Gunther hatte eine Wohnung in der Chemiearbeiterstadt Halle-Neustadt erhalten. Das war damals ein außerordentliches Privileg.

Ein Absolvententreffen in den 70er Jahren führte mich dann wieder nach Merseburg an die Hochschule. Der Jubiläumsvortrag von Frau Prof. R. war belanglos, ich bemühte mich trotzdem hinzuhören. Eine Frau war Professorin geworden, noch tief in DDR-Zeiten hatte die Umformung zur „roten Hochschule" begonnen. Bei den Gesprächen mit ehemaligen Studienkollegen erreichte mich die Kunde vom „Verschwinden" meines ehemaligen Schulkameraden und späteren Kollegen. So richtig an kam diese Nachricht von Gunthers „Verschwinden" bei mir erst am Abend des Absolvententreffens.

Ich erfuhr, daß er in der Woche wie so oft länger gearbeitet hatte. Er soll dann seine Frau angerufen und ihr mitgeteilt haben, daß er mit dem Bus nach Hause komme. Ich kannte diese Verbindung über Halle aus früheren Zeiten. Sie war gern und oft benutzt worden. Die Abgabe des Schlüssels beim Pförtner am Haupteingang war dann Gunthers letztes Lebenszeichen. Vom Pförtner bis zur Bushaltestelle sind es nicht einmal 50 Meter. Seit der Schlüsselabgabe hat man nichts mehr von ihm gehört.

Am Abend des Absolvententreffens fand noch eine feuchtfröhliche Abschlußfeier in der neuen Mensa statt. Es wurde wie üblich in DDR-Zeiten viel getrunken. Ein Kollege aus der ehemaligen Seminargruppe war Leiter der Kriminalpolizei im benachbarten Kombinat geworden, ein anderer Professor. In vorgerückter Stunde wurde ich konfrontiert mit Worten wie: „Wenn du wüßtest!" Meine Frau konnte als Invalidenrentnerin in den „goldenen Westen" reisen. Von der engmaschigen Überwachung ahnte ich damals einiges, aber es hat mich nicht sonderlich aufgeregt.

Auf dem Weg zur Straßenbahn nach Halle waren dann noch einmal vier Studienkollegen zusammen. Einer von ihnen, R., erklärte zum Verschwinden von Gunther, daß statistisch zwei bis drei Menschen pro Jahr in der DDR verschwinden. Er erklärte das mit einer Sachlichkeit und Kälte, die mich erbittert hat. „Ich haue dir in die Schnauze, wenn du noch einmal so von Gunther sprichst", schrie ich empört. Der spätere Parteisekretär neben mir wich erschrocken zurück, ich konnte mich gerade noch beherrschen. Währenddessen schnarchte der Professor zwischen mir und dem Parteisekretär. Ich verstand die Welt nicht mehr, während der Schmerz um meinen Freund aus vergangenen Jahren in mir tobte. Der künftige Parteisekretär erklärte mir später, daß ich ihn bedroht hätte. Es könnte so gewesen sein, denke ich. Ich war sehr wütend gewesen. Aber einen Krieg gegen die Arbeiterklasse und ihre Partei wollte ich nicht beginnen. Ich wußte, daß ich meine Bildung im allgemeinen der DDR verdankte.

Der spätere Direktor für Auslandsbeziehungen an der Hochschule, also R., war gerade entschwunden. Alle hatten in diesen Jahren ihre Karriere an der Hochschule begonnen, sind in der roten Welle mitgeschwommen. Der künftige Parteisekretär hatte wenig zu der Auseinandersetzung gesagt. Zwischen uns hing der Professor. Ich staunte, daß ein Mensch gehen und gleichzeitig schnarchen kann.

Wir lieferten den Professor dann bei seiner Frau ab. Ich erreichte die letzte Straßenbahn nach Halle noch. Meine Gedanken waren bei Gunther, während die Straßenbahn durch die Nacht zuckelte. Ich fragte mich, was Gunther jetzt gerade machen könnte. Ich konnte mir einen toten G. nicht vorstellen. Er war immer so lebensfreudig gewesen, das hatte mich immer so beeindruckt. Vom Hauptausgang an der Pforte des Hauptgebäudes bis zur Busabfahrtsstelle nach Halle und Halle-Neustadt waren es nicht einmal 100 Meter. Wie kann ein Mensch auf dieser kurzen Strecke spurlos verschwinden, ich konnte es mir nicht erklären.

Jahre später sagte mir seine Laborantin in einem Gespräch, noch vor der politischen Wende des Jahres 1989, daß Gunther wahrscheinlich im Beton des Plattenwerkes hinter dem Hauptgebäude verschwunden sei. Ich habe sie zweifelnd angesehen, hatte auch noch von Geheimdienstarbeit und dergleichen Gerüchten gehört. Ich konnte mir das bei meinem Lebensbegleiter nicht vorstellen, weil er immer so impulsiv war, offenherzig und geradlinig.

Später hörte ich noch, daß seine Frau ihn „für tot erklären" mußte, um ein neues Leben zu beginnen. So war mein Freund doch noch zur statistischen Größe geschrumpft, eben „einfach aus dem Leben verschwunden".

Diese Empfindung für eine Form des menschlichen Lebens ereilte mich dann noch einmal bei meiner Arbeit in Sibirien. Als Anfahringenieur für eine Chloralkalielektrolyseanlage des ehemaligen DDR-Chemieanlagenbaus war ich nördlich vom Baikalsee in der sibirischen Taiga tätig, 400 Kilometer von Irkutsk entfernt. Als kontaktfreudiger Thüringer war ich mit vielen Russen ins Gespräch gekommen, hatte mir die Taiga auf meinen Skiern erschlossen und Land und Leute kennengelernt. Bei einem Ausblick auf eine Baustelle, auf die ich unweit unseres neuen Betriebes bei meinen Ausflügen mit den Skiern gestoßen war, sah ich die vier Wachtürme, den Bretterzaun um eine große Fläche und mittendrin eine Latrine unter freiem Himmel. Ich war auf den Archipel Gulag gestoßen, wo Menschen so ohne weiteres verschwinden können.

Exemplarisch dazu war das Gespräch mit dem Sicherheitsleiter des neuen Kombinats. Ich fragte ihn, ob man mir einen Kontrolleur hinterherschickt, wenn ich nach Feierabend und an den Wochenenden auf meine Skier steige und im Wald verschwinde. Er hat nur gelacht und gesagt: „Entweder Sie kommen aus dem Wald zurück oder bleiben drin!" Ein Bildband vom Baikalsee, den er mir nach dem Gespräch schenkte, erinnert mich an diese Umstände. Ich war viel allein mit meinen Skiern unterwegs, denn meine Kollegen blieben wegen der Kälte in ihren Wohnungen. Die Taiga hat mich letztlich nicht einbehalten. Die Natur ist des Menschen Freund, denke ich mir dabei. Was ist dann der Mensch für den Menschen?

Ein „Sprengstoffknorpel" an der TH

Aus meinen Halbstarkenjahren stammt der Thüringer Ausdruck „Sprengstoffknorpel". Mein Großvater hatte mich so genannt. Voller Wut hat er mich angeschrien, weil ich den Anbau zum Wohnhaus fast abgefackelt hatte. Wir hatten am Bahnhof bei der Verladung Schwefel in Brockenform gefunden. UnkrautEx gab es in der Drogerie, und Kohlepulver stellte kein Beschaffungsproblem dar. Mit dem Gemisch haben wir den Dachrinnenablauf gefüllt und zugestopft. An eine Zündschnur hatten wir auch gedacht. Und dann ging alles rasend schnell, der Dachboden über dem Schweinestall stand in Flammen. Mein Großvater hat das Feuer mit einer Wasserspritze aus Kriegszeiten löschen können. Geblieben ist der Ausdruck für mich und meine Untat. Seitdem bin ich vorsichtig geworden, es auch geblieben über die Studentenzeit und die meiner Promotion, wo ich fast jeden Tag Umgang mit sprengstoffartigen Substanzen hatte. Es war die chemische Verbindung Chlorstickstoff gewesen, der analoge Jodstickstoff war allen Studenten gut bekannt.

Einem jüngeren Studenten wurde er Jahre später zum Verhängnis. Er hatte Jodstickstoff in Pulverform hergestellt, das Pulver in Türritzen gestreut und auf den Gängen im Internat verteilt. Zuerst hat es eine Tür aus der Halterung gesprengt, dann den Hund des Hausmeisters an die Decke gejagt und dann als Höhepunkt einem Studenten zum Beinbruch verholfen. Er wurde „geext", wie wir den Rausschmiß aus der Hochschule nannten. Es folgte die Bewährung in der Industrie, danach konnte er sein Studium fortsetzen. Mancher geexte Student hat bei solchen Gelegenheiten auch eine Stasikarriere begonnen.

Als Assistent bin ich im gleichen Institut dem Genannten wiederbegegnet. Später waren noch kurze Kontakte in Bitterfeld gewesen. Eine Laborantin war von ihm schwanger geworden. Danach soll er versucht haben, mit einem GST-Tauchanzug durch die Elbe zu schwimmen und ist letzlich in einem DDR-Gefängnis gelandet. Nach Absitzen der Strafe wurde er von der Bundesrepublik „freigekauft".

„Man trifft sich im Leben mindestens zweimal", sagt der Volksmund.

Ich war von meiner damaligen Arbeitsstelle in Bitterfeld als Anfahringenieur zum neuerbauten Bunakomplex delegiert worden. Dort fragten mich die Kollegen aus dem anderen Teil Deutschlands, ob ich einen Herrn P. kennen würde. Ich bejahte ihre Nachfrage, innerlich „heulte ich auf", weil ich mich an den mir bekannten Studenten aus TH-Zeiten erinnerte. Man erzählte mir von seiner Autofahrt im angetrunken Zustand, die von der Polizei gestoppt worden war. Er hat dann in der Zelle den Blutalkoholwert durch „Toben in der Zelle", also sehr starke körperliche Aktivität, abgesenkt. Der Kontrollarzt hat die erforderliche Blutentnahme vorgenommen, die einen zulässigen Wert ergab. Bei der Firma U. wurde ein Held geboren, dem die volle Anerkennung sicher war. Ich hörte erstaunt zu, lächelte auch über die praktische Anwendung der Alkoholverbrennung im menschlichen Körper. Bei den Westdeutschen war in den 70er Jahren beim Anfahren von Buna II eine beträchtliche Überheblichkeit nicht zu übersehen.

Den Kollegen der genannten Firma bin ich später auch in Sibirien beim Anfahren einer der letzten DDR-Chemieanlagen begegnet. Das Verhältnis war wie schon zuvor in Buna sehr gut gewesen. Nach der Wende bin ich bei meiner Bewerbung um einen Arbeitsplatz bei dieser Firma nicht auf Wohlwollen gestoßen. Die Zeiten hatten sich geändert.

„Sprengstoffknorpel wider Willen" bin ich dann doch noch geworden. Der Sprengstoff Chlorstickstoff war bei den Untersuchungen zur Filterlaugenelektrolyse im Rahmen der Promotion allgegenwärtig. Kleinere Verpuffungen traten oft auf, man konnte sich daran „gewöhnen". Bei entsprechenden Vorsichtsmaßnahmen konnte man sich mit diesem Sprengstoff sogar „anfreunden". Voraussetzung dafür ist das entsprechende naturwissenschaftliche Wissen, gepaart mit Fingerfertigkeit und dem handwerklichen Können der Chemiker. Die Chemiker von „früher" hatten sogar Chlorstickstoff destilliert. Als Granatenfüllung hat sich die ölige Flüssigkeit nicht durchgesetzt.

Solche Feinheiten braucht man heute beim Arbeiten am Computer nicht. Wir waren aufgefordert worden, die Studenten im technologischen Praktikum in die Forschungsuntersuchungen einzubeziehen. Die Vorschrift zur Herstellung einer größeren Menge an Monochloramin war wohl nicht detailliert genug gewesen. Als im Fünf-Liter-Kolben ölige Tropfen auftauchten, wurde es dem Studenten etwas „mulmig". Er schloß das Ab-

zugsfenster und wollte zu mir. Am Laborausgang angekommen, kam es dann zur Explosion. Es entstand nur
Sachschaden. Ich hatte „wahnsinniges Glück" gehabt.

„Soviel Glück wie du eben hattest, möchte ich im Leben
immer haben", sagte der Oberassistent zu mir, nachdem
er mich maßlos beschimpft hatte. Ich kam mit einer
Verwarnung davon, mit der ich leben konnte. „Glück
gehabt", sagt man dazu. Und Glück braucht man im
Leben, man kann nicht genug davon bekommen. So
denke ich heute.

Wirtshäuser, Kneipen in Merseburg und die Studenten

Eine kleine Geschichte aus dem Studentenleben in Merseburg

„James" war der Frauenheld in unserer Seminargruppe.
Er war erst im dritten Studienjahr zu uns gestoßen. Er
hatte mit seinen Eltern in der ehemaligen Sowjetunion
gelebt, hatte dort auch mehrere Jahre verbracht. Eigentlich wußten wir sehr wenig von ihm. Größeren Ehrgeiz
im Studium entwickelte er nicht. Er war intelligent, andererseits aber auch faul im Studium. Das entsprach
nicht dem Stil unserer „Strebertruppe". Sehr sportlich
war er, er besaß einen durchtrainierten Körper und ein
angenehmes Äußeres. Er versuchte, uns zu sportlichen
Höchstleistungen zu treiben. Sport war sein Metier.
Wesentlich war auch sein Drang zum anderen Ge-
schlecht. Wir sahen ihn oft mit Frauen verschiedener

Couleur zusammen, auch Frauen von Offizieren der russischen Garnison gehörten zu seiner Zielgruppe.

In die Kneipen Merseburgs hat er uns nicht begleitet. Das entsprach nicht seinem Elitedenken. Wir haben die Wirtshäuser und Kneipen Merseburgs, diese Milieubegriffe sind heute nicht mehr geläufig, gut gekannt. Fünf Jahre Studium waren in der DDR obligatorisch, entsprechend hoch waren die Belastungen. Vorlesungen, Seminare, mündliche Prüfungen, Klausuren, Laborarbeiten bis zum Abend und die „Büffelei" bis in die Nacht trieben uns oft in die Kneipen. Wir mußten uns abreagieren, abschalten bei einigen Bieren. Das entsprach den studentischen Traditionen, bestimmend war letztlich unser Geldbeutel.

Damals waren die Gaststätten und Kneipen voller Menschen. Im Vergleich zu heute, der Zeit nach der politischen Wende 1989, war es oft schwer, einen Platz zu bekommen. Volle Gaststätten habe ich nach der Wende nur in den alten Bundesländern erlebt. In Merseburg gibt es sie, die geliebte Eckkneipe, nicht mehr. Auch die Gaststättenszene hat gelitten. Dafür sind Dönerbuden und Asia-Snacks an allen Ecken entstanden. Das Bierchen für wenig Geld gibt es nicht mehr. Dabei war das Bier aus DDR-Zeiten fast nicht trinkbar, aber wir kannten es nicht anders. Lediglich bei den Reisen zu den Tschechen lernten wir besseres Bier kennen.

Die Kneipen im Merseburg der 60er Jahre kannten wir alle und besuchten sie entsprechend unserer Freizeit. So nach den Physikochemie-Klausuren in der Mensabaracke, die den Zeitraum von 8 bis 16 Uhr beanspruchten. Danach gab es nur noch die Flucht in die Bierstampe am Stahl-Sportplatz. Wir waren froh, es geschafft zu haben. Andere beliebte Ziele aus der Vielzahl in Merseburg waren der „Hahn" in der Gotthardstraße, der „Tiefe Keller" in der Burgstraße und die „Sonne" auf dem Markt. In der gepflegten Speisegaststätte „Sonne" konnte man ein gutes Bierchen trinken. Die Kellnerin war eine außerordentlich attraktive Dame mittleren Alters, die uns durch ihre sinnliche Schönheit bei jedem Besuch beeindruckte. Sie bediente die Gäste freundlich und charmant. Im Hintergrund stand ihr Mann am Zapfhahn in drohender Positur, beobachtete das Geschehen argwöhnisch und in ständiger Bereitschaft, Anbiederungsversuche der Studenten zu unterbinden. Von einigen Versuchen hatte ich gehört, aber auch von ihrem Scheitern. Der Wachhund hinter der Theke soll unerbittlich gewesen sein.

Im Labor erzählte ich unserem Frauenliebhaber von der Schönen in der „Sonne". Von den Schwierigkeiten, diese „Bastion zu stürmen" und an die Dame heranzukommen, auch von dem Ehemann als ständigem Wachhund berichtete ich ihm. James war sofort interessiert und betonte, daß er keine Schwierigkeiten sähe, die Hübsche zu erobern. Auch die zahlreichen Fehlversuche Gleichgesinnter schreckten ihn nicht ab, eher reizten sie ihn noch mehr. Ich sagte ihm, daß er keine Chance hätte, zum Zuge zu kommen. Genervt bot er mir dann die Wette an, daß er das in einem Vierteljahr erledigen würde. Wir einigten uns schnell auf den unter Studenten üblichen Kasten Bier, die im Labor umstehenden Kommilitonen stimmten begeistert zu.

Wochen gingen ins Land, ich hatte die Wette schon vergessen. Eines Tages „baute" sich mein Studienkollege vor mir auf, erklärte mir die verlorene Wette und knallte als Beweis den bekannten Teil weiblicher Unterwäsche auf den Labortisch. Die anderen Studenten in unmittelbarer Nachbarschaft guckten interessiert und fragten nach Details. Anerkennende Bemerkungen wurden gemacht, ich schaute etwas dümmlich drein. Ich solle nun den Kasten Bier besorgen, erwähnte er noch kurz.

Inzwischen hatte ich mich gefangen, die Überraschung überstanden. Ich war mit seiner Beweisführung nicht einverstanden, erklärte ihm, daß das gewisse Teil überhaupt nichts beweise und protestierte heftig. Komm heute abend mit mir in die „Sonne", erklärte er mir kurz. Ich stimmte zu.

Am Abend saßen wir dann in der „Sonne", tranken unser Bierchen und aßen die in der DDR übliche Bockwurst. Mehr konnten wir uns auch nicht leisten. Die charmante Kellnerin blühte förmlich auf, nachdem sie uns erblickt hatte. Als unser Don Juan ihr den Hintern tätschelte, lächelte sie ihn an. Ihr Mann hinter der Theke blickte wütend zu uns herüber, machte aber keine weiteren Anstalten, den Liebesbeweis zu unterbinden. James blickte mich herausfordernd an. Ich konnte ihm nur noch gratulieren und neidlos seinen Erfolg anerkennen. Unser Studienkollege gründete dann in Merseburg eine Familie. Es hatte ihn nicht lange in Merseburg und auch nicht bei Weib und Kind gehalten. Beim letzten Seminargruppentreffen erschien er mit kurzen Hosen. Er ragte aus dem Kreis der 60- bis 65jährigen sichtlich heraus, zumal das ihn begleitende weibliche Wesen seine Enkelin hätte sein können. Er ist eben einer Lebensmaxime treu geblieben, primus inter pares zu sein, und „einmal Don Juan, immer Don Juan" erlangte bei ihm wohl Allgemeingültigkeit.

Gifte und der Umgang mit ihnen

Gifte begleiten den Chemiestudenten durch sein gesamtes Studium. Während unserer fünfjährigen Ausbildungszeit hatten wir täglich mit giftigen Substanzen zu tun, das war Normalität geworden. Auch bei starken Giften, Giften der Abteilung 1 laut Giftgesetz, war ein gewisser Gleichmut, manchmal auch Leichtsinn im Umgang vorhanden. Der Umgang mit Giften war zur Routine geworden.

Eines Tages beauftragte mich der Oberassistent bei der Anfertigung meiner Diplomarbeit in der Besprechung zum Stand der Arbeiten, einen Vortrag über den Umgang mit Giften zu halten. Bei der Frage nach dem Warum bin ich schnell auf den Auslöser gekommen. Es war die Flasche mit Arsenik, die ich auf die Abstellfläche am Labortisch griffbereit gelagert hatte, und die nun fehlte. Der Oberassistent war von etwas hinterhältiger Natur, seine Anordnung entsprach seinem Naturell. Andererseits hatte er natürlich recht, uns an die Einhaltung von Vorschriften zu erinnern. Im Umgang mit Giften waren wir Studenten lax geworden, arbeiteten aber trotzdem gewissenhaft und sorgfältig. Sehr strenge Sicherheitsvorschriften lernte ich später in der chemischen Industrie kennen, vor allem nach der Wende 1989. Während meines Studiums in den 60er Jahren gab es keine gravierenden Vorkommnisse.

Bild: Dietrich Werner beim Studium (DW)

Manchmal mag auch etwas Glück mit im Spiele gewesen sein. So im dritten Studienjahr mit den Semestern für organische Chemie, in denen wir bei der Herstellung von organischen Spezialverbindungen sehr gestreßt wurden. Für die Herstellung von Bromcyan zur Weiterverarbeitung zu einer aromatischen Stickstoffverbindung verarbeitete ich Kaliumcyanid im Kilogramm-Maßstab. Die vorgeschriebene Gasmaske lag bei meinen Arbeiten neben mir im Abzug. Als ich eine „Brise" Bromcyan abbekam, ins Taumeln geriet, wurde mir die beschriebene starke Giftwirkung sofort bewußt. Natürlich arbeitete ich anschließend nur noch mit der Gasmaske. Es war eine heilsame Erfahrung gewesen, ich hatte ganz einfach Glück gehabt.

Bei Mord oder Selbstmord mit Giften gelten ganz andere Maßstäbe, hier werden Grenzen zum Strafrecht überschritten. Für den Umgang mit Giften gab es in der

DDR das Giftgesetz. In der studentischen Ausbildung wurden die sich daraus abgeleiteten Arbeitsvorschriften ziemlich lax behandelt. Es ist im Laufe vieler Jahre eben nichts passiert, Ausbildung und Lehre liefen in geordneten Bahnen. Vielleicht hat unsere Nachkriegsgeneration einfach ordentlich gearbeitet.

Und dann kam die Zeit, in der das Nichtvorhergesehene doch passierte: eine Selbstmordserie mit Zyanid unter Studenten war bekannt geworden. Ich hatte die Hochschule Anfang der 70er Jahre verlassen, kannte die Vorkommnisse nur aus der „Gerüchteküche". Es sollen mindestens zwei Fälle gewesen sein, die bekannt wurden. In einem Fall war Liebeskummer der Auslöser, im anderen Prüfungsangst oder Versagensnöte. Wie mir bekannt wurde, hat man die Vorschriften verschärft. Ob Nachahmungstaten stattgefunden hatten, war nicht in die Öffentlichkeit gedrungen. Selbstmord von jüngeren Menschen gab es zu allen Zeiten. Es handelt sich um ein menschliches Phänomen, das bei von Goethe im „Leiden des jungen Werther" starke zeitliche Beachtung fand. Daß sich eine gesellschaftliche Frage dahinter verbergen kann, beweist der Gegenentwurf von Nikolais „Freuden des jungen Werther".

In der heutigen Zeit sind Rauschgifte ein delikates Problem. Einige Staaten haben dafür drastische Strafen in ihrem Programm.

Bei älteren Menschen ist der Suizid eine Möglichkeit, sich von körperlichen Qualen wie bei Krebs oder den verschiedenen Formen von Demenz zu befreien. Heute sage ich mir, daß ich damals beim Arbeiten mit Zyanid – es wurde noch kein „Giftschein" gebraucht – die Möglichkeit gehabt hätte, mir einen Vorrat für Probleme im Alter zuzulegen. In meiner Studentenzeit habe ich solche Fragen nicht beachtet, der lebensbejahende Aspekt stand im Vordergrund. Heute, im fortgeschrittenen Alter, drängen sich andere Gedanken auf. Meine gesellschaftlichen Erfahrungen sind nicht die besten.

Merseburg-Nord
Am Rande der F91

Philine Eschke-Scheubeck

Die neue Schnellstraße F91

Als ich Kind war, etwa 1963, begann man gerade die Schnellstraße F91 zu bauen. Ich wohnte in Merseburg-Nord, in der Lutherstraße. Dort sprach sich die Neuigkeit schnell herum. Wir Kinder wollten uns die große Baustelle unbedingt aus der Nähe anschauen. Also fuhren wir mit unseren Rollern zur Baustelle, als dort nicht gearbeitet wurde. Viele erinnern sich bestimmt noch, zu unserer Zeit waren die Roller durch die größeren luftbereiften dicken Räder geländegängiger als die heutigen Konstruktionen.

Boah, wie staunten wir über die mehrspurige, breite und schlammige Schneise in der Wiesenlandschaft. Tiefe Fahrspuren trennten Merseburg von den Feldern. Wir fuhren in der Baustellenfahrspur nach Süden, Richtung Ottoberg (damals war es noch kein Ottoloch).

Bild: Merseburger Luftroller (PES)

Wir verschwanden mit unseren Rollern regelrecht zwischen den hohen Erdwällen. Auf unserer Expedition entdeckten wir an der linken Straßenseite gut erhaltene Keller, welche halb aus dem Boden ragten. Hier mußten Häuser abgerissen worden sein, oder es waren Reste aus dem zweiten Weltkrieg. Jedenfalls stiegen wir in eine Öffnung ein und staunten, wie weitläufig diese unterirdischen Räume waren.

Die von uns inspizierten Keller waren leergeräumt, bis auf einen. In dem standen große Holzfässer aufgereiht. Ein Deckel ließ sich anheben und wir erspähten: dicke eingelegte saure Gurken! Gott sei Dank, nichts Schlimmes! Wie lange mochten die hier schon liegen? Wer hatte die hier gelagert? Waren die Fässer vergessen worden oder hatte jemand heutzutage die alten Keller für sich genutzt? Ob die Gurken eßbar waren? Das Faß war randvoll. Neugierig geworden angelten wir uns jeder eine Gurke und kosteten. Hmm, die waren köstlich. Wir schlugen uns die Bäuche voll. Leider hatten wir keinen Beutel mit, um unseren Familien was mitzunehmen. Da hörten wir Stimmen. Gab es etwa doch einen Besitzer? Waren es Konkurrenten, andere Kinder? Waren es die Russen? Wir wollten es nicht wissen und hauten ab.

Flugzeugabsturz

Wer von uns Älteren erinnert sich nicht an die klirrenden Scheiben, wenn ein Ultraschalljäger die Schallmauer durchbrach, und an die schlaflosen Nächte, wenn auf dem Flugplatz irgendwelche großen Motoren stundenlang laut dröhnten.

Damals, an einem sonnigen Tag, verbreitete der Buschfunk die Nachricht: ein Düsenjäger, eine MiG der Russen sei abgestürzt. Der Pilot sei tot. Er sei ein Held, er habe knapp über den Häuserblocks vom Gerichtsrain die Maschine noch mal etwas hochziehen können, sonst wäre das Flugzeug in die Häuser gerauscht. Durch diese Aktion aber hatte der Pilot keine Zeit, sich durch den Schleudersitz zu retten. Das Wrack solle auf dem Feld liegen. Mit offenen Mündern hörten wir die ungeheuerliche Geschichte. Da mußten wir hin; das mußten wir sehen! Wir schnappten unsere Roller und überquerten, mühselig die Erdwälle der Baustelle überwindend, die zukünftige Schnellstraße. Wauh, wahrhaftig, da hinten lag das Flugzeug und brannte in einer hohen Feuerwand lichterloh.

Wir hatten uns an dem Unglück noch nicht sattgesehen, da entdeckten uns die Russen aus der Ferne. Mehrere Soldaten rannten in unsere Richtung und brüllten: „Давай, давай". Als wir nicht sofort reagierten, nahmen sie die Kalaschnikows von der Schulter und schwenkten sie vor sich her. Jetzt begriffen wir, die meinen es ernst. Die Russen kamen immer näher. Uns packte panische Angst. Wir schnappten unsere Roller. Jetzt wollten die Dinger aber nicht so schnell über die Schlammberge. In unserer Verzweiflung nahmen wir Kinder alle Kräfte zusammen und trugen unsere Roller durch die Baustelle. Wir hatten „Schiß", würden die uns erschießen? Verhaften? Selbst wenn die Russen uns nur drei Tage einsperren und Kartoffeln schälen ließen: wie würden unsere Eltern reagieren? Wir rannten quasi um unser Leben. Als wir die tiefen Fahrrinnen schon überwunden hatten, rutschte einem von uns Knirpsen das Herz vollends in die Hose. Wohl oder übel mußten wir anhalten, damit er sein Angsthäufchen machen konnte. Die Russen kamen immer näher. Sie liefen zwar etwas langsamer, schwenkten aber immer noch die Knarren. Sie waren fast am Straßenbaustellenrand auf der anderen Seite angelangt. Wir flehten unseren Freund an, er solle schnell machen, die Russen kommen! Endlich war er fertig. Ohne die Hosen zuzumachen und den Pullover zu ordnen, zog er die Hosenträger hoch und wir sausten, nun schon wieder in der Zivilisation, auf ordentlichem Fußweg um die nächste Häuserecke. Dort fühlten wir uns halbwegs sicher und riskierten einen Blick zurück. Puh, noch mal Glück gehabt, die Russen haben die F91 nicht überquert, sie entfernten sich schon wieder. Welch Abenteuer!

Agentenspiel

Ein, zwei Sommer später erinnerten wir uns an die peinliche Begebenheit, als wir so panisch vor den Russen abgehauen waren. In dem Sommer war sowieso gerade Spionsein angesagt. Nur so tun als ob, war auf die Dauer aber langweilig. Also faßten wir den Entschluß, die Schmach vom letzten Jahr wieder gutzumachen. Wir wollten den Flugplatz ausspionieren. Einer meiner Kumpel hatte dafür extra einen altertümlichen kleineren Fotoapparat von seinem Papa geklaut und in der Jackentasche dabei. Diesmal marschierten wir ohne Roller los. Wir überquerten die F91 und liefen die Querfurter Straße entlang. An einer Art eingezäunter Schrottsammelstelle erschien uns das Gelände geeignet, sich näher an den Flugplatz anzuschleichen. Wir robbten teilweise sogar auf dem Bauch durch Sandkuhlen, hohes Gras und Gestrüpp. Wir kamen relativ „nahe" heran. Wir sahen seltsame hohe grasbewachsene Berge und konnten sogar ein Flugzeug dazwischen erkennen. Viele Soldaten liefen herum. Mein Kumpel knipste einige Fotos. Er konnte die Kamera kaum halten, so zitterte er vor Aufregung. Plötzlich kamen nur wenige Schritte von unserer Deckung entfernt zwei Soldaten mit geschultertem Gewehr vorbei. Wachposten! Wir hielten den Atem an und duckten uns tief ins Gebüsch. Mein Spielfreund stopfte die Kamera ins Gras unters Gebüsch, damit man sie im Ernstfall nicht bei ihm findet. – Die Soldaten latschten achtlos an uns vorbei. Erleichtert atmeten wir auf. Als die Streife sich genügend weit entfernt hatte, nahm Peter seine Kamera wieder an sich, und wir schlichen nun noch vorsichtiger als vorher, jede Deckung nutzend, zurück am Schrottplatz entlang zur Querfurter Straße. Geschafft! Die Schmach vom letzten Sommer war getilgt! Wir fühlten uns wie Helden. Einige Tage später fragte ich meinen Freund mit dem Fotoapparat, wie die Fotos geworden sind, ob man was erkennen kann. Er entgegnete mir: „Das war doch nur eine alte Kamera, die geht gar nicht mehr, ein Film war sowieso nicht drin gewesen".

Russenflugplatz

Viele Jahre später, ich war Lehrling in Buna, hatte ich ganz hinten im Südwesten vom Werk zu tun. Der Bau, wo ich für einige Zeit arbeitete, war beinahe so hoch wie ein Hochhaus. An einem sonnigen, klaren Tag zog ein Kollege mich vertrauensvoll zur Seite und sagte: „Komm mal mit an das Fenster da hinten, da kannst du die Russenflieger sehen." Und wirklich; von den großen Fenstern auf dieser Seite hatte man einen wunderbaren Ausblick auf den Russenflugplatz. Der Kollege holte einen Feldstecher aus der Jacke und hielt in mir vor die Nase. Wahnsinn, wie deutlich ich jetzt alles sehen kann: Autos, Soldaten und dazwischen fuhren die MiGs herum. Ich erkannte, die Grasberge aus meiner Erinnerung waren ja Flugzeuggaragen, Hangars! Das Beste waren aber die Steilstarter! Flugzeuge, die von einer Art Rampe steil, vielleicht etwa 45 Grad, in den Himmel zischten. Und wie die landeten, große bunte Bremsfallschirme hinter sich herziehend! Ein toller Anblick! Ich mußte schmunzeln bei dem Gedanken, welche Angst die Russen vor Spionage hatten und welche harten Strafen darauf standen. Und hier von diesem Arbeitsplatz aus konnte man gar nicht anders, man mußte den gesamten Flugplatz überblicken.

Die Situation in den sechziger Jahren an der TH für Chemie in Merseburg

Dr. Dietrich Werner

Die TH in Merseburg war aus einer früheren Chemie-Fachschule in Halle/Saale hervorgegangen. Diese Bindung an die frühere Fachschule war noch Hintergrund für unser erstes Studienjahr an der Fakultät für Stoffwirtschaft. Das war die Wiedergabe des klassischen Chemiestudiums alter Lesart. Hörsäle und Laboratorien befanden sich noch im Neuwerk in Halle unweit der Saale. Wir wohnten im Internat in Merseburg, wir Studenten mußten täglich in das 15 Kilometer entfernte Halle zu den Vorlesungen und Praktika fahren. Obligatorisch waren Reichsbahn- oder Straßenbahnfahrten, unbequem und zeitaufwendig.

Bild: Prof. J. Stereoskopischer Effekt (DW)

Wir haben unsere Professoren verehrt

Le professeur – im Französischen ist das die allgemeine Bezeichnung für den Lehrer. Bei den Deutschen ist der Professor ein akademischer Grad für einen Hochschullehrer. Damit verbunden ist ein staatliches Lehramt an einer Universität oder Hochschule. Das betrifft auch die Technische Hochschule in Merseburg, an der ich mit meinem Bildungswahn nach meiner Armeezeit gelandet war.

Prof. G. lehrte analytische Chemie in den ersten beiden Semestern. Seine Vorlesung war bei uns Studenten sehr beliebt. Die Anzahl der Sitzplätze war durch die kleinen Hörsäle im Neuwerk, einem schönen Altbau in Halle/Saale, eingeschränkt. Um einen der begehrten Sitzplätze zu ergattern, setzten wir nach Verlassen der

Straßenbahn zu einem Sprint durch Halles Straßen und Gassen an. Keiner wollte zu der Vorlesung von „Bichromat", dem Oberassistenten alter Schule, als Restlösung für die eigene Langsamkeit gehen müssen. Ich als sportlich Gestählter gehörte nicht zu diesem Rest, war stolz auf meine Sportlichkeit.

Man stelle sich heute Studenten vor, die durch Halles Straßen hasten, um einen Platz in einer Vorlesung zu ergattern. Die Zeiten haben sich geändert, mit ihnen die Menschen. Es gibt sie nicht mehr, die durch Halle rennenden Studenten, schade. Das gab es noch in DDR-Zeiten, mit diesem Drang nach Bildung. Das ist mir in Erinnerung geblieben, das ist unser studentischer Alltag gewesen. Dazu gehörten diese täglichen Fahrten in die Großstadt Halle mit ihrem großen Kulturangebot, die es ab dem zweiten Studienjahr für uns nicht mehr gab. Denn in der Zwischenzeit waren in Merseburg neue Hörsäle und Labors für unsere umfangreiche Chemieausbildung entstanden.

Und da waren weitere Professoren, die uns bewegten, uns begeistert haben und uns auch rein menschlich ansprachen. Einer von ihnen war Prof. J., Hochschullehrer für Experimentalphysik, mit einem entsprechenden Praktikum im ersten Studienjahr. Zur Chemie gehört die Physik als untrennbare Einheit, die er in seiner Vorlesung gekonnt darstellte. Ich war damals stolz, ihn in Aktion in seiner Vorlesung fotografiert zu haben. Das Foto wurde sogar im Magazin „Fotofalter" veröffentlicht.

Aber zum Leben eines Studenten gehört mehr als Arbeiten im Labor, Pauken bis in die Nacht. Wir Studenten kamen oft aus bescheidenen Verhältnissen. Da war Essen mit Messer und Gabel und guten Manieren nicht immer persönlicher Standard. Aber wir waren jung und lernfähig. Und dazu gab es diese Vorlesung unseres Physikprofessors über „Gutes Benehmen". Sie begann am Abend, 20 Uhr c.t. Der Hörsaal war voll belegt, gespannt verfolgten wir die Ausführungen unseres Professors. Jeder nahm etwas für sich mit ins Internat und in das weitere Leben.

Der Professor vor dem Kino: Ja und das hat es auch gegeben. An kiffende Studenten in unseren Studienzeiten kann ich mich nicht erinnern, Drogen und andere Stimulantien waren uns unbekannt. Dafür kannten wir den Teufel Alkohol ganz gut, wie es aus Studentenkreisen früher geläufig war. Die Kneipen in Merseburg waren bei den Studenten sehr beliebt. Das war eben studentische Tradition.

Ab und zu gingen wir auch mal ins Kino, um den Kopf freizubekommen. Da stand manchmal unser knallharter Professor P., der kontrolliert hat, ob einer seiner Studenten oder Mitarbeiter einen Kinobesuch gewagt hat. Wir waren sehr erstaunt, haben über diese Sache in unserem Studentenjargon „gelästert". Wir konnten seine Verhaltensweise damals nicht verstehen.

Bei der geballten Dauerbelastung beanspruchten wir das Abschalten in den verschiedensten Formen. Als wir später erfuhren, daß bei Abwesenheit des übereifrigen Professors das Institut „auf dem Kopf stand", konnten wir uns ein Lächeln nicht verkneifen.

Der genannte Professor war ein „Härtefall". Er hat sein Programm hart durchgezogen, ist nicht von seiner Linie abgewichen. Man konnte sich auf ihn einstellen. Als gefürchteten Zuhörer haben wir ihn später bei Ver-

teidigungen von Diplom- oder Doktorarbeiten kennengelernt.

In unserer Anfangszeit, da war auch noch ein weiterer Prof. P., der aus der Industrie an die Hochschule
gekommen war und über organische Grundlagenchemie
gelesen hat. Irgend etwas war schief gegangen im Verhältnis zwischen der Parteileitung der Hochschule und
dem Professor. Durchgesickert waren Bemerkungen
wie: „Ihr seid ja schlimmer als die Faschisten". Der
Professor verschwand in der Versenkung, ein neuer kam
aus Dresden. Es war die Zeit der politischen Auseinan-
dersetzungen. Dann kam auch als neue Komponente
das Wirken der Staatssicherheit hinzu. So richtig bemerkt haben wir das aber erst viel, viel später. Bekannt
wurden mir Ansichten von Merseburgern, daß die Studenten an der Hochschule dekadent seien. Das wurde
mir später bei einem Krankenhausaufenthalt mitgeteilt.
Der damalige Parteisekretär an der Hochschule, der
Genosse B., war auch so ein „Hartliner". Ich hatte auf
der großen Treppe des Krankenhauses einige Gespräche
mit ihm geführt. Später hatte diese Betrachtungsweise
gegenüber den etwas „aufmüpfigen" Studenten, es waren die 60er Jahre, auch auf persönliche Dinge, wie die
Einreise in meinen Heimatort in der Sperrzone, überge-
griffen. Als politisch nicht zuverlässigem Studenten
verweigerte man mir die Heimreise nach Hause über
Weihnachten. Über diese Dinge werde ich später in
„Betrachtungen zur studentischen Freiheit" weiter unten berichten.

Von der jungen Gemeinde an der Hochschule habe ich ab und zu gehört.

Ein Kommilitone aus einem höheren Studienjahr erzählte mir, daß er die Hochschule wegen „Mitgliedschaft" in der jungen Gemeinde verlassen muß. Ich habe ihn später nicht mehr gesehen. Na ja, interessiert hat es mich zu diesem Zeitpunkt nicht richtig. Jeder hatte mit seinen Problemen zu tun, um Analysen und Testate, dazu die Klausuren, zu schaffen. Der Lernstoff war immens. Dann wurden wir immer wieder an die Vorgaben des Fünfjahresstudiums erinnert. Die persönliche Leistung stand im Vordergrund.

Erst nach der Wende habe ich von dem „Hochschulpfarrer" Schorlemmer gehört, der über seine schönen Zeiten in Merseburg in der MZ berichtete. Während meiner Studentenzeit ist Friedrich Schorlemmer mir nicht begegnet, ich habe auch nichts von ihm gehört. Im Laufe meines Studiums lernte ich nur Carl Schorlemmer kennen, der 1964 als Namensgeber für die Hochschule herhalten mußte. Als Karl-Marx-Freund galt er somit als erster Chemiker unter den Kommunisten beziehungsweise als erster Kommunist unter den Chemikern. Friedrich Schorlemmer konnte ich gar nicht kennen, denn der kam erst 1971 nach Merseburg.

Nach der Wende sind viele aus der Versenkung aufgetaucht, darunter auch solche, die man mundtot gemacht hatte. Mein Interesse an kirchlichen Dingen war mehr atheistischer Natur. Dazu kam die Masse von Karrieristen, die auf den neuen Zug vehement aufgesprungen waren. Dann waren da noch die sogenannten

Wendehälse, karrieregeil, anpassungsfähig, gewissenlos. Fürchterlich hinter dem Geld her. Das „Portemonnaie wurde Ersatz für Charakter". Eben all das, was man als typisch deutsch ansieht.

Aber gehen wir wieder ein paar Jahrzehnte zurück, in sozialistische Zeiten. Der Sieg des Sozialismus war „vorprogrammiert". Ich war damals im ersten Studienjahr in der FDJ-Leitung der Hochschule gelandet. Wahrscheinlich war meine Parteimitgliedschaft das auslösende Element, wahrscheinlich auch meine Art, Probleme anzugehen. Die damit verbundene gesellschaftliche Arbeit hat viel Zeit verschlungen, die vielen Sitzungen und Besprechungen regten mich auf, weil sie mir sinnlos erschienen. So war ich nach einem „Mensastreik" der Studenten in einer Küchenkommission gelandet. Für mich war das alles so sinnlos, weil ich mit meiner Laborarbeit in Verzug kam und auch das Rudern im benachbarten Ruderklub aufgeben mußte. Als ich verspätet zu den Laborarbeiten nach Halle kam, waren einige spöttische Bemerkungen meiner Kollegen über meine Küchenrettungstätigkeit zu hören. Danach habe ich meine gesellschaftliche Arbeit „geschmissen", indem ich der nächsten FDJ-Wahl einfach ferngeblieben bin. Die Kritik war heftig, aber ich hatte fortan Ruhe betreffend gesellschaftlicher Arbeit. Meine Ausbildung im Studium war mir wichtiger gewesen. Und damals glaubte ich noch daran, studentische Freiheiten zu haben. Auf jeden Fall hatte ich nun auch wieder etwas mehr Zeit für private Angelegenheiten außerhalb des Studiums. Die ständige „Büffelei" hatte Spuren hinterlassen. Mit Wehmut dachte ich zurück an meine Armeezeit, in der ich die Hälfte der über zwei Jahre im Freien verbracht hatte. Der Winter war in diese Zeit eingeschlossen, die dabei erworbene körperliche Abhärtung hielt über mehrere Jahre.

Das zweite Studienjahr hatte begonnen. Das Hauptgebäude war zum großen Teil fertiggestellt worden. Unter dem Dach waren die Ökonomen angesiedelt, die die dritte Fakultät neben Verfahrenstechnikern und Stoffwirtschaftlern (Chemikern alter Lesart) darstellten. Bei der Lösung von Problemen aus der chemischen Industrie sollten diese drei zusammenarbeiten. Die Fakultät unter dem Dache bekam von uns Studenten die Bezeichnung „Max Lehmann", anstelle von Marxismus-Leninismus.

Diese etwas despektierliche Einstellung der Studenten wurde argwöhnisch beobachtet. Unter den Studenten waren die Bezeichnungen Hiwis, Verfahrene und Stoffschweine gebräuchlich geworden.

Die Bezeichnung Hiwis für Hilfswissenschaftler aus der ökonomischen Fakultät war nicht schmeichelhaft. Dafür haben sie dann in der chemischen Industrie den Chemikern schnell die Führung entrissen. Die Kaderpolitik in der ehemaligen DDR war sowieso ein besonderes Kapitel.

Die studentischen Hiwis hatten während des Studiums keine Praktika, dementsprechend mehr Freizeit als „Verfahrene" und „Stoffschweine". Beneidet haben wir sie um den Hiwi-Status nicht. Allerdings trafen wir sie ständig in Merseburgs Kneipen, wo zahlreiche verbale Attacken mit dem Rufen „Hiwis raus" endeten. Das war Teil unseres Studentenlebens an der TH.

Dann gab es noch diese Vorlesung der besonderen Art.

Sie hat Spuren hinterlassen, die im Laufe der Jahre verblaßt und in Vergessenheit geraten sind. Das marxistisch-leninistische Grundlagenstudium der ökonomischen Fakultät beinhaltete im ersten Studienjahr die Philosophie der Antike, des Mittelalters und der Neuzeit. Der Dozent Herr M. gestaltete die Vorlesung interessant, lehrreich und sehr informativ, sie war bei uns Studenten sehr beliebt.

Im zweiten Studienjahr, wir hatten gerade den obligaten Ernteeinsatz hinter uns gebracht, begann das neue mit der Vorlesung „Ökonomie der sozialistischen Industrie". Der folgende Konflikt war vorprogrammiert. Der Vortragende, ich habe seinen Namen vergessen, las stupid aus seinem Manuskript ab, ohne den Kopf zu heben. Der Stoff war uns mehr als fremd, wenig verständlich vorgetragen. Es war eine Ablesung von Fakten, die bei uns Studenten nicht ankamen und eine gewisse Verwunderung hervorriefen. Die ersten Studenten waren eingeschlafen oder tuschelten miteinander über das Niveau der Ablesung. Bei der nächsten Vorlesung kamen Spielkarten zum Einsatz und zahlreiche andere Dinge wurden gemacht. Witze über diese Vorlesung kamen in Umlauf. Natürlich kamen diese Dinge auch der Parteileitung der Hochschule zu Ohren. Der damalige Parteisekretär aus den benachbarten Leuna-Werken „Walter Ulbricht" drohte der Parteigruppe des Studienjahres mit Hinauswurf. Es blieb bei der Drohung, die monierte „Verlesung" ging dann irgendwie auch weiter. Es hatte sich wenig geändert.

„Geext zu werden", war gefürchtet.

Schon nach dem ersten Studienjahr haben uns zwei Mädchen aus der Seminargruppe verlassen. Ihnen war der Leistungsdruck zu hoch gewesen. Danach hatten wir noch ein Mädchen, das bis zum Ende unseres Studiums durchgehalten hat. Im zweiten Studienjahr hat es dann noch den Laboranten aus unserer Seminargruppe erwischt. Er hatte sich bei unserem Assistenten auch nicht beliebt gemacht. Das Verhältnis zum jeweiligen Assistenten war schon eine wichtige Sache, wie ich es später selbst zu spüren bekam. Im selben Jahr war noch ein Kollege aus einer anderen Seminargruppe wegen Betrugs geext worden. Erstaunlich war, daß er später zurückkam.

Läßt die Stasi hier grüßen?

Diese Kraft neben der Partei war nun in unser Leben getreten. Besser wurde dieses unsere Leben von fortan wohl nicht! Das war die Kraft, die im Hintergrund arbeitete. Von ihrem wahren Umfang erfuhren wir erst später. Am Anfang hieß es noch, daß „wer nichts sagt, kommt nicht nach Waldheim". Später war „Horch und Guck" überall in der DDR-Gesellschaft anwesend. Die Zeit hatte ihre Unschuld der Nachkriegsjahre verloren. Der sogenannte Klassenkampf wurde bestimmendes

Element, der Klassenfeind eine gebräuchliche Vokabel. Es war die Zeit des kalten Krieges. Für uns junge Studenten stand weiterhin das Durchkommen im Vordergrund.

Da stand er im „Stinkraum" des anorganischen Instituts, wo mit den gefährlichen Substanzen gearbeitet wurde, der Studienkollege aus der benachbarten Seminargruppe neben mir und berichtete mir von seinen Schwierigkeiten mit den anorganischen Präparaten. Er hatte das Abitur mit „Ausgezeichnet" abgeschlossen, berichtete weiter, daß man zu Hause sein Scheitern nicht verstehen würde. Diejenigen, die die anorganischen Präparate nicht schafften, standen bei der mündlichen Abschlußprüfung von vornherein „auf der Abschußliste". So kam es dann auch zwangsläufig, ich habe ihn später nicht wiedergesehen. Die „Lehmannschule" aus Dresden mit ihren hohen Anforderungen war wieder knallhart gewesen. Fast alle Studenten waren ja Abiturienten ohne Beruf, entsprechend hoch war der psychische Druck. Das Fünfjahresstudium läßt grüßen. Als wir später von der anderen Art des Studierens an westdeutschen Universitäten hörten, waren wir anfangs verwundert, daß es auch so etwas gab. Denn für uns galt ständig die Maxime, daß die Arbeiterklasse unser Studium bezahlt. Dementsprechend war Dankbarkeit angesagt, durchhalten war die Devise!

Wir sind jetzt im zweiten Studienjahr, nach quantitativer analytischer Chemie mit vielen Analysen läuft physikalische Chemie mit Vorlesungen und Praktika. Ich bin mit Mickie, unserem einzigen Mädchen, im Praktikum in einer Zweiergruppe, finde mich mit ihren Launen ab. Das Bergfest wird ein gewaltiges Besäufnis, wir sind zur Hälfte durch den Fünfjahresplan gelangt. Irgendwie sind wir befriedigt. Ist ein Ende der Schinderei abzusehen?

Dazwischen, da war auch die Zeit des Schlamms an der Hochschule

Die Wege zwischen den Internaten und zum Hauptgebäude mit den Hörsälen, auf denen wir uns in den Jahren 1962 und 63 bewegten, waren abhängig vom Wetter trocken oder total verschlammt. Das betraf auch die Flächen um das Hauptgebäude. Die Hochschule wuchs und wuchs, erreichte neue Dimensionen. Im Westen wurden die Gebäude der Verfahrenstechnik hochgezogen, es war beeindruckend. Ein Internat für ausländische Studenten entstand. Es hatte Zweibettzimmer, „welch ein Luxus", dachte ich damals.

Studentenarbeit auf dem Bau

Auf dem Gelände der TH wurden Gräben gezogen, nach Kabeln gesucht, die kurz vorher zugebuddelt worden waren. Es war ein munteres Treiben, es war das Feld für Studentenarbeiten, etwas zu unserem Stipendium dazuzuverdienen.

Ich hatte keine Probleme mit körperlicher Arbeit. Mein Großvater mit seiner Mini-Landwirtschaft hatte mir beigebracht, körperlich hart zu arbeiten. Die Arbeit auf dem Bau forderte uns. Zum Gräbenziehen mit Kabelsuche kam später noch das Verlegen verschiedener

Leitungen. Dann war noch Entladen von Baustoffen in der Nacht angesagt. Vor Schichtarbeit, vor allem in der Nacht, hatte ich einen Horror. In meiner Zeit im Bitterfelder Elektrochemischen Kombinat hatte ich die Schichtarbeit gründlich kennengelernt. Ich habe sie als etwas „für wilde Tiere" gehalten. Trotzdem mußte ich mich später in meinem späteren Berufsleben an die Schichtarbeit gewöhnen.

Die Arbeiten auf dem Bau an der Hochschule waren nur etwas für „harte Jungs". Unter den Studenten gab es auch die „Weicheier", die meistens reichere Eltern hatten. Dann noch die mit den „linken Pfoten", die auch im Labor so ihre Schwierigkeiten hatten. Weiterhin gab es auch noch die Sorte, die nach dem Motto „dumm mährt am längsten" arbeitete und die ihr Geld selbst im Schlafe verdiente. Die „Oma" aus unserem Studienjahr war ein solcher Fall. Wie er und der Kollege aus unserer Seminargruppe mit den „mindestens zwei linken Pfoten" an diesen „Traumjob" herangekommen sind, ist mir heute noch ein Rätsel. Der Zustand mit „an der Quelle saß der Knabe" ist ja heute Bestandteil des gesellschaftlichen Lebens, sozusagen Normalität. Nur der Dumme regt sich darüber auf. Wir waren es gewöhnt, auch solche harten Arbeiten, wie das Stapeln von Baumstämmen in der „Zellstoffbude" zu realisieren, um an etwas mehr Geld für unser schmales Portemonnaie zu kommen.

Mit dem etwas mehr Geld im studentischen Geldbeutel sind wir dann in die „Ponnybar" gezogen, um uns den Bauch mit Pferdefleischgerichten zu füllen, auf das die anderen aus besserem Hause verächtlich herabblickten. Sie gingen ins Central am Gotthardsteich, wo sie sich im besoffenen Zustand manchmal noch ein Bad genehmigten. Es ging schon manchmal ganz schön wild zu im Merseburger Studentenleben. Mit Peter war ich währenddessen zur Arbeit in der Zellstoffbude weitergezogen. Die beiden Einrichtungen Ponnybar, im Sixtiviertel, und Zellstoffbude, die „Papiermühle", gibt es heute nicht mehr, sie sind aus dem Stadtbild Merseburgs verschwunden. Die Ponnybar fiel dem Neuaufbau der Altstadt zu DDR-Zeiten zum Opfer; „die schönen alten Häuser", klagte mein Bitterfelder Kollege aus Merseburg Jahre später. Und die Zellstoffbude wurde von einem Wessie nach der Wende für einen symbolischen Wert gekauft, danach gründlich demoliert. Für die Entsorgung der Schuttberge wurden später weitere Fördermittel „verbraten". Und da sind wir auch schon wieder in unserer schönen neuen Zeit gelandet.

Aber erst einmal zurück in DDR-Zeiten. Unser zweites Studienjahr ging zu Ende, Semesterferien standen an. Wie nach dem ersten Studienjahr wollte ich an die Ostsee fahren, in Prerow zelten. Aber meine Zimmerkollegen haben mich im Stich gelassen, weil es mit den Arbeiten auf dem Bau an der Hochschule nicht geklappt hat, danach fehlte das Geld. Alleine wollte ich nicht an die Ostsee fahren, irgendwie fehlte mir der Mumm dazu. „Schade", habe ich mir später gesagt, „da hast du bestimmt ein Stück Jugend weggeworfen!" So bin ich dann im Gleisbau in meiner Heimatstadt gelandet, habe mir das Geld für ein Radio vom Typ „Nauen" verdient, das mich die folgenden Jahre begleitet hat. Das war ein schönes Stück Luxus für mich damals. So einfach waren wir gestrickt.

Wohnen in Merseburg

Heidrun Kligge

Paul und Marie Sparig, meine Großeltern, zogen 1938 von der Kleinen Ritterstraße ins Kloster 7, wo mein Großvater die Hausmeisterstelle bekam. Nach Kriegsende besetzten die Amerikaner dieses Haus, und die Sparigs zogen ins Kloster 5, das ehemalige Petrikloster, ein. Dort wohnten sie bis 1968, denn Marie Sparig konnte auf Grund eines Schlaganfalls die Treppen zur Wohnung nicht mehr gehen, man musste wieder umziehen.

Heute sucht man vergeblich den Eingang, der einst zur Wohnung der Sparigs führte. Nur die Stufe ist noch da, die Tür ist zugemauert.

Meine Großeltern zogen in die Wohnung, in der Tischlermeister Winkelmann gewohnt hatte. Dieser lebte nun in der Unteraltenburg. Im Kloster befand sich seine Tischlerei. Die fertigen Möbel brachte er mit einem Tafelwagen, von Hand gezogen, zu seinen Kunden. Der Tischler war ein Freund der Familie und oft zu Gast.

Bild: Einweihung des Museums 1913 (Maximilian Herrfurth)

Parterre hatte der Riffelmeister Franz Thomas seine Werkstatt. Er fertigte Mahlwerke aus Metall für Mühlen. Wenn das Surren der Maschinen und das gleichmäßige Raspeln sanft die Wohnung der Sparigs vibrieren ließen, war Marie zufrieden. Es gehörte einfach zum alltäglichen Leben. Oft stieg der Riffelmeister zu ihr hinauf auf ein Schwätzchen oder einen Kaffee.

Im Dachgeschoss hatte der Jugendklub Zuflucht gefunden. Paul betreute, solange er dort wohnte, als Herbergsvater die Jugendlichen, heizte die Räume und half ihnen bei Aktivitäten. So sammelte er beispielsweise mit ihnen Schrott und Altstoffe. Paul Sparig war bei den jungen Menschen gern gesehen und geachtet. Wenn man genau hinschaut, sieht man sogar neben einem der obersten Fenster noch heute das provisorisch angebrachte FDJ-Emblem. Sie hatten es mit Pauls Hilfe mit einem aus Mehl und Wasser hergestellten Kleister dort angebracht.

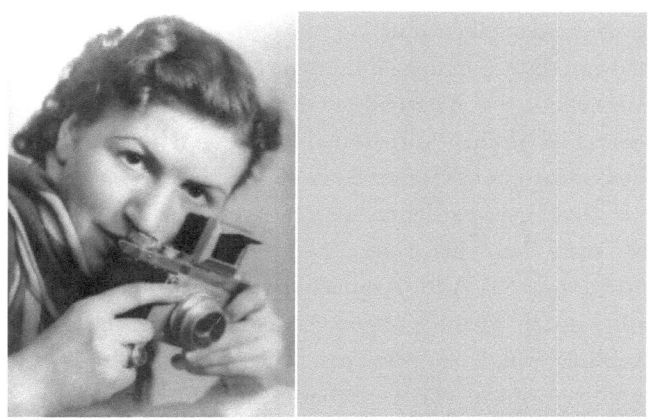

Bild: Fotografin Ursula Pink mit Kamera (HK)

Im ehemaligen Kloster befand sich damals ein Heimat-
museum, welches 1913 eingeweiht worden war. Der
Förster, Herr Ulrich, ein Freund Pauls, hatte es bewirtschaftet und ließ die Kinder, sooft sie wollten, hinein.
Frau Wartner vom Kloster Nummer 7 und der Apothe-
ker Herr Dr. Täglich von der Domapotheke halfen dem
Förster, das Museum zu führen. Bei der Wiedereinrich-
tung des Museums, nach der Gründung der DDR, halfen auch die Jugendlichen des Klubs um Paul tatkräftig
mit. Bei der Eröffnungsfeier im Ständehaus gab es dann
Belobigungen und Urkunden für den Einsatz.

Die Sparigs hatten zwei Töchter. Die ältere, Ursula
Pink, meine Tante, war Fotografenmeisterin. Sie hatte
beim Optiker und Fotografen Artur Polster am Entenplan in Merseburg gelernt und arbeitete bis 1952 in den
Bunawerken als Betriebsfotografin. Dann machte sie
sich selbstständig und eröffnete ihr Fotoatelier Pink in
einer der Villen in der Halleschen Straße in Schkopau.
Sie fotografierte nun neben Familienbildern auch zu

Tanzstundenbällen und Veranstaltungen in den Kultur-häusern Buna, Leuna und Merseburg. Anlässlich einer Ausstellung im Merseburger Schloss reproduzierte sie viele historische Aufnahmen für die Sammlung des Heimatforschers Werner Wolf.

Paul Sparig arbeitete als gelernter Schriftsetzer über 18 Jahre lang bis zum 31. Dezember 1945 in der Adrema (wohl Adressenmacherei) der Landesversiche-rungsanstalt, dem heutigen Säulenkrankenhaus. In der Adrema fertigte er Briefumschlage und Briefköpfe mit Adressen sowie alle versicherungstechnisch notwendi-gen Druckerzeugnisse. Anschließend war er bei der Merseburger Kartonagendruckerei Gärlin, danach in den Bunawerken tätig.

Paul und Marie Sparig halfen bei der Nationalen Front und verteilten in der Straße die Lebensmittelkar-ten, bis sie 1957 wegfielen, und Kohlenkarten, welche es noch sehr lange in der DDR gab. Sie kannten alle Be-wohner und deren Sorgen und Nöte. Paul war außer-dem in der Gartensparte am „Parkbad" an der Leunaer Straße im Gartenvorstand und im Kleintierzüchterver-band. So waren sie stadtbekannt und freuten sich, einen Teil zum Aufbau ihrer Stadt beitragen zu können. Die Kleingärtner konnten Obst und Gemüse, welches sie selbst nicht brauchten, im Handel abgeben. Auch Eier wurden gerne aufgekauft. So hatten die Kunden, die keine Selbstversorger waren, auch frische Ware und für die Erzeuger bedeutete das einen guten Dazuverdienst. Wo zu DDR-Zeiten die Plattenbauschule unterhalb der Gartensparte errichtet wurde, befand sich früher das Schwimmband an der Saale. Da waren die Sparig-Mädels erfolgreich im Schwimmverein. 1957 erhielt Paul die Ehrennadel in Silber und 1962 und 1967 in Bronze für seine vorbildliche Leistung beim sozialistischen Aufbau.

Vom Schlafzimmerfenster der in der ersten Etage befindlichen Wohnung konnte man zur Altenburger Kirche sehen und zum Friedhofstor. Vom Schlafzimmer aus sah man nach hinten zur Altenburger Kirche und auf den Friedhof, der sich an den Klosterhängen befindet und auf dem sie später ihre letzte Ruhe gefunden haben. Die Küche, die gleichzeitig als Bad diente, und mit einer Badewanne ausgestattet war, hatte zwei Fenster zur Straße zum Küchengebäude hin. Die Fenster hatten breite Fensternischen, in denen man bequem, wie in einem kleinen Erker, sitzen konnte.

Wenn man die Oberaltenburger Straße entlang schaute, erblickte man die Wasserkunst. Gegenüber, in einem alten Haus, war früher der Lebensmittelladen von Klappbachs. Dort ging Paul oft einkaufen. Da er mit dem Besitzer befreundet war, bekam er manchmal „Bückdichware", also das, was begehrt und rar war. Das Haus wurde noch zu DDR-Zeiten abgerissen und wich einem Plattenbau.

Als Marie noch ein wenig mit zwei Krücken gehen konnte, ging sie manchmal mit ihrer befreundeten Nachbarin, Frau Blumberg, im Schlossgarten spazieren.

Die Orangerie am Parkeingang war ein tolles Café, in dem die Sparigs oft bei ihren Spaziergängen einkehrten, zu Kaffee und Kuchen oder einem Eisbecher. Der Park mit den prächtigen Blumen, dem Goldfischteich, in den so mancher Besucher seinen letzten Pfennig warf, war beliebtes Ausflugsziel. Von fern hörte man das Rauschen des Saalewehrs. Von der Parkterasse, von

Bild: Vor der Orangerie/Schlossgartensalon Merseburg (HK)

der Ausbuchtung aus, blickte man herab auf die weiß schäumenden, herabstürzenden Wassermassen, die sich dann einige Meter weiter mit dem ruhig dahinfließenden Fluss zu einer glatten Oberfläche vereinten, ein paar herabgerissene Blätter und Zweige in ihrer Strömung mit sich reißend; es glich einem wilden Spiel. Oft saßen die Sparigs hier mit ihrem Enkelchen und warfen Steine in die reißende Flut.

Wenn das Wehr erzählen könnte, so müsste man wohl viel Zeit mitbringen, um all seine Erlebnisse zu hören, lustige, aber auch traurige. Es würde sicher auch berichten von dem Tag, als sich eine Freundin der Familie Sparig hier im Fluss das Leben nahm. Vom Schlosspark ging es über die Brücke zum Schloss. In Gehegen und im Schlossgraben gab es früher einheimische Tiere zu sehen und man konnte sie füttern. Dort fand das alte Brot immer dankbare Abnehmer, bei Ziegen und Schafen, Rehen und Hirschen.

Bild: Nulandtplatz (ehemals Marx-Engels-Platz), 1993 (HK)

Nach der Brücke, links im Ecktürmchen, befand sich das Vogelmuseum. Dort konnte man Vogelstimmen anhören und viel über die gefiederten Gesellen erfahren. Es gab keinen Spaziergang, ohne den Raben im Käfig anzuschauen.

Auch rund um den Gotthardteich konnte man spazieren, in Käfigen Kleintiere und Vögel betrachten und im Pavillonkaffee einkehren. Eine besondere Attraktion war die Kettenbrücke, auf der übermütige Kinder – wie ich – immer wieder herumsprangen.

Wenn sich Paul und Marie mal etwas ganz Besonderes leisteten, das kam nicht sehr oft vor, dann kaufte Paul bei Wolfs im Delikatessengeschäft in der Gotthardstraße.

Etwa 1968 zogen die Sparigs dann in die Hirtenstraße 2. Die Häuser waren feucht und dunkel, wurden abgerissen. (Heute steht dort das riesige Glasgebäude der Sparkasse.)

Fortschrittliche Tätigkeiten ab 1945:

Im Wohnbezirk 7 (Kloster usw.) Schriftführer der National
Front. Von Beginn bis zur Aufhebung der Lebensmittel
Karten-Zustellung waren meine Frau Marie Spazig geb.
am 5.9.1895 und ich selbst Paul Spazig, geboren am 10.11.1893
in Merseburg, als Straßenbeauftragte, ich zugleich als Stellv.
Bezirks-Vorsteher (später QK.... Leiter) im Wohnbezirk 7 tätig
Seit Januar 1957 waren Paul Spazig Mitglied der Volkssolidarität und
Volkshelfer, ich erhielt für 10 jährige Mitarbeit eine silberne Ehren-Nadel.
Von 1953 - 1965 ehrenamtlicher Mitarbeiter im Standesamt — Haus.
Verwalter und Wohnung Merseburg Kloster 11, auch Heimleiter
der FDJ Nord-Ost, Feb 1948 - 1960 Vorstands-Mitglied Klein-
gärten, Anlage Parkbad Kassierer, Schriftführer, Spartenleiter. Im NAW
Ehrennadeln: eine gewöhnliche, 5 Bronzene, 2 Silberne, 1 Goldene. Nationales Auf-
bauwerk Merseburg. Seit dem 16. Februar 1950 (u. ....)
bis Dato Mitglied der Deutsch-Sowjetischen Freundschaft

Paul Spazig

Schriftsetzer-Korrektor-Killers-Rentner

Lt. Mietsvertrag vom 3. Oktober 1968
Wohnung:
Merseburg, Marx-Engels-Platz Sparlett

Bild: Opas ehrenamtliche Tätigkeit (wahrscheinlich um zum
M.-E.-Platz ziehen zu dürfen) (HK)

Schließlich zogen sie auf den Marx-Engels-Platz, wie der
Nulandtplatz von 1948 bis 1990 hieß, in eine schicke
Neubauwohnung mit Balkon, im Erdgeschoss. Auch
diese Blöcke wurden nach der Wende abgerissen.

Gelb mit schwarzen Punkten

Rüdiger Paul

Am westlichen Ende der „WILLI" durchquert eine Unterführung die Bahngleise der Strecke Halle-Erfurt. 'zigmal bin ich mit meinen Eltern durch diesen Tunnel in Richtung „Stadt" gegangen. Mulmig war mir jedes Mal zumute, wenn über uns schwere Güterzüge ratterten. Vater spürte mein Unbehagen. Er drückte dann meine kleine Hand fester. Dieser Händedruck gab mir Sicherheit.

Im Sommer 1967 gehe ich das erste Mal selbständig auf Erkundungstour. An der Ecke zur „WILLI" überquere ich die Eisenbahnstraße und gehe zum verglasten Überbau des Tunnels. Aus dem Gewölbe heraus höre ich mir vertraute Akkordeonklänge. Nicht ganz von meinem Vorhaben überzeugt, stehe ich auf der Schwelle zum Untergrund. Feuchtkühle Luft steigt mir in die Nase. Sonderbar ist mir schon zumute, jedoch die Neugier siegt. Breite Granitstufen bringen mich Schritt für

Schritt hinab in das Tonnengewölbe. Auf der untersten Stufe angelangt, habe ich den sonnigen Tag hinter mir gelassen. Im Tunnel ist das Licht diffus. An warmen Sommertagen wie heute schwitzen sogar die Sandsteine. Dadurch besitzt der Tunnel einen hallenden Klang. Der Ursprung der vorhin gehörten Musik wird mit einem Blick schemenhaft sichtbar. Im Lichtkegel der vom anderen Ende des Tunnels einfallenden Sonnenstrahlen sitzt ein vollbärtiger Mann. Neben ihm liegt auf einer Flickenmatte ein zottiger Schäferhund. Hunde, die mir bislang begegnet sind, haben oft gebellt. Der treue vierbeinige Begleiter des Mannes schlummert auf der Matte. Kann er überhaupt bellen? Vor den Füßen des Bärtigen steht eine weiße Sammelbüchse. Mein Interesse gilt aber mehr dem Akkordeon. Zwei Lederriemen halten es auf den Schultern des Mannes. Leidenschaftlich spielt er darauf. Sein Kopf schwimmt in den Wogen der Melodien. Die Finger der rechten Hand bedienen griffsicher die Tasten. Mit der Linken bringt der Alte gut abgestimmte Bässe ein. An der abgewetzten, grünen Filzjacke ist mit einer Sicherheitsnadel eine Armbinde angebracht. Seitlich erkenne ich auf dem dunklen Gelb drei markstückgroße, zu einem Dreieck angeordnete schwarze Punkte.

Kriegsversehrte mit Behindertenarmbinden gehören in meiner Kinderzeit zum Alltagsbild. Männer bewegen sich mit Selbstfahrern auf den Fußwegen. Die Beine in graue Decken gehüllt, treiben sie ihren Rollstuhl mit den Armen an. Fahrende Krankenbetten. Mit Krücken unter den Achseln bewegen sich andere schwankend voran. Vernarbte Kopfwunden, Glasaugen, Prothesen sind sichtbare Zeugen des Krieges. Nicht zu sehen ist das seelische Leid all der Menschen, die den Krieg erleben mußten.

Auf dem Weg in die Stadt bin ich mit meinen Eltern dem Akkordeonspieler oft begegnet. Vater erklärte mir voller Respekt, daß der Herr blind sei. Er kann nicht in die Gesichter der Menschen schauen, die stehenbleiben, um der Musik zu lauschen. Wohl aber merkt er es an den Geräuschen, die ihn umgeben. Auch erkennt er am Klang der Geldstücke, welche den Weg in die abgegriffene Sammelbüchse finden, den Wert jeder Spende.

Blindheit. Für einen Achtjährigen ist so eine Behinderung kaum vorstellbar. Um selbst zu erfahren, wie es ist, blind zu sein, taste ich mich die letzten Meter mit geschlossenen Augen an der feuchten Sandsteinwand entlang. Schritt für Schritt gehe ich voran, lausche und fühle. Meine Gedanken verweben sich mit der Musik. Selbst das Geratter des auf den Gleisen über mir hinwegfahrenden Zuges klingt nicht bedrohlich. Noch ein paar vorsichtige Schritte tappe ich an der Wand entlang, als ein Fuß plötzlich an etwas Weiches stößt. Der Hund, durchfährt es mich! Nicht einmal jetzt bellt er. Einen Grund zu bellen, habe ich dem Tier doch soeben geliefert. Ich schlage erschrocken die Augen auf und sehe in die trüben Augen des Alten. Sie sind von Hautfalten umgeben. Aus seinem Bart heraus lächelt mich ein Mund an, der gar nicht so alt zu sein scheint, wie der Mann auf mich wirkt. Er spielt die letzten Takte der Melodie zu Ende, bläst rauschend die Luft aus dem Balg und blickt in meine Richtung. „Hast du den Blinden gespielt?" fragte er. „Mußt noch viel lernen." Der Blinde versteht, daß es kein Spaß war, als ich mich mit geschlossenen Augen an der Wand entlang getastet habe.

Er lädt mich ein, ihn in seiner Blindenschule zu besuchen. Jetzt stelle ich mir ein Schulgebäude aus gelben Klinkersteinen vor. Weit gefehlt, es kommt ganz anders. Zu meiner Überraschung erhebt sich der Alte schwerfällig und schiebt mit dem Stiefel die Decke beiseite. Dann bückt er sich, hebt eine Blechplatte an und lehnt sie an die Wand. Behutsam dreht er sich um und steigt mit dem Fuß auf einen rostigen Eisenbügel. Acht solcher Metallbügel dienen zum Abstieg in einen dunklen Schacht. Beim Hinabsteigen balanciert er auf seinem Brustkorb den Hund hinunter. Anschließend befördert er das Akkordeon hinab. Zum Schluß nimmt er meine Hand und bringt mich sicher nach unten. Danach schließt er den Eisendeckel über uns. Angst habe ich nicht. Es scheint hier um Dinge zu gehen, Dinge, die im realen Leben nicht stattfinden können.

Stockfinster ist es im Schacht. Beständig spüre ich einen feuchtkalten Sog, der sowohl schiebt als auch drängt. Mein Gefühl sagt mir, daß ich rückwärts laufe, obwohl meine Füße beständig vorwärts streben. Auch die Zeit scheint in entgegengesetzte Richtung zu laufen. Dunkelheit hüllt uns vollkommen ein. An diesem Ort beginnt das Reich des Blinden. Allgegenwärtig ist die Musik des Bärtigen zu hören. Obwohl das nicht möglich ist, denn mit einer Hand führt er mich und mit der anderen Hand dirigiert er seinen Schäferhund. Das Akkordeon trägt er auf den Rücken geschnallt. Es schweigt. Der Alte geht weiter voran. Seine festen Schritte flößen mir Vertrauen ein. Was folgt, ist ein bizarres Durcheinander unterschiedlichster Geräusche. Akkordeonmusik vermischt sich anderen Klängen: Von überall her höre ich Vögel zwitschern, undeutlich tönt

Musik aus einem fernen Radio, zu hören ist die Stimme eines Nachrichtensprechers sowie Klaviermusik. Das Hupen von Autos, Schellen einer Türglocke, Orgelklänge der Ladegastorgel und Knacken von Kaminholz vermischen sich. Schrilles Pfeifen eines Wasserkessels zerfetzt die Orgelklänge, schwillt ab und läßt mich das gleichmäßige Klicken vom Pendel einer Wanduhr wahrnehmen. Soll das die erste Lektion in der Blindenschule sein?

Wie von fremder Hand gezogen, bewegen wir uns rückwärts, obwohl die Füße beständig einen Schritt vor den anderen setzen. Das heftige Klappern des Deckels, wenn Kartoffeln im Topf kochen, ist zu hören. Hell tönendes Schlagen der Kirchenglocke vom Neumarkt und das metallene Quietschen der Räder einer Straßenbahn lassen mich aufhorchen. Kinderlachen erzeugt im Gang eine Echofolge.

Bemerkenswert an der Situation ist, daß ich nichts sehen kann, im Kopf jedoch klare Bilder entstehen. Ein unsichtbarer Strudel wandelt die Wirklichkeit in Klänge und Harmonien um. Ich nehme die Noten in Form von Alltagsgeräuschen wahr.

Mitten in diesem Klangtunnel stehen wir drei der Alte, sein Hund und ich. Über uns dröhnt ein bedrohliches Brummen. Die Schwingungen übertragen sich auf die Wände und auf meinen gesamten Körper. Geräusche von Spitzhacken und Hämmern sind deutlich zu vernehmen. In der Nähe wird Schutt geräumt. Plötzlich sind inmitten der imaginären Schuttwolke Geräusche von Flugzeugen zu hören. Die Luft schmeckt mit einem Mal staubig. Wie geht das? Geräusche eines Martinshorns vermischen sich mit dem Heulton von Sirenen und dem Krachen einstürzender Hausmauern. Balken bersten. All der Trubel nimmt mir den Atem. Der Alte läuft unvermindert geradeaus. Wo führt er mich hin? Immer noch von Neugier beseelt, greife ich nach dem filzigen Ärmel der Jacke, halte mich daran fest und folge den Schritten des Musikers. Das Brummen scheint direkt in uns zu stecken. Unvermittelt erschüttert ein ohrenbetäubender Knall die Decke des Raumes. Draußen zerbersten Bomben. Die Bombensplitter jagen pfeifend durch die Straße und vernichten alles, was ihnen im Weg steht.

Jetzt ist es taghell im Schacht. So, als ob jemand das Licht eingeschaltet hat. Eine Uhr tickt unmittelbar vor mir an der Wand. Es ist elf Uhr vierzig. Sirenen heulen. Der Alte sieht plötzlich jünger aus. Er trägt keinen Bart mehr. Mir fällt auf, daß sich seine angstvoll verzerrten Gesichtszüge entspannt haben. Auch der flehende Blick zur Decke des Luftschutzraumes entkrampft sich.

Das Brummen verschwindet in der Ferne. Mit einem Mal ist es hier unten totenstill. Ich schaue ihn an und erblicke klare blaue Augen. Zwei Augen, die mich sehen können.

Vor unseren Füßen liegt im Gang ein staubiges Kalenderblatt. Es wurde am Morgen des 6. Dezember 1944 abgerissen:

„Am 6. Dezember 1944, 11.40 Uhr, mußte Merseburg einen der schrecklichsten Bombenangriffe in seiner Geschichte erleben.

Insgesamt wurden während des II. Weltkrieges: 9 769 Bomben auf die Stadt Merseburg abgeworfen, 540 Menschen starben in Folge dieser Bombenangriffe, 704 Menschen wurden verletzt, 13 469 Menschen waren nach den Bombardierungen obdachlos, 9 575 Häuser waren ganz oder teilweise zerstört."

Quelle: Mitteldeutsche Zeitung, 13.11.2014, „540 Kerzen werden entzündet"

Die „WILLI"

Rüdiger Paul

Man muß eine Straße lieben, wenn man über sie eine Geschichte schreiben möchte. Unendlich lang fühlen sich die Tage der Kinderzeit in der Merseburger Wilhelm-Liebknecht-Straße an. Die von alten Linden gesäumte „WILLI" ist Anfang Mai am schönsten, dann, wenn frisches Laub sattgrüne Wolken über der Straße bildet. In den Häusern wird gewohnt. In den Höfen gefeiert. In den Gärten wird gesät, gepflanzt und geerntet. In den Geschäften gehandelt. In Werkstätten wird gewerkelt. In den Firmen gearbeitet. In die Schule wird gegangen. In Kneipen Bier getrunken. Im Sommer werden Lindenblüten gepflückt. Im Herbst Kartoffeln eingekellert. Vor dem Winter Kohlen geschippt. Wöchentlich graue Aschetonnen gerollt. Die Läden heißen Bäckerei, Lebensmittelgeschäft und Fleischerei. Unsere „Easy Street" beginnt in westlicher Richtung am Rande des Ottolochs. In Verlängerung der „WILLI" führt ein Weg zur noch im Bau befindlichen F91. An ihrem östlichen Ende wird die Wilhelm-Liebknecht-Straße von einer Ziegelmauer begrenzt. Die „Sonnenallee" läßt grüßen. Hinter der Mauer verlaufen Gleise der Bahn-strecke Halle-Erfurt. Ein Fußgängertunnel am Ende dient als Verbindung zur Stadt. Auf der anderen Seite erhebt sich neben den Schienen ein Wasserturm. Wer aus der „WILLI" kommend auf den Turm zugeht, sieht auf dem Geländer der Kuppel eine Taube. Beim genau-eren Hinsehen ist zu erkennen, daß der vermeintliche Vogel nur der Umriß einer rostigen Seilwinde ist.

Unsere Geschichte beginnt an einem Maimorgen im Jahr 1968. Ein Ferientag. Gegen neun Uhr schälen die Kumpels sich allmählich aus den Haustüren. Zu allem bereit, was ein Tag bietet. Wir, das sind: Blechi, Maahties, Möbelscholz, Fetscho, Posti, Fischi und Lu-cke. Einer fehlt noch. Etwas verschlafen verläßt Motor das Haus. Seinen Lederball trägt er sportlich in der Armbeuge. Heute möchten wir die Straße vermessen. Nicht etwa mit dem Zollstock. Nein, wir spielen Trei-beball. Das heißt, der Ball wird abgestoßen, derjenige der ihn zuerst berührt, darf den nächsten Schuß ausfüh-ren. Es wird festgelegt, daß wir vor dem Tor der Ernst-Haeckel-Schule beginnen und in östliche Richtung stürmen. Das Spiel endet, wenn der Ball vor die Mauer an der Eisenbahnstraße prallt. Auf der Mitte der Straße legt Motor filmreif den Ball zurecht. Er trägt als einziger Lederturnschuhe an den Füßen. In unseren Augen ist er ein Profi, denn er trainiert in der Schülermannschaft von Motor Merseburg. Straff zieht die Flanke über die Köpfe hinweg, ein Meisterschuß. Motor erweist seinem Namen alle Ehre. Der Zufall will es, daß Fetscho den Kopf direkt in der Flugbahn hält. Hart trifft der Ball den Hinterkopf, wird abgefälscht, neben der Einfahrt zur Malerfirma „PGH Raum und Farbe" erreicht Fetscho den Ball. Noch etwas benommen nimmt Fetscho Anlauf. Schießt. In dem Moment kommt ein mit Leitern und Farbkübeln beladener Barkas aus der Einfahrt. Bremst vor dem Fußweg. Fahrer und Beifahrer gestikulieren hinter der Frontscheibe, denn der Ball pfeift knapp an den Vorderrädern des Fahrzeugs vorbei. Knatternd rollt das Gefährt über die Kreuzung in die Albrecht-Dürer-Straße. Möbelscholz sprintet dem Ball hinterher, stoppt ihn mitten auf der Straße. Er kommt aus dem Tritt, verzieht den Schuß. Der Ball rollt über den Fußweg, schlingert an der Hauswand entlang. Noch bevor der Ball in einem fensterlosen Kellerloch verschwindet, stoppt Lucke die Kugel. Da er direkt abzieht, fliegt sie am brummenden Trafohäuschen vorbei. Sie landet unweit der Einfahrt zur Tischlerei.

Gebeugt läuft Frau Büttner direkt ins Spielfeld. Da sie schwer hört, bekommt sie von unserem Lärm nicht viel mit. Über die Straße hinweg grüßt sie mit dem Gehstock den dicken Herrn Schmidt. Der steht vor seinem Haus, im Schatten einer alten Linde, und schaut unserem munteren Treiben zu. Unser Ball verfehlt knapp Frau Büttners Fersen. Sie geht die Einfahrt entlang zu dem kleinen Haus neben der Tischlerhalle und gibt unbewußt den Ball frei. Mit Feuerwerk treibt Fischi ihn über die Rektor-Block-Straße hinweg. Plötzlich droht Gefahr. Aus der gegenüberliegenden Friesenstraße kommen Bobby und Mike. Die zwei zählen in der Albrecht-Dürer-Schule zu den Gammlern. Unsere Lehrer sagen: „Lange Haare, Schlaghosen und ein Kofferradio sind dafür unverkennbare Erkennungszeichen." Albrecht Dürer hatte zwar kein tragbares Radio, trug dafür aber die Haare länger als Mike. Im Kurzwellenrauschen des „Stern Party" können unsere Ohren einen Stones-Song erahnen.

Das Spiel wirkt statisch, da keiner den Ball vor Bobbys Füße ballern möchte. Jedoch scheinen die zwei andere Sorgen zu haben, als uns den Ball abspenstig machen zu wollen. Sie schauen nicht einmal in unsere Richtung. Posti nimmt den Ball in die Hand, schießt ihn steil in den Morgenhimmel. Das war nichts, denn er strandet bei Meusens im Goldfischteich. Zum Glück ist die kleine Holztür zum Vorgarten offen. Blechi angelt den Ball fix heraus und bringt ihn unversehrt ins Spiel zurück. Sein Paß überquert die Straße, prallt mit Wucht an den Pfosten der breiten Einfahrt zur Meisterbräu-Abfüllerei. Dort wird er abgefälscht und zieht nach oben. Letztendlich landet er im Beiwagen der Sport-AWO vom ABV. Fetscho holt den Ball aus der Kiepe, er besitzt Heimvorteil. Das Motorrad gehört seinem Vater. Der sitzt gerade uniformiert im ABV-Büro, bekommt von alldem nichts mit.

Im Haus mit der Nummer 21 sind die Fensterflügel des Wohnzimmers weit geöffnet, jemand übt Klavier. Fetscho legt den Ball vor die AWO und schiebt ihn über das Kopfsteinpflaster bis zu Hennigs Kolonialwarenladen. Durch die Schaufensterscheibe sieht man Herrn und Frau Hennig, weiß bekittelt, hinter dem gläsernen Tresen hantieren. Frau Hennig steht neben einem der Bonbongläser mit dem süßen Inhalt. Vor der großen Fensterscheibe steht der lange Maahties bereit, als scheint er auf den Ball zu warten. Geschickt nimmt er den Ball an und bolzt ihn rüber, vor die Tür der 26. Er setzt dem Ball hinterher, nimmt ihn unter den Arm, zückt einen Haustürschlüssel und verschwindet plötzlich zur Pinkelpause.

Nebenan steht das grüne Tor der Klempnerwerkstatt offen. Der Meister Henneberg packt die lederne Klempnertasche in den Lastengepäckträger seines schweren Fahrrades. Er schiebt das Rad auf den Fußweg, zieht die Tür ins Schloß, steigt auf, mit einem nasalen „Na Jungs" fährt der alte Herr behäbig davon. Maahties ist wieder da, weiter geht's. Posti hat sich positioniert, flankt. Sein Ball prallt vor den Stamm einer Linde und knallt gegen das Haustor vom Architekten Schleie.

Der Aufprall ruft Frau Winter auf den Plan. Sie hat Bange um ihre frisch geputzten Fensterscheiben. Bevor sie etwas sagen kann, bekommt Blechi den Ball, nimmt kurz Anlauf, schießt. Das Leder fliegt knapp an Motors Kopf vorbei, prallt an den Reifen vom abgestellten Jauche-Auto. Der LKW gehört Herrn Pfuhl, der am Ende der Straße bei der Stadtwirtschaft arbeitet. „Paßt ein bißchen auf, Jungs", ruft der Beifahrer. Beim Sprechen bläst er Zigarettenqualm aus.

Motor erreicht den Ball noch vor der Kreuzung. Er legt nach. Am Bordstein vor der Poststelle prallt das Rund ab, fliegt in Richtung Gaststätte „Lindeneck". Ein dunkelgrüner Brauereilaster steht mit laufendem Motor in der Erzbergerstraße, direkt neben der geöffneten Kellerluke. Lautstark redend rollt ein kräftiger Mann ein Bierfaß an den Rand der Bordwand. Er läßt es auf ein festes Polster aus Kokosfasern fallen. Auf dem Gehweg steht ein Kollege, der das Faß hält. Dann dreht er es und wüchselt es geschickt auf eine Bohle. In kurzer Zeit gelangen drei Fässer, dumpf kollernd, in den Bierkeller.

Einem zum Lüften angekippten Kneipenfenster entströmt ein Duftgebräu. Es riecht nach kaltem Zigarettenrauch, abgestandenem Bier und Bockwurst.

Jetzt kommt Fischi an die Reihe. Den offenen Sandalen geschuldet, trifft auch er den Ball nicht genau. Der kullert mehr, als daß er fliegt, und bleibt vor dem Tor zur Blumenbinderei liegen. Eine schwarz gekleidete Frau verläßt in dem Moment mit einem Trauerkranz die Durchfahrt. Auf der anderen Straßenseite steht die Ladentür der „Bäckerei Lenz" offen. Duft von frischem Brot strömt aus der Tür. Dem hinterherriechend, kommt Blechi in Ballbesitz. Er bringt das Geschoß quer über die Straße, direkt an die Hauswand des kleinen Schreibwarenladens. Hier erwischt Lucke die Pille und trifft direkt vor Frau Andersons Lebensmittelladen eine Holzstiege mit welken Kohlköpfen. Drinnen wird lauthals getratscht, also besteht keine Gefahr. Ohne Absprache kramt plötzlich jeder von uns in den Hosentaschen herum. Wortlos legen wir Groschen und Pfennige zusammen. Am Ende reicht das Geld für drei Flaschen Brause. Flaschenpfand brauchen wir nicht zu zahlen, denn Frau Hennig kennt ihre Pappenheimer. Um acht durstige Kehlen zu löschen, gehen die Limoflaschen reihum.

Ein paar Minuten sitzen wir auf dem niedrigen Sims des Schaufensters. Auf der anderen Straßenseite fährt ein S4000 vor und kippt wenig später dampfende Briketts mitten auf den Fußweg. Eine schwarze Staubwolke vertreibt uns aus dem Paradies. Möbelscholz tritt aus der schwarzen Wolke hervor und legt vor der Fernsehwerkstatt „Ziegenhagen" den Ball zurecht. Mit Effet dreht der Ball sich um die eigene Achse und kommt schlingernd bis vor das Fleischereigeschäft. Genau an der Ladentür lauert Fischi und setzt zur Flanke an. Der Ball wird an der Feilenhauerei vorbei bis auf die Kreuzung Steinstraße befördert. Er verfehlt knapp das an die Hauswand gelehnte, rußverschmierte Fahrrad des Schornsteinfegers. Nun kommt Bewegung ins Spiel. Der blonde Posti startet, erwischt den Ball und knallt ihn an die Tanksäule vor der Großgarage. Das gefällt dem Garagenwart überhaupt nicht. Noch bevor der beleibte Mann aus der Pförtnerloge kommt, ist die gesamte Mannschaft bereits zwei Häuser weiter.

Das Spiel strebt dem Endpunkt zu. Schlaksig, aber mit Wucht tritt Blechi an. Er bombt den Ball an ein Gitter der gegenüberliegenden Werkstattfenster. Oh Schreck! Der lang gezogene rote Klinkerbau gehört zur Stadtwirtschaft. Hinter einem dieser Fenster arbeitet sein Vater. Motor nimmt Anlauf und preßt den Ball an einer Linde vorbei. Der Ball rollt direkt auf das Betriebsgelände der „PGH Aufbau". Vier Männer sind damit beschäftigt, schwere Rüstleitern und Holzbohlen aufzuladen. Die nehmen keine Notiz von uns. Lucke dribbelt ein paar Meter. Lupft den Ball an und flankt ihn seitlich zu Maahties. Der knallt das Leder aus der Drehung mit einem Volleyschuß über die Eisenbahnstraße hinweg, direkt an die Ziegelsteinmauer. Anschlag. Der Ball prallt ab, quert die Straße, um dann müde kullernd auf den Fußweg vor dem Hotel „Drei Schwäne" zur Ruhe zu kommen. Die acht Freunde reißen die Arme hoch. Geschafft.

Vom Spiel erschöpft setzen sich die glorreichen acht auf die Sandsteinstufen der „Schwäne" und verfolgen, was sich hinter der Mauer tut. Schnaufend verläßt ein schwarzes Dampfroß den Merseburger Bahnhof. Weißgraue Wolken verhüllen die Lok und geben ihr weiche Formen. Auch der Wasserturm wird eingenebelt, bis nur noch die Kuppel sichtbar ist. Das Getöse der Lok, verbunden mit dem Zischen der Ventile gleicht einem Raketenstart. Brechen an der Mauer „Moderne Zeiten" an?

Die Dampfschwaden der Geschichte sind verzogen. Wir schreiben das Jahr 2015. Vieles wurde verändert. Im Jahr 1968 haben – nur in dieser Straße – etwa sechzig Menschen gearbeitet, gehandelt, täglich ihr Geld verdient. Jetzt wohnt man nur noch. Einzig die Malerfirma „Raum und Farbe" hat überlebt. Ansonsten wird in den meisten Gärten Rasen gemäht und Wurst gegrillt. Blaue, gelbe, braune und schwarze Plastetonnen bringen Farbe in die Höfe. Vor den Häusern parken bunte Autos. Lindenblüten werden von Reinigungsfirmen weggeblasen. Wer Kohlen benötigt, kauft sie, handlich verpackt, im Baumarkt. Geschäfte gibt es in der „WILLI" keine mehr. Die Läden handeln anderswo. Nennen sich Backshop und Discounter, der Fleischer heißt Post.

Aus dem Gebäude der alten Tischlerei entstanden Appartement-Wohnungen.

Wo einst Kreissägen sangen und Hobelmaschinen kreischten, geben HiFi-Anlagen den Ton an. Das Mehrfamilienhaus inklusive ABV-Büro wurde abgerissen. Jetzt überspannt an dieser Stelle ein Carport ganze drei Autos. Im Abfüllgebäude der Brauerei füllen zwei Familien samt Möbeln den Raum aus. Hennigs Kolonialwaren-Laden ist eine geräumige Garage geworden. Die Werkstatt vom Herrn Henneberg beherbergt ebenfalls ein Auto.

Die zu den „Bahnerhäusern" gehörenden Kleingärten verwildern zusehends. Wie Ausgrabungsstätten erinnern Fundamente abgetragener Lauben an vergangene Sommerfreuden. Im „Lindeneck" gibt es schon lange kein Bier mehr. Die Luke zum Bierkeller ist mit einer Spanplatte vernagelt. Von der Poststelle wurde der Eingang zugemauert. Der einstige Schalterraum ist heute ein Kinderzimmer. Auch Lenz' Bäckerei ist zum Wohnraum umfunktioniert. Über das Grundstück der Blumenbinderei weht der Wind. Das Haus wurde zurückgebaut. Hinter grünem Maschendrahtzaun wachsen statt Blumen Gras und Unkraut.

Nach einem kurzen Dasein als Spielhalle steht Frau Andersons Lebensmittelladen heute leer. Im umgebauten Geschäft für Bürobedarf flimmert abends der Fernseher. Die Radio- und Fernsehwerkstatt im Haus gegenüber existiert nicht mehr. Das Schaufenster der Fleischerei dient verblühten Geranien zum Winterquartier. Hinter dem Tor der Feilenhauerei-Werkstatt übernachtet ein Auto. Nebenan säumen fünf hellblaue Garagentore die Straßenfront. Sämtliche Gebäude der Stadtwirtschaft sind dem Erdboden gleichgemacht.

Benzin gibt es in der „WILLI" lange keins mehr. In der Großgarage ist heute der Fuhrpark einer Reinigungsfirma untergebracht. Auf dem Handwerkerhof der „PGH-Ausbau" werden Baufahrzeuge abgestellt. Die gelbe Mauer am Ende der Straße wurde durch Maschendrahtzaun ersetzt. Der vor dem Zaun verlaufende Fußweg bietet bis zu dreißig parkenden Autos Platz. In der fensterlosen Ruine des Hotels „Drei Schwäne" logierten in den vergangenen Jahren Tauben. Schwere Abrißtechnik löste diese Herberge in Luft auf. Mit

Spanplatten wurde der Wasserturm unlängst gegen Taubenbefall gesichert. In diesem Zusammenhang haben fleißige Hände auch die rostige Seilwinde entfernt, deren Umrisse mich seit der Kinderzeit an eine Taube erinnern. Sechsundfünfzig Jahre saß die rostige Eisentaube zuverlässig am selben Fleck. Jetzt ist auch sie weggeflogen.

Kindertanzgruppe Buna

Christine Winter-Schulz

„Unsere Klasse fährt heute ins Bunatheater!" oder „Mal sehen, wer den Weihnachtsmann in diesem Jahr am Geschenkeverteilen hindern möchte!" Können Sie sich erinnern? So, oder so ähnlich, hieß es jedes Jahr in der Adventszeit, wenn im Klubhaus Buna die große Weihnachtsrevue aufgeführt wurde und Weihnachten mal wieder ganz unverhofft vor der Tür stand. Und mittendrin war die Kindertanzgruppe Buna.

Mit diesem Beitrag möchte ich an die Kindertanzgruppe Buna und an ihre großartige Tanzlehrerin Otti Pohle erinnern. Die Kindertanzgruppe gehörte zu dem ehemaligen Klubhaus Buna in Schkopau. Bevor ich über das Engagement der Kindertanzgruppe schreibe, möchte ich einige Fakten über das Klubhaus Buna darlegen.

Das Klubhaus Buna, auch Kulturhaus der Werktätigen, Bunatheater, Haus der Freundschaft oder X50 (werkseigene Gebäuderegistratur) genannt, wurde auf Betreiben und mit Unterstützung der damaligen Sowjetunion sowie unter deren Leitung nach den Plänen von den Architekten Hauser und Reinhardt der ehemaligen

Bild: Klubhaus Buna, Eintrittskarte, 1984 (CWS)

VEB (Volkseigener Betrieb) Chemischen Werke Buna von 1952 bis 1958 und auch mit Unterstützung von freiwilligen Arbeitsstunden durch die Werktätigen vor Ort für 1,8 Millionen DDR-Mark errichtet.

Zielstellung war die Teilhabe der „werktätigen Massen" an Kunst, Kultur und Bildung. Arbeiter und Besucher sollten angeregt werden, selbst zu Kunst- und Kulturschaffenden zu werden.

Das Kulturhaus hatte einen Theatersaal mit 748 Plätzen einschließlich einer Drehbühne mit damals modernster Technikausstattung. Weiterhin verfügte das Haus über einen Konzertsaal mit 250 Plätzen, eine Gaststätte, einen Erfrischungsraum, eine Bibliothek, einen Ballettsaal, einen Billardraum und zahlreiche Räume für alle denkbaren Klub- und Zirkelarbeiten sowie Festlichkeiten.

Bis zur letzten Aufführung Ende 1998 konnten die Besucher in den Genuss von hochrangiger Kunst durch internationale und nationale Künstler wie zum Beispiel das Moskauer Bolschoi-Theater, das Königlich-Schwedische Ballett Stockholm, die Mailänder Scala sowie die Komische Oper Berlin und das Berliner Ensemble mit Helene Weigel und Ernst Busch kommen. Von Konzerten über die legendären Rocknächte bis zum Kindertheater wurde ein breites Spektrum an kultureller Unterhaltung geboten. So gastierten die Landestheater Weimar, Altenburg und Halle. Auch das Fernsehen der DDR nutzte das Haus regelmäßig für verschiedene Produktionen. Hier fanden politische Veranstaltungen statt, wie 1959 die Eröffnung der 1. Arbeiterfestspiele – ein Fest der Lebensfreude.

Die Bevölkerung konnte in unzähligen Aktivitäten ihren Interessen und künstlerischen Neigungen in verschiedenen Zirkeln wie Schach, Literatur, Malerei, Fotografie, Schreibender Arbeiter, Tanz, Chorgesang und Kinderlaienspiel nachkommen.

Die Finanzierung der Kultur-, Klub- und Zirkelarbeit, der Angestellten der Kulturhausleitung, der Bühnengestalter, der Lichttechniker, des technischen Personals, der Hilfskräfte und der Verwaltung sowie die Subventionierung der Eintrittsgelder erfolgte bis zur Wende 1989 über den Kultur- und Sozialfonds der VEB Chemischen Werke Buna. Die Eintrittspreise für alle Veranstaltungen waren bei 2,20 bis 4,50 Mark sehr preisgünstig und waren damit für jedermann erschwinglich.

Während der Auflösung der VEB Chemischen Werke Buna wurde das Kulturhaus privatisiert. 2001 erwarb der Investor Martin Niemöller das Haus und wollte es zu einem multikulturellen Veranstaltungszentrum mit überregionalem Einzugsgebiet entwickeln. Seine Pläne scheiterten an der Finanzierung, und der Investor musste in Insolvenz gehen. Seitdem ist das Kulturhaus dem Verfall preisgegeben und fristet sein Dasein als denkmalgeschützte Ruine. Von dem Objekt geht heute eine Gefahr für die öffentliche Sicherheit aus.

Unbefugte nutzen das riesige Gebäude als Abenteuerspielplatz und Graffitikulisse.

Das Kulturhaus war eines der traditionsreichsten Kulturhäuser und denkwürdiges Kulturexperiment der DDR. In der Bundesrepublik Deutschland können auf Grund anderer wirtschaftlicher Strukturen Kulturhäuser dieser Art mit diesem Bildungskonzept, mit ihrer Atmosphäre und Ausstrahlung leider nicht existieren. So sollte das Kulturhaus in unserer Erinnerung in höchster Wertschätzung bleiben.

2010 brachte der Basis-Film Verleih Berlin in Kooperation mit dem Bayerischen Rundfunk einen Dokumentarfilm „An der Saale hellem Strande – ein Kulturhaus erzählt" von Helga Storck und Peter Goedel heraus, in dem genau diese Wertschätzung zum Ausdruck kommt (sehenswert).

2014 ersteigerte die Firma Asoposa GmbH aus Berlin das Kulturhaus für 30 000 Euro mit dem Ziel, innerhalb von fünf Jahren eine Veranstaltungsarena zu etablieren.

Das Kulturhaus befindet sich zwar nicht auf Merseburger Territorium, wurde aber auch von der Merseburger Bevölkerung von Jung bis Alt angenommen und gehörte zu dem öffentlichen Leben von Merseburg.

Meine erste Erinnerung an das Kulturhaus war das Theateranrecht eines jeden Schülers der Stadt Merseburg und sicher auch der Gemeinden im unmittelbaren Umland. Mindestens dreimal im Jahr konnten die Schüler eine Theatervorstellung im Kulturhaus besuchen. Die Vorstellungen sollten die Schüler an Kunst und Kultur heranführen, stellten aber auch eine Ergänzung zum Schulunterricht dar.

Bild: Klubhaus Buna, 1994 (CWS)

So kann ich mich an Theaterstücke wie „Der Untertan" (Heinrich Mann), „Kabale und Liebe" (Schiller), „Die Mutter" (Gorki), „Timur und sein Trupp" (Gaidar) und „Die Leiden des jungen Werther" (Goethe) sowie an das Nussknackerballett (Tschaikowski) erinnern. Für den An- und Abtransport der Schüler zum Theater wurden Sonderstraßenbahnen bereitgestellt. Das Fahrgeld war im Preis für die Theaterkarte (1,20 Mark) inbegriffen. Die Sonderbahnen waren meistens übervoll und von lautem Kindergeplapper erfüllt. Es waren wohl auch die Gelegenheiten, wo sich die Schüler schick anziehen konnten und ordentliche Manieren an den Tag legen durften. Als wir älter waren, stiegen wir auf der Rück-fahrt am Stadtstadion aus und gingen zu Fuß nach Mer-seburg. Da konnten die Mädchen und Jungen flirten, Hand in Hand gehen, knutschen, rauchen und so allerlei verrückte Dinge anstellen.

Nach der Schule habe ich studiert, bin nach Merse-burg zurückgekommen, habe geheiratet und bin Mutter von zwei Töchtern geworden.

Weihnachten 1982 habe ich mit meiner Familie die Kinderweihnachtsrevue „Wölkchen Naseweis" im Kulturhaus besucht. Die Revue hat in meiner Familie eine riesengroße Begeisterung ausgelöst. Vor allem schwärmten meine Töchter von den tanzenden Mädchen und träumten davon, selbst eines dieser Mädchen zu sein.

So habe ich mich an das Kulturhaus gewandt und meine Töchter in der Kindertanzgruppe im Kulturhaus angemeldet.

Von diesem Tag an begann zirka zehn Jahre lang für meine Töchter und auch für mich eine Zeit intensivster Verbundenheit mit dem Kulturhaus.

Als 1960 die Kindertanzgruppe von der Tanzpädagogin und Choreografin Otti Pohle ins Leben gerufen wurde, dachte wohl niemand daran, dass die Leistung dieser Tanzgruppe über viele Jahre hinweg Spitzenniveau erreichen würde.

Otti Pohle, am 27. März 1935 geboren, kam 1945 als Flüchtlingskind aus der Slowakei nach Schkopau und erlernte den Beruf der Kunststoffwerkerin in den Buna-Werken. In ihrer Freizeit tanzte sie zwanzig Jahre in der Tanzgruppe Buna. 1966 wurde sie Kinderklubleiterin (hier war sie auch für die Organisation des Theaterschulanrechts einschließlich der Sonderfahrten der Verkehrsbetriebe zuständig) und später Sektorenleiterin der Volkskunst im Klubhaus. Sie qualifizierte sich zur Tanzpädagogin, nahm an einer Ausbildung für „Bühnentanz" teil und arbeitete freiberuflich als Tanzlehrerin der Kindertanzgruppe. Sie lebte für den Tanz und war eine ausgezeichnete Choreografin, was sich in den unzähligen Tänzen und Tanzspielen und in den vielen Auszeichnungen widerspiegelte (sechsmal „Hervorragendes Volkskunstkollektiv", „Ausgezeichnetes Volkskollektiv", zweimal Goldmedaille bei den Arbeiterfest-

Bild: Kindertanzgruppe Buna mit Otti Pohle, 1985 (CWS)

spielen, Medaille der Pionierorganisation in Bronze und im Leistungsvergleich das Prädikat „Oberstufe sehr gut"). Das konnte natürlich nur mit sehr viel Fleiß, Ausdauer und Training erreicht werden. Nicht zuletzt spricht auch die Zahl der jährlichen Auftritte, die nur selten unter 20 bis 40 Einsätzen lagen, eine deutliche Sprache.

Hinter den Kulissen war auch Frau Marie Palme eine wahre Künstlerin. Unter ihren geübten Schneiderhänden entstanden die vielen schönen Kostüme. Für die Organisation, die Ordnung im Fundus und für die Sauberkeit der Kostüme engagierte sich Frau Gerlinde Schneider. Auch die Eltern halfen bei Vorstellungen beim Umziehen, Schminken, Frisieren und bei An- und Abfahrten.

In der Kindertanzgruppe waren vorwiegend Mädchen, aber auch einige Jungen. Sie kamen aus Schkopau, Merseburg, Halle und Halle-Neustadt. Bis zu 80 Mitgliedern zählte die Gruppe, zirka 40 Mitglieder waren immer der harte Kern.

Damit in der Gruppe Ordnung herrschte und alles gut funktionierte, hatte jedes ältere Tanzmädchen ein Patenkind unter den Jüngsten. Auch mussten die Kinder in der Schule stets gute Leistungen nachweisen.

Zweimal in der Woche, montags und dienstags, war Training, bei besonderen Auftritten auch mal mehr. Trainingslager war in den Winterferien eine Woche in der Goldbachmühle in Blankenburg im Harz und in den Sommerferien drei Wochen im Kinderferienlager „Hans Beimler" in Glowe auf Rügen.

Mit zahlreichen Tänzen wie Zuckertütentanz, Schultanz, Matrjoschkatanz, Harlekino, Volksliedermedley, Wichteltanz, Rabentanz, Spaß im Schulgarten, Wir lachen mit der Sonne, Schneeflockentanz, Kleine Mädchen müssen schlafen gehen, Schirmtanz, Holzschuhtanz, Gespenstertanz, Lambada, Cancan, Charleston, Popgymnastik usw. trat die Kindertanzgruppe in vielen Veranstaltungen wie Arbeiterfestspielen, 40. Jahrestag des Sieges der Sowjetunion über den Hitlerfaschismus, Konferenzen der Deutsch-Sowjetischen-Freundschaft, XV. Festival des sowjetischen Films 1986 im Kino Völkerfreundschaft Merseburg, Leistungsvergleichen der Tanzgruppen, Tanzestraden, 1986 Fest des Lernens im Palast der Republik, Volkspark Halle, Pressefeste Halle, Peißnitzinsel Halle, Hallenser Markttagen, Merseburger Schlossfestspielen, Haus der Kultur Merseburg, Kindertagsfeiern, Rentnerfeiern, Feiern in Kleingartenanlagen, Faschingsveranstaltungen usw. auf.

Einige Kinder konnten auch ein Instrument spielen und unterstützten die Programme musikalisch.

Bild: Frühlingsbild aus „Schneemann Glitzkalt", 1985 (CWS)

Der Höhepunkt eines jeden Jahres waren jedoch die beliebten Weihnachtsrevuen wie zum Beispiel Knuspels Weihnachtswünsche, Schneemann Glitzerkalt, Der Schneekristall, Weihnachtsland und Sternchen Silberhell. Die Idee, ausgedacht, aufgeschrieben und auf der Bühne umgesetzt von Regisseur Claus Simke (früher selbst Tänzer in der Tanzgruppe), Abschnittsleiter Plastprüfwesen im Buna-Werk, kam bei jedermann gut an und erfreute sich großer Beliebtheit. Seine Schauspieler waren Laiendarsteller – alles Buna-Werktätige wie Schmelzer, Elektriker, Finanzkaufmann …, die selbst schon in der Tanzgruppe oder im Kabarett Theaterluft geschnuppert hatten, sowie Schülerinnen aus der Kindertanzgruppe (Ines Tepper, Verena Winter). Wunderschöne Bühnenbilder entstanden durch die Bühnengestalter. Die Kindertanzgruppe umrahmte mit an die Themen angepassten Tänzen die Revuen.

Eine Zweifachbesetzung garantierte, dass auch nach fünfzehn Vorstellungen alles reibungslos ablief.

Bild: Winterbild aus „Der Schneekristall", 1986 (CWS)

Sprech- und Gesangsproben, Kostümproben, Haupt-
und Generalprobe, Probe und immer wieder Probe.

Wenn sich der Vorhang zur Premiere hob, waren
Arbeit, Fleiß, Schweiß und die vielen Stunden Freizeit,
die auf der Bühne gelassen wurden, vergessen. Denn es
war alles Spiel, Theater und Spaß. Die Vorstellungen
waren immer ausverkauft und der Applaus wollte nie
enden.

Seit 1985 wurde aus Anlass des Kindertages durch
den Kinderklub Buna für das Schultheateranrecht in der
Reihe „Kreuz und Quer" Sonderveranstaltungen wie
„Pauline und die Feuerwehr", „Notenspaß mit Musi-
kus" und „Rot, Gelb, Grün" aufgeführt.

Nach der Wende fiel das Konstrukt „Theater der
Werktätigen" zusammen, und Frau Pohle verließ 1990
das Theater als Frührentner. So war auch die Grundlage
für die weitere Existenz der Kindertanzgruppe verloren.

Bis 1994 lebte die Kindertanzgruppe unter dem
Namen „Schkopauer Tanzmäuse" im Turnsaal des

Bild: „Kreuz und Quer" (CWS)

ehemaligen Kindergartens in der Gemeindeverwaltung Schkopau weiter.

Als jedoch 1994 Frau Pohle aus gesundheitlichen Gründen nicht mehr als Tanzlehrerin arbeiten konnte, löste sich die Kindertanzgruppe auf. Einige Mädchen wechselten in die Tanzgruppe Merseburg Meuschau oder in das Tanzstudio Leuna-Merseburg.

Die Kindertanzgruppe war ein eigener Kosmos. Was konnte es für Kinder Schöneres geben, als zu tanzen, sich zu verkleiden und zu schminken – einfach Theater zu spielen (die brauchten kein „Germany's Next Topmodel"). Unter den Kindern war ein besonderer Zusammenhalt, viele Freundschaften wurden geschlossen, die immer noch andauern. Bis heute besuchen die ehemaligen Tänzerinnen ihre Tanzlehrerin Otti Pohle zum Geburtstag oder schreiben ihr Grüße aus aller Welt.

Zum 65. Geburtstag schenkten ihr ihre Tanzkinder folgendes Gedicht – eine Hommage:

„Als 1960 alles begann, stand sie da: voller Lust und Elan – unsere Otti.

Nun soll die Geschichte unserer Tanzgruppe erzählt werden,
womit man füllen könnte viele Bücher auf Erden.

Unser Charakter wurde durch sie entscheidend geprägt.

Sie war's, die uns z.B. lehrte, dass man nicht am Stuhle anderer sägt.

Sie sagte: „Das A und O ist Teamgeist.",
lehrte uns, wie man die Gruppe zusammenschweißt.

Sie lehrte uns, Routine auszuschalten, wir sollten nur noch mit Köpfchen walten.

Auch haben wir ihr unsere Figur zu verdanken,
vielleicht gehörten wir jetzt zu den Dicken und Kranken.

Frau Pohle musste sich mit allem plagen,
doch sie dachte nicht mal im Traume ans Verzagen:

Ob Läuse, Liebeskummer oder Heimweh, sie tröstete uns wie eine gute Fee.

Jedes Jahr fand ein Trainingslager statt,
in dem sie uns manchmal ganz schön hetzte,
wichtig war die Patenschaft, die kurzzeitig die Eltern ersetzte.

Drei Wochen in Glowe am Meer, davon viele Stunden in der Kuhle,
danach hatten wir kein Bock mehr auf Schule,
denn dort gefiel es uns jedes Mal sehr.

Sie war die Mutter aller Kinder,
ob im Sommertrainingslager oder im Winter,
denn dann kam die Zeit für den jährlichen Höhepunkt,
nun ging es im Klubhaus richtig rund.

Die Weihnachtsrevue kostete alle viel Mühe und Schweiß,
jedoch entlohnte uns der Applaus des Publikums für unseren Fleiß.

Frau Palme, unser Schneiderlein,
zauberte die schönsten Kostüme für Groß und Klein.
Und war er dann gekommen, der große Auftritt,
jeder in der Garderobe unter Platzmangel litt.
Bei der jeweils letzten Vorstellung spielten alle verrückt,
der Bart abgeschnitten, die Ärmel zugenäht,
Frau Pohle war nicht gerade entzückt,
doch für eine Änderung war es zu spät.
Ob Folklore, klassisch, modern,
ob Harlekino, Kalinka oder Wir lachen mit der Sonne um
die Wette,
bei ihr tanzten wir alles liebend gern,
mit viel Energie, zu jeder Zeit, an jeder Stätte.
Alle vier Jahre war es dann soweit, für einen neuen Leis-
tungsvergleich kam die Zeit.
Da wir stets unser Bestes gaben, konnten wir uns später an
den Früchten laben.
1989 kam die Wende, doch für uns war das nicht das En-
de,
im Gegenteil, wir zogen ins Schkopauer Bürgerhaus ein
und gründeten einen eigenen Verein.
Jetzt nennen wir uns „Schkopauer Tanzmäuse e.V."
und stellen viele neue Tänze zur Schau.
Die Auftrittsangebote stiegen stetig
und seit 1991 sind wir beim Karneval tätig.
Mit unserer Funkengarde, einem Prinzenpaar,
dem Elferrat; als große Schar
begeistern wir die Zuschauermasse
im Saal und auf der Straße.

Ob beim Tanzen oder im richtigen Leben,
das alles wird ewig im Gedächtnis kleben."

Der wohl schönste Tanz für mich war „Wir lachen mit der Sonne".

Er war emotional sehr ergreifend, das Arrangement und die Choreografie einzigartig und ist heute aktueller denn je. Die Kinder tanzten lachend und fröhlich zu dem Lied „Wir lachen mit der Sonne". Plötzlich wurde der Tanz durch ein melodramatisches Intro unterbrochen. Eine Tänzerin trat im gedämpften Licht nach vorn und sprach, umrahmt von leiser Musik, folgenden Text:

„Kinder sind auf dieser Erde,
möchten lachen, fröhlich sein.
Kinder sehen auf dieser Erde
überall der Sterne Schein.
Ihre Träume, das sind Wünsche,
die weit über Grenzen gehen.
Und sie träumen in die Zukunft,
dass sich alle gut verstehen.

Noch sind Kinder auf der Erde,
ihre Wiege ist das Leid,
wünschen sich in dunklen Nächten
Frieden und Geborgenheit.
Wenn die schwarzen Vögel fliegen,
brennt die Erde ringsumher.
Wo ängstlich große Augen blicken,
ist kein Kinderlachen mehr.

Kinder sind auf dieser Erde,
mit Träumen so wie wir.
Der Wind schickt unsere Wünsche,

ihr sollt glücklich sein wie wir.
Die Sonne, sie soll lachen
für die Kinder weit und breit.
Unsere Lieder sollen euch sagen,
dass ihr nicht alleine seid."

Quellen:

·   * aus: „An der Saale hellem Strande – ein Kulturhaus erzählt" von Helga Storck und Peter Goedel
·   Artikel „Spannung und Spaß in einem Programm" – Mitteldeutsche Zeitung vom Dezember 1982
·   Interview mit Frau Otti Pohle
·   Privates Fotoalbum Winter-Schulz

Erinnerungen an das Chemiestudium in Merseburg vor vierzig Jahren

Das vierjährige Chemiestudium
–
Ein Experiment

Dr. habil. Jochen Gartz

TECHNISCHE HOCHSCHULE
-CARL SCHORLEMMER-
LEUNA-MERSEBURG
- WISSENSCHAFTLICHER RAT -

Bild: Merkblatt der TH, Ausschnitt (JG)

Die technische Hochschule für Chemie Leuna-Merseburg, die 1964 den Beinamen „Carl Schorlemmer" erhielt, wurde am 1. September 1954 gegründet. Carl Schorlemmer (1834-1892) war ein deutscher Chemiker, der mit Karl Marx einen Gedankenaustausch pflegte und in chemischer Hinsicht über die Grundsubstanzen in der organischen Chemie (Paraffine) arbeitete, die zu dieser Zeit, teilweise erstmalig durch seine Forschungen, bekannt und rein dargestellt wurden.

Der Zusatz „für Chemie" wurde dann 1975 gestrichen.

Zum Beginn waren 207 Studenten eingeschrieben. 1974 hatte die Hochschule schon 2 950 Studenten, 55 Professoren und 347 wissenschaftliche Mitarbeiter. 4 009 Wohnheimplätze standen zur Verfügung[1].

Von Anfang an wurde die Hochschule auf die chemische Praxis orientiert, im Mitteldeutschen Chemie-Dreieck zwischen Leuna, Buna, dem angrenzenden Gebiet von Bitterfeld-Wolfen, am Braunkohleabbau und der größeren Stadt Halle (Saale) sehr günstig gelegen.

Das Konzept war erfolgreich und eine fruchtbare Zusammenarbeit mit der Industrie entwickelte sich schnell. Entsprechend dieser Erfordernisse waren auch die Sektionen gegliedert: Die Verfahrenstechnik hatte die meisten Studenten, dann folgte die Chemie, als Spezialgebiet die Erforschung der Plastestoffe (Hochpolymere) sowie eine kleine Mathematik- und eine spät gegründete Physiksektion sowie die Exoten der sozialistischen Betriebswirtschaft. Neben der Kooperation mit den „alten" Universitäten Halle und Leipzig gab es auch mitunter Spannungen, wie es sich bei etablierenden Neulingen entwickelt. Im Gegensatz zu heutigen Fachschulen war die Hochschule Merseburg bis zur Wende 1989 den Universitäten gleichgestellt. Neben dem Diplomabschluss hatte sie auch das Recht zur Promotion und Habilitation verliehen bekommen.

Viele der Absolventen gingen nach diesen Abschlüssen in die chemische Industrie, wo sie unterschiedliche Leitungsfunktionen bekamen. So wurden Studienkollegen auch im petrolchemischen Kombinat Schwedt/Oder oder im Kernkraftwerk Rheinsberg tätig.

Mehrere Studenten meines Jahrgangs wechselten während des Studiums aus familiären Gründen an die Universitäten Dresden und Leipzig und berichteten uniform darüber, dass es akademisch „gemütlicher" wurde. Das Studentenleben war in Merseburg strenger organisiert, mit mehr Pflichtstunden.

Ich begann das Studium der Verfahrenschemie im September 1972. Wir waren der letzte Jahrgang, der vor dem Armeedienst von 18 Monaten noch studieren konnte. Es schwebte dann immer das Damoklesschwert über der Zeit nach dem Diplom, da bis zum 26. Lebensalter zum Militärdienst eingezogen wurde. Glücklicherweise wurde ich dann während der Anfertigung der Dissertation ausgemustert, sonst wäre die Arbeit trotz der langen Forschung unvollendet und damit wertlos gewesen.

Als Zwischenjahrgang, und als Experiment, wurde im Gegensatz zum ursprünglichen fünfjährigen Studium nur eine Zeit bis 1976 konzipiert, die streng eingehalten werden musste. Das hatte zur Folge, dass ein außerordentlich voller Zeitplan absolviert werden musste.

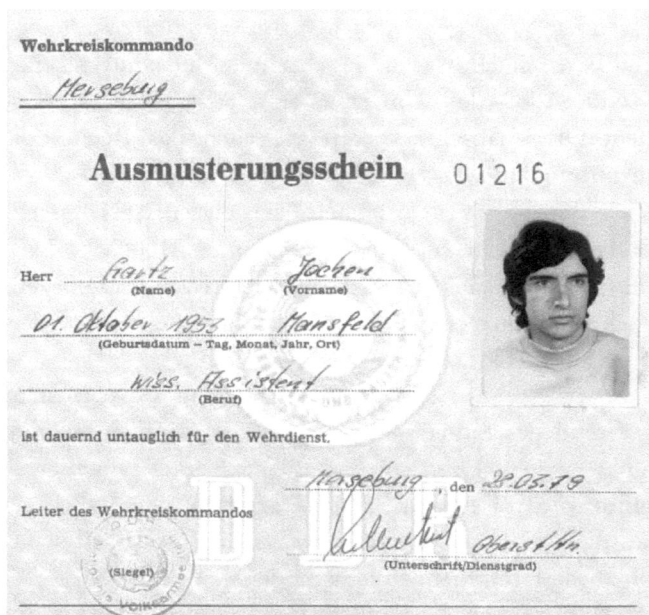

Bild: Ausmusterungsschein Jochen Gartz (JG)

Schon in der Einführungsvorlesung wurde dargestellt, wie voll die Pläne werden und bedeutet, dass die Hochschule eigentlich wenig daran interessiert ist, wenn wir am Wochenende nach Hause fahren, da diese Zeit besser zum Lernen genutzt werden sollte. In manchen Fällen stimmte das tatsächlich.

Ich habe aus Interesse das Chemiestudium gewählt, und Merseburg ist auch nicht zu weit von meinem Heimatort Mansfeld entfernt. Schon als Jugendlicher experimentierte ich zu Hause mit dem Chemie-Baukasten und dem Buch „Chemie selbst erlebt", das aus heutiger Sicht den Stoff spannend und gut vermittelte. Enge Kontakte zur Drogerie und Apotheke brachten andere

Chemikalien in größeren Mengen, und es ist auch fest-zuhalten, dass keiner misstrauisch über die Laienexpe-rimente urteilte, wie es heute leider üblich geworden ist. Beim Pfund Kalisalpeter, das wegen Minderjährigkeit zusammen mit der Oma in der Drogerie gekauft wurde, sagte der Drogist, dass man damit 50 Schweine schlach-ten kann (ein übliches Verfahren) und verkaufte es trotzdem. In der Apotheke gab es zum Beispiel Chloro-form. Viele Mitstudenten haben auch so zu Hause expe-rimentiert und die Liebe zum Fach entwickelt. So wählte ich Chemie als Studienfach und die Medizin als zweiten Wunsch, die mich später im Berufsleben immer mit begleitet hat.

Trotz des Interesses und einer gewissen Vorkennt-nis fand ich aber das Chemie-Studium durch die Fülle an Themen und Stunden auch anstrengend. Chemie zu studieren ist heute wenig beliebt, weil hier eine große Menge an Sachverhalten wie die Eigenschaften der Stof-fe auswendig gelernt werden muss. Gleichzeitig kommt die unerbittliche Logik der Naturwissenschaft hinzu. Wie oft geht bei Anfängern ein Stoff scheinbar verloren, das heißt in den Gleichungen stehen auf der linken Seite andere Stoffmengen als rechts. Warum und wie Stoffe miteinander reagieren, muss in Formeln schöpferisch hergeleitet und dargestellt werden.

Der Schulcharakter des Studiums bescherte zum Höhepunkt im 3. Studienjahr etwa 50 Lehrstunden pro Woche! Darin waren zwei Tage im Labor mit je 12 Stunden, und am Sonnabend endete das letzte der drei Seminare erst 13.00 Uhr. Am Freitagnachmittag wurde dann technische Chemie für das letzte Seminar am Sonnabend gelernt, das vom Professor sehr streng geführt wurde. Aber als der Oberassistent dann seinen Chef vertrat, hat uns das auch nicht gefallen. Wir waren den straffen und informativen Stoff gewohnt, und jetzt ging es recht oberflächlich daher. Zeitweise wurde jede Woche eine Prüfung über andere chemische Themen durchgeführt, wofür auch noch intensiv gelernt werden musste. Der Sonntag ging regelmäßig drauf. Mancher heutige Student sollte an solchen Abläufen mal seine rezenten Belastungen und Fahr- und Freizeitaktivitäten überprüfen.

Merseburg hatte Studentenklubs, Konzerte im Dom, Rockkonzerte und Kneipen zu bieten, meist war aber gar keine Zeit vorhanden. Studenten, die versuchten, das klassische Studentenleben zu pflegen, bekamen meist große Probleme. Sie fielen bei den Prüfungen durch, da die Lernzeit nicht aufgebracht wurde und sie meist das Fach auch nicht besonders liebten.

Schlimme Zeiten erlebten die Studenten, die ein Opfer der Studienlenkung geworden waren. Ursprünglich hatten sie kein Interesse an Chemie und wollten Fächer studieren, die entweder überlaufen waren wie Medizin oder als exotisch angesehene Fächer wie Architektur nur sehr wenige Studenten zuließen. Es waren perfekt organisierte Listen vom Typ „Numerus clausus" und die Bewerber über der festgelegten Quote wurden auf die weniger beliebten Fächer umgeleitet, auch zur Chemie. Hier waren zumindest die ersten Jahre durch Verzweiflung vor den anstehenden Prüfungen regelmäßig gekennzeichnet. Aber fast alle beendeten das Studium erfolgreich, was auch durch gegenseitige Hilfe und engen Kontakt im Internat ermöglicht wurde.

Aber auch die Lehrkräfte hatten eine größere Belastung als heute und konnten sich nicht in den „Beamtenstatus" zurückfallen lassen. Aus heutiger Sicht war ein tieferes Engagement in der Lehre festzustellen als oft im heutigen Lehrbetrieb, wo neben der Forschung die Lehre teilweise als notwendiges Übel angesehen wird, obwohl zur damaligen Zeit mehr Stunden absolviert werden mussten. Gewöhnlich begann die Studienwoche Montag früh 8.00 Uhr.

Im Studium war die Unterkunft im Internat sehr spartanisch, wurde aber kaum als störend angesehen. Allerdings bargen die Zimmer mit drei Studenten auch Konfliktstoff, weil sich mitunter zwei Insassen gegen den Dritten verbündeten, was heute als Mobbing bezeichnet wird. Solche Fälle wurden auch durch unterschiedliche Altersgruppen begünstigt, manche studierten dann erst nach dem Armeedienst noch Chemie.

Als vorteilhaft erschien vielen Studenten, dass vom Internat bis zum Hauptgebäude nur drei Minuten Fußweg zu absolvieren waren. So konnten bei den chemischen Dauerversuchen, die über viele Stunden liefen, zu verschiedenen Zeiten Kontrollen durchgeführt und bei Bedarf auch Proben entnommen werden.

Nach drei Jahren erfolgte eine thematische Spezialisierung, und ich begann auf dem Gebiet der Synthesechemie die Erforschung von vorher noch nicht dargestellten organischen Peroxiden. Diese waren alle explosiv, und der Grad der Gefährlichkeit lässt sich bei solchen neuen Stoffen vorher nur grob einschätzen. Deshalb konnten immer nur kleine Mengen zur Untersuchung hergestellt und untersucht werden, unter Verwendung von Schutzschilden und analogen Handschuhen und Brillen: Es gab auch bedauernswerte Studenten, die in einer anderen Arbeitsgruppe stark stinkende Schwefelverbindungen herstellten, die so anhaftend waren, dass die Laborkittel im Labor verbleiben mussten.

Nach einem Jahr Laborarbeit wurde das Diplom erstellt, das nach mehreren Monaten schon zügig verteidigt werden musste.

Im September 1976 wurde ich neben einigen Studenten meines Studienjahres in der gleichen Abteilung als wissenschaftlicher Assistent eingestellt. Der befristete Arbeitsvertrag über 4 Jahre hatte als Hauptinhalt die Lehre zur Unterstützung des Professors. Ich habe also dreimal eine Seminargruppe über jeweils ein Jahr in Theorie und Laborpraxis begleitet. In der Nebenvereinbarung wurde die Erstellung einer Dissertation vereinbart, die ich neben den Seminaren im Labor erarbeitete. Erst im letzten Jahr konnte ausschließlich im Labor gearbeitet werden.

Positive Erinnerungen habe ich an die Schauvorlesungen, die wir für verschiedene Interessenten mit Blitz und Knall sowie Farbreaktionen durchführten. Dabei wurden viel größere Mengen verwendet, als man sich es heute „traut". Als die Fallschirmspringer aus Halle zu Besuch waren, verwendeten wir viel größere Mengen an Chemikalien, „da diese gestählten Männer ja viel mehr gewöhnt sein müssten", wahrhaft idyllische Zeiten für den Chemiker.

Auch bei der Dissertation wurde streng darauf geachtet, dass die Zeit für die Arbeit eingehalten wurde.

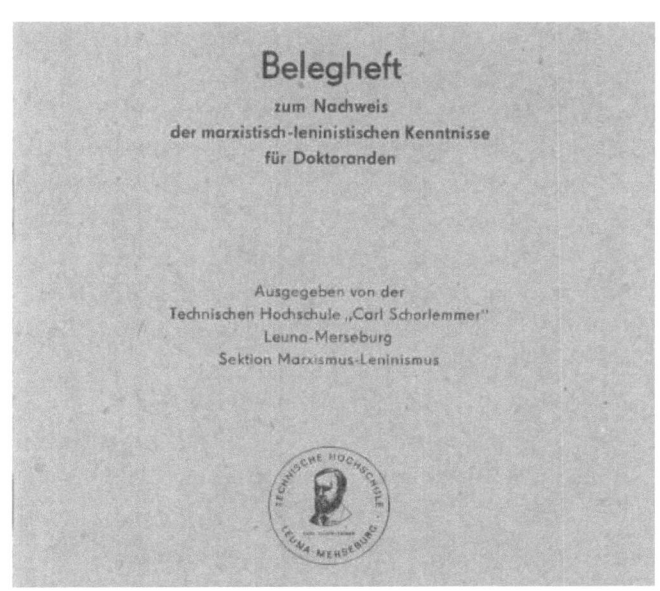

Bild: „Belegheft" Jochen Gartz, Ausschnitt (JG)

Abschließend noch ein Wort zur obligatorischen, marxistisch-leninistischen Weiterbildung an der Hochschule. Sie hatte den Ruf einer besonders strengen Ausbildung auch in diesem Bereich. Das Studienjahr begann mit einer „roten Woche" mit verschiedenen Veranstaltungen. Für die Promotion war eine begleitende Ausbildung zwingend. Diese Ausbildung wurde von der Sektion Marxismus-Leninismus im obersten Stock vorgenommen, deren Leiter passend Heiland hieß. Eigene Studenten hatte diese Sektion aber nicht.

Rückblickend habe ich den Eindruck, dass in Merseburg eine sehr gute chemische Ausbildung vermittelt wurde, die dem komplexen Fach gerecht wurde. Dass diese Forderung anstrengend war, bemerkten meine

Mitarbeiter im Leipziger Arzneimittelwerk danach an mir. Die Nervosität entschwand langsam im sozialistischen Arbeitsalltag bei der nun neuen Pharmaforschung, die die Synthese und Analytik verschiedener Stoffe zum Ziel hatte. Jetzt konnte ich meine medizinischen Interessen mit der Chemie verknüpfen, genau wie die sich anschließende Erforschung von Arten höherer Pilze mit deren Wirkstoffen, die medizinische Bedeutung haben und als Habilitation 1989 zusammengefasst wurden.

Letztlich konnte ich das Peroxidthema in seiner medizinischen Bedeutung als Buch zusammenfassen, und so wurde der Kreis zur Hochschulausbildung geschlossen[2].

Literatur:
[1] H. Krug, H.-J. Hörig und D. Schnurpfeil: 50 Jahre Hochschule in Merseburg. Merseburger Beiträge zur Geschichte der chemischen Industrie 9, 1 (2004)
[2] J. Gartz: Wasserstoffperoxid – Das vergessene Heilmittel. Mobiwell Verlag, Immenstadt (2014)

Gedanken und Träumereien am Rande der Linie 5

Christel Tippelt

Lange Zeit fuhr ich zu meiner Arbeitsstelle fast täglich mit der Überlandbahn von Leuna nach Halle. Anfangs musste man noch in der Merseburger Hölle umsteigen. Oft stand ich frierend an den Haltestellen und hatte viel Zeit nachzudenken. Kalt und zugig waren die einstündigen Fahrten in der Winterzeit. Mit Interesse betrachte ich auch heute noch die Veränderungen am Wegesrand. Wehmütig schaue ich oft der fast leeren Bahn hinterher. Anwohner, Leuna- und Bunaarbeiter und Lehrlinge benutzten die Straßenbahn als Verkehrsmittel, weil die meisten gar kein Auto besaßen. Die Fahrpreise sind extrem gestiegen: Kostete damals so ein Einzelfahrschein nach Halle nur 60 Pfennige, sind es heute 3,10 Euro. Steigen Sie mit mir ein in unsere gute alte Straßenbahn und lassen Sie mich alte Erinnerungen wecken!

Bild: Triebwagen 769 und 1067 in Merseburg (CT)

Steigen Sie ein in die längste Straßen-
bahnlinie Deutschlands

Die Linie 5 begann in Halle Trotha (heute in Halle Kröllwitz) und endet nach über 30 Kilometern in Bad Dürrenberg. Die Fahrzeit beträgt etwa 90 Minuten. Alle zwanzig Minuten brachte die Bahn die Leute von Halle bis nach Bad Dürrenberg.

Die alte Dame ist über hundert Jahre alt. Schon 1902 fuhr die erste Überlandbahn von Halle nach Merseburg. Die Strecke war 15 Kilometer lang und endete zuerst in der Nähe des Bahnhofs. Zwei Jahre später verlegte man aber die Gleise an die heutige Stelle, welche im Volksmund liebevoll als „Hölle" bezeichnet wird. Diese Haltestelle hieß ab 1973 Salvador-Allende-Platz. Nach dem Bau des Ammoniakwerkes Merseburg, uns allen als Leunawerk gut bekannt, erweiterte man die

Strecke im Jahre 1919 bis nach Leuna zum jetzigen Haupttorplatz. Damit gab es für die Leunawerker, auch Leunabelzer genannt, eine preiswerte und schnelle Verbindung zum Arbeitsplatz. 1926 war auch die Strecke nach Bad Dürrenberg fertig. Es war die Linie 34, welche bis 1974 über Spergau fuhr. Von der dortigen Haltestelle Keckermühle musste man noch einige hundert Meter laufen, um durch das Spergauer Tor zum Dienst zu kommen. Erst seit 1971 gibt es eine durchgehende Verbindung von Halle nach Bad Dürrenberg. Der Fahrpreis lag mal zwischen zehn und sechzig Pfennigen, je nach Zustieg, und wurde anfangs von einem Schaffner kassiert. Später waren es dann auch viele nette, hübsche Schaffnerinnen. Lange Zeit durften nur Männer die Bahn durch die Stadt kutschieren. Erst nach 1945, als die Männer knapp wurden, gestand man auch den Frauen dieses Recht zu.

Wir sind in Ammendorf. Im Jahre 1823 legte in Halle der Sattlermeister Gottfried Lindner den Grundstein zum späteren „Waggonbau Ammendorf". Ab 1830 wurden Kutschen gebaut und später Wagenkästen für die Pferdestraßenbahn. 1902 begann man am Standort Ammendorf mit der Produktion von Güterwagen und ab 1908 stellte man hier sogar Karossen für PKW und Busse her. Es entstand Europas größtes Karosseriewerk. Von 1945 bis 1990 baute man Eisenbahnwaggons für die Sowjetunion. Auch Doppelstockwagen entstanden hier. Die Exporte gingen sogar bis in das ferne China und in die Mongolei. Im Jahre 1989 arbeiteten hier 4 800 Waggonbauer. Nachdem im Jahre 1997 die Firma an Bombardier verscherbelt wurde, verloren viele der Waggonbauer ihren Job.

Bild: Betriebsbahnhof Ammendorf (CT)

Nächste Station: Korbethaer Straße. Das Bunawerk lässt grüßen. Links in den Baracken befand sich ein polytechnisches Ausbildungszentrum, rechts das Chemiewerk. Früher, als es noch Polytechnische Oberschulen gab, hatten alle Schüler polytechnischen Unterricht. Ran an den Schraubstock hieß es auch in Buna! Angesagt war die Konsumgüterproduktion für alle, angesichts der Mangelware in vielen Branchen. Da durften schon die Kinder Werkluft schnuppern. Früher war der herbe Duft der Bunaluft nicht zu verbergen. Chemie brachte „Brot und Schönheit". Buna ist die Kurzform von Butadien-Natrium, das den Naturkautschuk ersetzte. 1936 begann man mit der Produktion. Schon 1906 gelang Fritz Hoffmann die Herstellung von synthetischem Kautschuk. Styrol und die Polymerisation machten es möglich. Natrium diente als Katalysator. Die Karbidöfen verpesteten die Luft. Die Natur war mit grauem Staub bedeckt. Neben synthetischem Kautschuk wurden in Buna auch Kunststoffe erzeugt (PVC). „Plaste und Elaste aus Schkopau" hieß der weltbekannte Slogan.

Wir fahren weiter zur Haltestelle Bunawerke: Große Bürogebäude standen hier. Massen von Leuten stiegen ein und aus. Im Chemiekombinat arbeiteten 20 000 Beschäftigte. Jetzt sind es gerade noch 5 000. Das Bunaklubhaus, der Bau X50, wurde 1953 eingeweiht. Es wurde für 1,85 Millionen Mark auf Geheiß sowjetischer Offiziere errichtet. Der große Theatersaal hatte Platz für 748 Zuschauer, der kleinere Konzertsaal im Obergeschoss besaß 250 Plätze, und in der Gaststätte konnten 200 Gäste bedient werden.

An dieser Haltestelle kann unsere Bahn eine große Schleife fahren. Hier stehen seit 1911 die alten Villen der Gartenstadt. Zwölf Villen mit großzügigen Gärten für privilegierte Bürger, unterstützt von Ulrich von Trotha und geplant von Paul Juckoff, sollten das Dorf Schkopau aufwerten. Schkopau sollte damit zum Mittelpunkt Europas werden, mit einer Künstlerkolonie! Juckoff war ein bekannter Bildhauer und wohnte in Schkopau. Er schuf 1933 das Denkmal von Heinrich I., welches in Merseburg in der Bahnhofstraße, Ecke „Hölle" steht.

Die Schleife am X50 für unsere Straßenbahn baute man 1962. Zur gleichen Zeit wurden Zahlboxen eingeführt. Einfache Geräte, Groschen rein, Hebel nach unten und Fahrschein abreißen. Geklaut wurde kaum, dieses Alu-Kleingeld brachte nicht viel. Geschaut wurde trotzdem, ob ein Groschen liegenblieb, bekam man doch dafür schon ein Eis. Unsere Überlandbahn beschäftigte die Schaffner bis 1991.

Vorbei an der alten Schule, welche ebenfalls von Juckoff entworfen wurde, hält unsere Bahn unweit des Schlosses. Wir sind an der Haltestelle Schloss/ Schkopau. Vermutlich im 9. Jahrhundert entstand hier eine karolingische Befestigung, welche im 12. Jahrhundert als Burg Scapowe ausgebaut wurde. 1215 fand der Ort erstmals Erwähnung, als Kaiser Friedrich II. diese Reichsburg dem Erzbistum Magdeburg schenkte. Im 15. Jahrhundert fiel die „hus tu Schapow" an den Bischof Thilo von Trotha. Sein Bruder Claus erbaute sich hier ein Wohnschloss. Dabei integrierte er den mittelalterlichen, elf Meter dicken Bergfried. Bis 1945 war das Schloss Wohnsitz der Familie von Trotha. Die Felder im Umkreis gehörten dazu. 1936 kaufte das Ammoniakwerk Merseburg von der verschuldeten Familie Trotha große Ländereien, auf denen das Bunawerk errichtet wurde. Die vorher verschuldete Familie von Trotha war wieder bei Kasse. Projektierung und Bau des Werkes Schkopau leitete unter anderem Diplomingenieur Wilhelm Biedenkopf, der Vater des späteren Politikers Kurt Biedenkopf.

Zur Zeit der Bodenreform nach 1945 enteignete man die Trothas. Auf dem Friedhof neben der Kirche oberhalb des Hanges fanden viele Trothas ihre letzte Ruhe. Die Schkopauer Trothas gehören zum Krosigker Zweig der Familie.

Der Mühlteich wird vom Mühlgraben und der Laucha gespeist, die Mühle steht schon lange nicht mehr. Durch die Straße wurden die Teiche getrennt. Die Laucha fließt zum Lauchagrund. Gibt es die Kegelbahn eigentlich noch? Das Freibad von Schkopau, 1940 erbaut, 1944 zerbombt und 1950 wieder aufgebaut, wurde wenige Jahre später von den Buna-Werken für eine angenehme Badetemperatur auf 24 Grad Celsius geheizt. Noch später, Ende der 60er Jahre, wurde für den Winterbetrieb eine flexible, aufblasbare Folie über das Bad gezogen und zu einer „Halle" aufgeblasen. Das gab dem Bad den Namen „Bunablase".

„Siedlung 2" heißt die nächste Haltestelle. Hier stiegen wir immer aus, wenn wir zum Bunabad gingen. Siedlung 2, das war die Werkssiedlung. Wohnungen fanden in den Villen vorwiegend die Direktoren und Ingenieure des Chemiewerkes. Auch die Familie Biedenkopf wohnte dort, bevor sie 1945 nach dem Westen flüchtete. Wilhelm Biedenkopf, der Vater des Politikers Kurt, war in der Zeit des Nationalsozialismus technischer Direktor der Buna-Werke gewesen.

Zu DDR-Zeiten baute man noch Kinderkrippen und Kindergärten, die Kegelbahn und das Freibad. Rechts hinter einer kleinen grauen Mauer befindet sich die Wohnsiedlung Kleinchina. Die Mauer gab der Siedlung ihren Namen.

Nächste Haltestelle Freiimfelde, eine gestandene Siedlung aus der Zeit vor dem Zweiten Weltkrieg. Ein spezielles Wohnungsbauprogramm von Merseburg machte dies möglich.

Die Bahn fährt nun links um die Kurve zum Stadtstadion von Merseburg. Der SV Grün-Weiß Merseburg wurde schon 1899 als „Ballspielverein Hohenzollern" gegründet. Das Stadtstadion wurde 1921 erbaut und war dann Bunasportplatz. Zuerst gab es ein Fußballfeld mit einer kleinen Tribüne in der Gegengerade. Nachdem der BSC in die DDR-Oberliga aufgestiegen war, musste die Anlage großzügig erweitert werde. 1981 wurde sie umgebaut zum „Stadion der Chemiearbeiter". Alle Merseburger Schüler waren zum Schulsportfest sicherlich schon einmal hier. Alljährlich findet das Stadtsportfest statt. Schräg gegenüber befindet sich die Gärtnerei und Baumschule Richter.

Jetzt überquert die Straßenbahnlinie die Eisenbahnstrecke. Eine Treppe führt zur Gaststätte „Bootshaus", 1911 am Ufer der Saale erbaut. Es ist die Stammkneipe des Merseburger Rudervereins, welcher 1906 gegründet wurde.

Nächste Haltestelle: Am Stadtpark. Links ist ein schönes Haus mit großem Garten zu sehen, welches einmal eine bekannte und gut besuchte Ausflugsgaststätte und später ein Werkskindergarten war. Wenige Schritte weiter hat man einen sehr schönen Blick auf unsere gute alte Saale. Die Schneise entstand, als Ende Mai 1978 eine Gasleitung explodierte. Die Quelle Arnimsruh befindet sich in der Nähe. Der Herr von Arnim war in Merseburg Regierungspräsident und förderte zusammen mit dem „Merseburger Verschönerungsverein" die Entstehung des Stadtparks am Hochufer der Saale. Das ist nun schon fast 200 Jahre her, aber noch immer erfreuen sich viele Spaziergänger und Radfahrer an dieser Grünanlage im Norden der Stadt. Weiter geht es bergab, immer noch am Stadtpark vorbei zur Haltestelle Slawenweg. Etwas weiter unten gab es früher mal das Café Bellevue, die schöne Aussicht. 1916 diente es als Lazarett. In der Grünanlage ist ein kleiner Sportplatz. Jetzt sind wir gleich am Klausentor, früher eine für Straßenbahnen etwas gefährliche Abfahrtsstrecke. Das Quietschen der Bahn kündigte die Kurve an. Ein Zugwagen landete 1976 fast im Fenster eines kleinen Hauses. Deren Besitzer hatten anschließend jahrelang eine Lampe im Fenster stehen, um die Fahrer zu warnen. Das Klausentor war ehemals ein Stadttor zur Merseburger Vorstadt, der Altenburg. Dort unten, wo die Klia angeplätschert kommt, verliefen die Schienen der Werksbahn der Königsmühle, seit 1865 Papierfabrik. Sogar eine Schranke und einen Schrankenwärter gab es hier einmal. Die Zellstoff- und Papierfabrik Merseburg bestand bis 1990 und fand dann durch Verkauf ein jähes Ende. Hinter der Kurve erblicken wir die Gebäude des Krankenhauses. Es wurde nach Carl von Basedow benannt, einem Merseburger Arzt, welcher 1854 starb und berühmt wurde durch seine Erkenntnisse über eine Schilddrüsenerkrankung, der nach ihm benannten „Basedowschen Krankheit". Im Jahre 1909 wurde das Krankenhaus an der Weißen Mauer erbaut. Zuerst hatte es nur 54 Betten, aber schnell wurden es 80. Merseburg besaß vor dieser Zeit nur ein kleines Hospital auf dem Neumarkt und das Marienhospital an der Sixtiruine. Die Marienfigur aus dem alten Marienhospital befindet sich heute im Museum. Eine Kopie der Figur kann man im Klinikum sehen. 1936 entstand ein Erweiterungsbau mit Operationssaal, Röntgenabteilung, Labor, einer Frauen-, Männer-, Kinder- und Privatstation sowie einem separaten Infektionshaus. Die meisten Merseburger erblickten in dem Gebäudekomplex das Licht der Welt. Im Zweiten Weltkrieg baute man noch zwei Baracken und einen Bunker hinzu. Zusammen mit dem Waisenhaus am Weinberg und dem ehemaligen Kinderheim in Bad Dürrenberg konnte man 541 Kranke stationär aufnehmen.

Einige Probleme gab es mit den Krankenschwestern, den Diakonissen, welche zu einer kirchlichen Einrichtung in Westberlin gehörten und die auch die Ausbildung der Schwesternschülerinnen durchführten. Dies war nicht im Sinne der sozialistischen Staatsmacht. 1953 wurde das Gebäude der Landesversicherung umgebaut und als „Säulenkrankenhaus" in den Behandlungskomplex mit einbezogen. Die Bettenzahl stieg auf 716. Von 1968 bis 1970 wurde die Chirurgie restauriert. Etwas weiter südlich sieht man den Kindergarten am Weinberg und die Grundschule „Im Rosental". Die Weiße Mauer war ursprünglich die Stadtmauer um den Vorort Altenburg und wurde unter Herzog Christian im 17. Jahrhundert errichtet. Die Mauer gibt es nicht mehr, nur die Straße heißt noch so. Rechts erstreckt sich das sogenannte Negerdörfchen. Baumeister Zollinger erfand anfangs der zwanziger Jahre die hier vorherrschende spezielle Dachform, das Zollinger-Dach. Es gibt mehrere Standorte mit Häusern dieser Bauweise in Merseburg. Beispiele dazu sind die Aula der Albrecht-Dürer-Schule und auch das alte Gesundheitsamt in der Christianenstraße.

Es geht weiter die Weiße Mauer entlang zur Haltestelle Lindenstraße. Um 1900 hieß die Lindenstraße „Abgeholzte Nussbaumallee". Dann pflanzte man Lindenbäume, die der Straße den neuen Namen gaben. Rechts kommt das Polizeigebäude, links sehen wir die Hoffischerei, danach das Josefsheim, ein katholischer Kindergarten. Rechts an der Ecke Poststraße entstand 1866 hier das erste Gaswerk der Stadt. Die Öfen wurden mit Steinkohle befeuert. Den großen Gasbehälter kann man vielleicht noch im Keller des Hauses bewundern. Das Gaswerk wurde zu klein für Merseburg, zog in die Weißenfelser Straße, an der wir später noch entlang fahren werden. In den siebziger Jahren war dann ein Kosmetiksalon eingezogen. Nach der Wende wird man das „Gasometer", eine Eckkneipe, besuchen können, so lange, bis der tiefe Kneipenkeller aus Sicherheitsgründen gesperrt werden wird.

Rechts steht noch das ehemals feine Hotel Dessauer Hof, welches 1914 erbaut wurde.

Jetzt befinden wir uns an der Hölle. Hier kann man wie eh und je in die Südbahn einsteigen. Es gab den „Goldbroiler" und ganz früher ein schickes Gartenlokal auf dem Damm unter den lauschigen Kastanienbäumen. Auch das Tivoli war ein schickes Restaurant mit großem Tanzsaal.

Es geht weiter, vorbei an der Kliaplatte am Eingang der Gotthardstraße und vorbei am Gotthardteich. Ehemals Steinbruch, später Fischteich der Bischöfe und jetzt das blaue Auge der Stadt. Der große Lenin begrüßte uns mit ausgestrecktem Arm. Eine gepflegte Grünanlage mit Rosengarten, Spielplatz, Planetarium und die Kosmos-Eisbar luden zum Verweilen ein. Es gab Tretboote zum Ausleihen. Im Sommer sprudelt eine große Fontäne in der Mitte des Teiches, welcher durch die Eisenbahnstrecke Halle-Erfurt 1846 geteilt wurde.

Schon wieder ein Stopp: rote Ampel an der Straßenkreuzung zur B181, die nach Leipzig führt. Links steht das ehemalige Kaufhaus „Magnet" mit der Jugendmodeabteilung, wo es die DDR-Jeans gab. Dahinter sehen wir den Turm der Sixtiruine, welcher 1889 als Wasserturm umgebaut wurde.

Bild: Straßenbahn-Depot Merseburg vor dem Umbau (CT)

Das Trinkwasser für Merseburg kam damals aus Leuna-Rössen. Gegenüber sieht man den Stadtfriedhof, 1581 als Pestfriedhof angelegt. Rechts der Straße auf dem Gelände des Nulandtplatzes (offiziell hieß der Platz während der gesamten DDR-Zeit Marx-Engels-Platz) fand früher der Rummel statt, bis man Anfang der 1970er Jahre dort Hochhäuser errichtete, da für 56 000 Einwohner Merseburgs der Wohnraum nicht mehr ausreichte. Den Möbelpavillon sieht man weiter hinten.

Nun erreichen wir die Haltestelle Herweghstraße. Hier warten nach Schulschluss die Schüler des Herdergymnasiums auf die Bahn. Es wird etwas laut im Wagen. Der Fahrer schließt die Türen und weiter geht die Fahrt, vorbei an den roten Backsteingebäuden der 1902 erbauten Kaserne links der Straße. Nachdem die blauen Husaren gen Torgau verschwunden waren, zog hier ein Infanterieregiment ein. Soldaten wohnen schon lange nicht mehr hier. Vorbei fahren wir am Haus des Handwerks. Hier ist unsere nächste Haltestelle, die Haeckelstraße. Links war hier der Schlachthof.

Wir fahren jetzt am 1967 eröffnetem Merseburger Solebad vorbei, 1991 wurde es aus hygienischen Gründen wieder geschlossen. Gleich empfängt uns die Stadt Leuna. Rechts erinnert ein Gedenkstein daran, dass Leuna im Jahre 1945 das Stadtrecht erhielt. Bald sehen wir links ein Rondell: ein florierender Blumenladen steht da, wo früher die alte Straßenbahnwartehalle, mit Toilette im Untergeschoss, stand. Dahinter das alte Gasthaus zum Heiteren Blick, welches vor 1900 schon existierte.

Haltestelle: Leuna Torstraße. Hier beginnt hinter dem Zaun und der Eisenbahnstrecke das Werksgelände.

Nächste Station: Industrietor. Badelustige können von hier aus zum Waldbad gelangen, welches 1930 erbaut wurde. Hier konnte die Tram auch mal einige Jahre geradeaus zum Pfalzplatz fahren.

Wir biegen rechts ab und überqueren die ehemalige Bahnlinie nach Leipzig. Mit dem Bau der Ammoniakfabrik fing 1916 für Leuna alles an. Der Standort war günstig für den Aufbau eines neuen Chemiewerkes: die Nähe der Saale und die Braunkohlengruben im Geiseltal. Links gab es einmal ein riesiges Sportstadion, wohl das größte in Mitteldeutschland. Nach dem Zweiten Weltkrieg wurde es mit den Trümmern der Stadt und des Werkes verfüllt und zur „alten Festwiese". Neue Sportstätten entstanden im Süden der Stadt. Besaß Leuna schon vor dem Krieg Waldbad, Tennisplätze und Rollschuhbahn, baute man zu DDR-Zeiten noch eine Kunsteisbahn, die Schwimmhalle, eine neue Turnhalle an der Berufsschule sowie Hockeyplätze und ein neues Stadion. Das Werk war groß, über sieben Kilometer lang. 30 000 Menschen standen hier einmal Lohn und Brot. Geblieben sind zirka 10 000. 1916 entstand die Werksiedlung Neurössen, und der Gemeindeverband wurde nach dem kleinsten der sechs Dörfer Zweckverband Leuna benannt.

Haltestelle Haupttorplatz: Hier steht das Gebäude der ehemaligen, kleinen Tankstelle. Nach ein paar hundert Metern sehen wir das Leunaer Klubhaus, 1927 erbaut von der BASF als Gesellschaftshaus der Ammoniakwerke Merseburg. Hier war das kulturelle Zentrum. Ob Kabarett oder Tanzbälle von Blau-Silber oder der Faschingsball der Studenten der THLM (Technische Hochschule Leuna-Merseburg) – das Haus ist bis heute ein Zentrum der Kultur in der Industrie- und Gartenstadt Leuna.

Nächste Haltestelle Sachsenplatz. Karl Barth war der Architekt der Gartenstadt Neu-Rössen vor hundert Jahren. Er wurde für die Planung sogar vom Kriegsdienst im Ersten Weltkrieg befreit. Gleich neben dem Werk baute man die Bereitschaftssiedlung für Arbeiter, Handwerker und Ingenieure der Ammoniakfabrik. Neben Schule, Waldbad, Klubhaus, Ambulanz, Kino, Kirche und Geschäften entstand damals auch das alte große Stadion. Am neuen Sportstadion vorbei, einige Jahre nach Gründung der DDR gebaut, kommen wir nach Göhlitzsch, Haltestelle Krähenberg. Das „Göhlitzscher Steinkistengrab" erschnüffelte vor 265 Jahren der Jagdhund eines Rittmeisters auf diesem Areal, als er in einem Kaninchenbau verschwand und ausgegraben werden musste. Im Museum für Vorgeschichte in Halle kann man es heutzutage bewundern. An sechs Stellen fand man in Leuna archäologische Stätten, wobei neben dem

Steinkistengrab aus der Jungsteinzeit die über hundert Funde zur Rössener Kultur nahe dem Plastikpark am bekanntesten sind.

Neben den Bestatteten in Hockerstellung lagen viele Gefäße mit Schnurkeramik. Eine ganze Epoche erhielt danach ihren Namen (Rössener Kultur/ Schnurkeramiker).

Weiter geht unsere Fahrt über die Felder nach Daspig. Hier entstand schon mit dem Bau des Chemiewerkes das Daspiger Wasserwerk. Früher, als die Überlandbahn noch über Spergau fuhr, konnte man dem bunten Treiben der Hasen auf den Feldern zusehen, doch das ist vorbei. Der nächste Halt ist in Leuna Kröllwitz. Noch immer gibt es den Stein zur Erinnerung an die Leunaer Märzkämpfe im Jahre 1921. Fünfzig Arbeiter wurden damals im Leunaer Silo erschossen.

Unsere Bahn braust Bad Dürrenberg entgegen. Vor uns sehen wir die alte Eisenbahnbrücke. Bei Hochwasser breitet sich die Saale oft bis hierher aus.

Wir sind in Kirchfährendorf. Jetzt können wir schon den Borlachturm, das Wahrzeichen der Stadt, den Witzlebener Turm und das alte Salzamt auf dem ehemals „dürren Berg" erblicken. Salz war vor 300 Jahren unglaublich teuer. Als Halle und Magdeburg an Preußen fielen, hatte man in Sachsen ein großes Problem. Das Salz lag jetzt hinter der Grenze! Bergrat Borlach wurde von August dem Starken auf Salzsuche geschickt. Er wurde hier und in Bad Kösen fündig. Der junge Novalis, Herr von Hardenberg, war ebenfalls hier angestellt. Für die Gewinnung von Salz aus der Sole in über 200 Metern Tiefe mussten der Borlachturm, das Gradierwerk und Siedehäuser errichtet werden. Fleißige

Arbeiter gewannen das weiße Gold. Bis nach Afrika gingen die Lieferungen. Als hundert Jahre später die Eisenbahn gebaut wurde, reisten Kurgäste sogar aus Leipzig an, um an der salzhaltigen Luft unter dem Gradierwerk zu gesunden. Auch ein Freibad gab es in der Nähe der heutigen Saalebrücke, abgesperrt mit Pontons vor dem Wehr in der Saale. Erbaut wurde die Brücke 1926.

Die nächste Haltestelle heißt „Kurpark". Steigen Sie aus und gehen den Apothekerberg hinauf. Sie werden staunen! Hier befindet sich das mit 636 Metern längste Gradierwerk Deutschlands. Früher war es mal 1820 Meter lang.

Wussten Sie übrigens schon, dass es in Bad Dürrenberg den ältesten Eisenbahntunnel (aus der Zeit der Kohlebahn) gibt?

Die Endstation unserer Linie 5 liegt im Zentrum der Stadt, von dort aus geht es links zum Bahnhof und rechts zum Marktplatz, geradeaus stand einmal ein altes Heizwerk.

Ach, was waren das für schöne Zeiten, als es noch die hübsche kleine Schaffnerin gab. Endstation. Alle aussteigen, bitte!

Schnelle elektrische Hilfe

Tilo Buschendorf

Es ist morgens fünf Minuten nach sechs. Meine Schicht hat gerade begonnen, als in der Elektrozentrale des Chemiekombinates zum ersten Mal das Telefon klingelt. Etwas mürrisch wegen der frühen Stunde greife ich zum Telefonhörer: „Ja, bitte!"

„Hallo, bin ich dort beim Störungsdienst", ertönt eine männliche Stimme. „Wir brauchen einen Elektriker. Bei uns ist die Treppenhausbeleuchtung ausgefallen."

„Wo?", frage ich und runzele die Stirn. Und gleich danach: „Ich komme!"

Nicht gerade erfreut, aber zügig packe ich meine Werkzeugtasche auf mein Fahrrad und kontrolliere vorsichtshalber, ob die passenden Sicherungen dabei sind. Was anderes als die Sicherung kann es nicht sein, denke ich, und schwinge mich in den Sattel meines betagten, klapprigen und extra für mich hergerichteten Fahrrades. Um diese Zeit ist es noch dunkel, und das neblig feuchte Wetter lässt mich frösteln. Obwohl ich mich warm angezogen habe, kriecht die Kälte durch alle Knopflöcher. Die dicht bei dicht stehenden Chemieanlagen sind durch gigantische Rohrbrücken miteinander verbunden. In dem Gewirr von Rohrleitungen zischt, pfeift und poltert es. Das Kopfsteinpflaster der Werkstraßen ist schmierig glatt und ich muss aufpassen, dass ich mit meinem Fahrrad nicht ausrutsche und stürze. Das hätte mir an diesem tristen Novembertag noch gefehlt. Noch sind die Werkstraßen leer. Die tägliche Betriebsamkeit hat noch nicht eingesetzt. Knapp einen Kilometer ist es bis zu meinem ersten Einsatzort heute. Bau 85. Ein Bad. Ein Bad ist ein Gebäude mit riesigen Umkleideräumen und Duschen in jeder Etage. Drei Etagen hoch. Die ersten Arbeiter der Tagschicht kommen bereits zur Arbeit. Von Minute zu Minute werden es mehr. Aus allen Richtungen strömen die Männer und Frauen, die Kragen ihrer Jacken und Mäntel hochgestellt, hinein. Verwandelt, alle den gleichen blauen Arbeitsanzug tragend, kommen sie wieder heraus. Sich in alle Richtungen zerstreuend streben sie ihrem Arbeitsplatz zu. Erst in einer halben Stunde beginnt es, hell zu werden. Wenn dann im dunklen Treppenhaus jemand stürzt, gibt es Ärger. Nichts ist schlimmer, als den Unmut der Kollegen noch vor Arbeitsbeginn hervorzurufen, hatte mir mein Meister an meinem ersten Arbeitstag eingebläut. Ich trete fester in die Pedale. Das klotzig dunkelgraue Gebäude, drei Etagen hoch, empfängt mich. Als ich vom Fahrrad steige, spüre ich die Kälte nicht mehr. Der Anrufer, ein Arbeiter, der für die Sauberkeit verantwortlich ist und sich Bademeister nennen darf, erwartet mich bereits.

„Da ist sicher 'ne Sicherung kaputt", ruft er mir schon von weitem zu.

„Ganz bestimmt. Ich sehe gleich mal nach", antworte ich und schraube den Deckel am Sicherungskasten ab. Seine Vorahnung war richtig. Eine von den drei Sicherungen, die mit „Treppenhaus" beschriftet sind, ist durchgebrannt. Ruckzuck ist sie ausgewechselt. Das Licht flammt wieder auf. Keine Viertelstunde ist seit dem Anruf vergangen. Der sogenannte Bademeister kann sich wieder seinem Wassereimer und Schrubber zuwenden. Von seinem Büro aus rufe ich in der Zentrale an. Dort meldet sich der Schichtleiter. „Ist erledigt", sage ich lakonisch, „war nur eine Sicherung." Und: „Ist sonst noch was?" „Ja, du musst gleich in die Hauptwerkstatt. Drehbank Nummer zwölf ist defekt. Und danach musst du in die Klempnerei fahren. Die haben ein Problem mit ihrer Abkantbank. Haste alles verstanden?"

„Alles klar! Bin schon unterwegs", antworte ich. Weiter geht's. Wird sicher heute kein ruhiger Tag werden, mutmaße ich. Also schwinge ich mich wieder aufs Fahrrad. Werkzeugtasche, Ersatzteile, alles dabei. Diesmal geht es in die entgegengesetzte Richtung. Die Drehbank steht in der ersten Etage. Mit meiner schweren Tasche steige ich die zwei Treppen hinauf. Unter meinem Schutzhelm bilden sich erste Schweißtropfen. „Drehbank zwölf?" „Ganz hinten in der Ecke", sagt einer und zeigt mit der Hand in die Richtung. Die Drehbank steht still. Ein Werkstück ist eingespannt. Vom Dreher aber keine Spur. Ich entdecke ihn auf einem Stuhl. Versteckt hinter einer Ecke. Dort ist er vor dem Blick seines Meisters sicher. Sein Gesicht ist von einer Zeitung verdeckt. Der lässt es sich schon am Morgen gut gehen, denke ich, und rufe laut: „Guten Morgen!" Erschrocken lässt er die Zeitung sinken. Das Gesicht eines älteren Mannes mit bereits schneeweißem Haar kommt zum Vorschein. „Du bist ja schon da!", entgegnet er mürrisch statt eines Grußes. Ich verkneife mir die Antwort und frage stattdessen: „Wo klemmt es denn?"

„Der Schlitten geht wieder mal nicht", antwortet er, macht aber keine Anstalten aufzustehen. Das macht mich ärgerlich. „Zeig mal!", sage ich zum Trotz, obwohl ich bereits ahne, wo der Fehler liegt. Unwillig legt der Alte seine Zeitung beiseite, erhebt sich langsam, stöhnt und flucht leise vor sich hin. Er setzt die Maschine in Gang und führt mir die Nichtfunktion vor. „Okay!", sage ich und öffne meine Werkzeugtasche. Mit geübten Griffen schraube ich den Deckel vom Gehäuse. Dahinter, das weiß ich, ist ein Endschalter montiert. Ein Griff und schon weiß ich, was Sache ist. Total verölt und verdreckt ist das Ding. Dem Dreher, der es sich gerade wieder bequem gemacht hat, rufe ich zu: „Kannste mir mal 'nen sauberen Lappen besorgen?" Wieder erhebt er sich mürrisch. Ich kann mir ein Grinsen nicht verkneifen. In der Zwischenzeit schraube ich den Schalter ab. Ein Metallspan vom Drehen blockiert seine Funktion. Kleinigkeit! Dem Patienten wird es gleich wieder gut gehen, denke ich. Der Alte kommt mit einem sauberen Lappen zurück. „Na, haste den Fehler gefunden oder dauert's noch 'ne Weile?", fragt er spitzfindig. „Bin gleich fertig", sage ich und nehme ihm den Lappen aus der Hand. „So", sage ich nach fünf Minuten, „mach mal 'nen Probelauf." Gehorsam schaltet er die Maschine wieder an. Schlitten vor, Schlitten zurück. Okay, läuft! Deckel wieder zu. Hände waschen und Werkzeug zusammengepackt, ich muss mich sputen. Der nächste Patient wartet sicher schon. „Machs gut!", rufe ich dem Alten, schon im Weggehen, zu, und kurze Zeit später trete ich bereits wieder in die Pedale meines alten, aber geliebten Fahrrades.

Auf dem kürzesten Wege fahre ich in Richtung Klempnerei. Die Werkstraßen sind inzwischen belebt. Fahrradfahrer und Elektrokarren kommen mir entgegen. Dick vermummte Arbeiter hinter dem Lenkrad und Ersatzteile auf der Ladepritsche. Über und neben mir zischt und poltert es. Dampf tritt aus undichten Ventilen und nimmt mir für Sekunden die Sicht. Aus den kilometerlangen Rohrleitungen über mir tropft Wasser. Ob das wirklich nur Wasser ist? Geschickt weiche ich mit dem Fahrrad aus. Ich komme mir vor wie ein Notarzt. Nur, der ist für die Menschen da. Für alles, was mit elektrischem Strom angetrieben wird, bin ich der Gesundmacher, der Schadenbeheber, der Störungsbeseitiger.

„Könnt ihr nicht mal einen Elektriker herschicken! Bei uns funktioniert ein Lichtschalter nicht mehr", tönt es aus dem Telefonhörer in der Zentrale. Oder: „Bei uns im Materiallager brennt kein Licht. Schickt bitte mal einen Elektriker zu uns!" Dann schwinge ich mich auf mein Fahrrad und eile zum „Unfallort". An der Lenkstange ist ein stabiler Gepäckträger für meine schwere, aus echtem Schweinsleder bestehende Werkzeugtasche. Die war in ihrem früheren Leben mal ein Schulranzen gewesen. Heute besteht ihr Inhalt nicht aus Heften und Büchern, sondern aus was-werde-ich-eventuell-benö-

tigen Werkzeugen und was-könnte-kaputt-sein Ersatzteilen. Unverzichtbar für meine Arbeit. Einziger Unterschied: Der Notarzt kommt nicht mit dem Fahrrad.
Manchmal werde ich auch richtig gefordert. Wenn zum
Beispiel in der Hauptwerkstatt die große Drehbank
ausgefallen ist und sich weder vorwärts noch rückwärts
drehen will. Dann ist all mein Können gefragt. Dann
muss ich suchen, prüfen und probieren. Solange, bis ich
den Fehler gefunden habe, um das defekte Teil auszu-
wechseln oder zu reparieren. Und das ist nicht einfach,
denn die Maschine kommt aus der Sowjetunion. Das
heißt: Alles ist in russischer Sprache beschriftet, und der
Schaltschrank ist so groß, dass er dem Schlafzimmer-
schrank zu Hause alle Ehre macht. Aber solche Störungen kommen nicht so oft vor.

In der Klempnerei erwartet mich fast das Gleiche
wie eben an der Drehbank. Der Bediener sitzt gelangweilt auf seinem Stuhl, liest Zeitung und wartet auf
mich. „Wird langsam Zeit, dass du kommst", ruft er
schon von weitem. „Mach mal halblang", antworte ich,
„denkst du, dass ich nichts anderes zu tun habe. Zeig
mal, was kaputt ist!" Lange muss ich nicht suchen, dann
habe ich den Fehler gefunden. Inzwischen hat sich der
Werkstattmeister dazugesellt. Er begrüßt mich und sagt:
„Du sollst mal gleich in der Zentrale anrufen." Also lege
ich mein Werkzeug beiseite und folge ihm zum Telefon.
„Unterbrich mal deine Arbeit", sagt mein Chef, „du
musst mal schnell in die Kantine fahren. Bei denen ist
was ausgefallen. Die können nicht weiterarbeiten."

„Was ist denn ausgefallen", frage ich.

„Weiß ich auch nicht. Hat der mir nicht gesagt. Die
haben es aber eilig."

Na schön denke ich. Wieder mal so ein Fall von „rate mal". Ich erkläre dem Werkstattmeister die Situation. Der ist alles andere als erfreut. „Aber du kommst doch wieder", fragt er besorgt. „Na klar!", sage ich und erkläre. „Wenn einer bei dir nicht arbeiten kann, ist das nicht so schlimm, wie wenn hunderte Arbeiter nichts zu essen bekommen." Er nickt und winkt resigniert ab.

Hurtig packe ich mein Werkzeug zusammen, und kurze Zeit später sitze ich wieder auf meinem Fahrrad. Im Eiltempo geht es wieder unter den tropfenden Rohren hindurch. Diesmal in Richtung Kantine. Plötzlich ist ein Höllenlärm über mir. Es wird gehämmert und geschweißt. Ein Funkenregen fällt herab. Hoch oben auf einer Rohrbrücke wird ein Rohr ausgetauscht. Weiter! Achtung, Gleise der Werkbahn kreuzen die Straße. Ich muss aufpassen, dass ich mit dem Fahrrad nicht dazwischen gerate. Aber all das ist inzwischen Gewohnheit. All das nehme ich nur noch im Unterbewusstsein wahr. Für mich zählt jetzt nur, so schnell wie möglich in die Kantine zu kommen. Für solche Fälle müsste eine blaue Rundumleuchte am Fahrrad sein, denke ich in diesem Augenblick. Ist sie aber nicht. Ein schneller Blick nach rechts und links und ohne zu bremsen, geht es über die Gleise. Total verschwitzt komme ich an.

„Komm mit!", sagt der Chefkoch und führt mich in die Großküche. Ein Schwall feuchtwarmer Luft strömt mir entgegen. Sofort beschlagen meine Brillengläser. Küchendämpfe wabern durch den Raum. Ein Betrieb wie im Ameisenhaufen. Zwischen den Pfannen und Kesseln wuseln weiße Gestalten umher. Männer und Frauen in weißer Kleidung. Weiße Mützen auf dem Kopf tragend. Alle sind mit irgendetwas beschäftigt.

Laute Rufe schallen hin und her und Anweisungen werden gebrüllt.

„Erna!", brüllt jetzt der Chefkoch in das Gewusel. Und nochmals „Erna!" Eine ältere, kleine und dickliche Frau schaut herüber. „Der Elektriker ist da!", ruft der Chefkoch ihr zu und deutet mit dem Finger auf mich. Für ein paar Sekunden herrscht Ruhe. Nur aus den Pfannen und Kesseln zischt es leise. Alle heben ihren Kopf und schauen in meine Richtung. Erna legt die Fleischgabel, mit der sie gerade hantierte, beiseite und kommt merkwürdig wackelnd auf mich zu. Ich stehe wie auf dem Präsentierteller und komme mir vor wie einer aus einer anderen Welt. „Erna, der ist noch viel zu jung für dich", ruft plötzlich eine Frauenstimme. Schallendes Gelächter setzt schlagartig ein. Ich fühle, wie ich rot werde.

„Wenn de mit dem fertig bist, schicksten zu mir!", kommt es aus einer anderen Ecke. Wieder lachen alle und meine Röte im Gesicht wird um eine Nuance dunkler. Erna wischt ihre Hand an der nicht mehr ganz sauberen Schürze ab und reicht sie mir. „Tachchen", sagt sie und lächelt mich an.

„Tach", erwidere ich und schaue sie an. Jetzt bemerke ich, dass ihr Beine in schwarzen Gummistiefeln stecken. Ganz bestimmt sind die eine Nummer zu groß. Daher der wackelnde Gang.

„Wo brennt es denn?", frage ich.

„Die große Kippbratpfanne da drüben wird nicht mehr richtig heiß", dabei zeigt Erna mit der Hand in die Richtung, wo die Pfanne steht.

„Kommen Sie mal mit", fordert sie mich, mit der Hand winkend, auf. Ich folge ihr vorsichtig. Der Fußboden ist nass und rutschig. Behutsam setze ich einen Fuß vor den anderen. Scheele Frauenblicke verfolgen mich.

„Ich wollte Schnitzel braten, und mittendrin wurde die Pfanne kalt", erklärt Erna. „Aber wir haben ja Gott sei Dank noch eine in Reserve. Sonst hätten wir heute ein riesiges Problem gehabt." Ich verstehe. Wenn die Arbeiter heute ihr Essen nicht pünktlich bekommen, gibt es Tumulte. Ein Glück, dass die sich hier zu helfen wussten, denke ich. Eine erste äußerliche Begutachtung ergibt keine Auffälligkeiten. Auch der Elektroanschluss an der Pfanne ist in Ordnung. Werde mal die Sicherungen kontrollieren, überlege ich. Wieder geht es zurück über den rutschigen Fußboden. Hin zum Elektroraum, wo sich die Sicherungen befinden. Als ob ich es geahnt hätte. Alle drei sind durchgebrannt. Ein Fall für die Spezialisten also. Hier kann ich nicht mehr helfen. Ich schaukele zurück zu Erna, die sich inzwischen wieder mit ihren Schnitzeln beschäftigt. „Die Heizspiralen in der Pfanne sind kaputt. Das Ding muss in die Werkstatt", erkläre ich ihr und deute mit dem Finger auf das Gerät. „Na ja, wenn's sein muss", antwortet sie lakonisch. „Ich sage Bescheid, dass jemand aus der Werkstatt kommt", ergänze ich. Erna nickt gelangweilt. „Trotzdem, danke fürs Kommen", sagt Erna und lächelt mich wieder an. Mit meiner schweren Tasche strebe ich dem Ausgang zu. Gerade will ich aufs Fahrrad steigen, da kommt Erna um die Ecke gehuscht. In der Hand hält sie eine Tüte. „Hier!", ruft sie noch völlig außer Atem. „Hier ist eine Kleinigkeit zu Mittag", ruft sie und drückt mir eine warme Tüte in die Hand. „Danke!", sage ich völlig überrascht. Erna winkt bescheiden ab, blinzelt mir noch einmal zu und huscht wieder zurück an ihre Schnitzelpfanne. Ich wage einen neugierigen Blick. Ein Schnitzel, eine Boulette und ein Brötchen. Da kann ich meine Pausenbrote wieder mit nach Hause nehmen. Ich schaue auf meine Uhr. Gleich ist Mittag, stelle ich fest. Da kann ich mir etwas Zeit lassen. Die Abkantbank läuft mir nicht davon.

Wieder will ich mich auf mein Fahrrad schwingen, da kommt in rasanter Fahrt Karl, mein Kollege, um die Ecke. Karl ist mindestens einen Kopf größer als ich und bringt auch ein paar Kilo mehr auf die Waage. Sein volles, lockiges Haar und sein Vollbart lassen ihn hünenhaft erscheinen. Man muss befürchten, dass sein Fahrrad jeden Augenblick zusammenbricht. Karl lächelt immer. Aber Vorsicht! Karl sitzt der Schalk im Genick. Schon mancher ist auf seine Späße reingefallen. Einmal musste ich mit ihm gemeinsam in die Schneiderei fahren. Einige Lampen und Nähmaschinen hatten ihren Geist aufgegeben. An den Nähmaschinen saßen lauter junge Frauen. Der Schneidermeister erwartete uns schon. Er lief mit uns durch den Raum und erklärte uns, was alles defekt sei. „Ja, ja", sagt Karl immerzu, ließ aber keinen Blick von den Frauen. „Kriegen wir alles wieder hin, kriegen wir alles wieder hin", murmelte er immerzu. Dabei drehte er seinen Kopf ständig von links nach rechts und wieder zurück. Gesagt, getan, wir machten uns an die Arbeit. Karl richtete es so ein, dass ich die Lampen und er die Nähmaschinen reparierte. Nach einer halben Stunde, ich war gerade mit der letzten Lampe beschäftigt, war Karl weg. Ich entdeckte ihn unter einer der Nähmaschinen, den Fußschalter reparierend. Ich trat hinzu und hörte, wie er zu der Näherin sagte: „Bitte einschalten – stopp, noch einmal einschalten – stopp!" Nach einer Weile: „So, jetzt ist es in Ordnung." Umständlich kam er unter der Nähmaschine hervorgekrochen. Auf dem Rückweg in die Zentrale erzählte Karl: „An der Nähmaschine war nur eine Kleinigkeit kaputt. Aber die Näherin. Ich glaube, die hatte das Höschen von ihrer kleinen Schwester an."

Gerade im letzten Moment sieht Karl mich stehen. Er macht eine Vollbremsung, so dass das arme Fahrrad noch mehr geschunden wird.

„Kommste mit essen?", fragt er mich. Dankend lehne ich ab und verweise auf die Tüte von Erna. Er grient mich an und sagt: „Du kannst Schlag haben bei den Frauen." Dann tritt er wieder in die Pedale, dass es nur so kracht und ist im nächsten Moment hinter der nächsten Ecke verschwunden. Im gemütlichen Tempo fahre ich zurück in die Klempnerei. Dort kann ich auch Mittag machen, überlege ich.

Die Abkantbank ist schnell repariert. Fast derselbe Fehler wie an Drehbank Nummer zwölf. Kein Problem für mich.

In der Zentrale warten sie schon sehnsüchtig auf meinen Rückruf.

„Mensch, wo steckst du denn?", ruft mein Chef lautstark. „Im Materiallager sind Steckdosen ausgefallen. Die haben schon dreimal angerufen."

„Mach mal keine Panik", antworte ich. „Kriege ich schon hin."

„Vorher musste aber noch in die Kesselschmiede. Das Drehgestell ist ausgefallen. Die können nicht weiterschweißen."

„Kein Problem, das liegt auf meinem Weg. Haste sonst noch was?", frage ich zurück.

„Nee, erst mal nicht!", brummelt er.

Na also, denke ich. Alles halb so schlimm. Zuerst in die Kesselschmiede und dann ins Materiallager. Die tun sich dort nur wichtig. Das sind die Augenblicke, wo ich selbst entscheiden kann, welche Störung zuerst beseitigt werden muss. Ein kleines Stück Freiheit im tristen sozialistischen Alltag. Da lasse ich mir von keinem reinreden. Störungen in den Küchen, Kantinen und Bädern stehen ganz oben auf der Liste. Da bleibt eben alles andere liegen. Und die Betroffenen? Die verstehen das. Jeder Arbeiter freut sich, wenn er unfreiwillig sein Werkzeug beiseitelegen kann.

Wie vermutet, sind es nur Kleinigkeiten, die für mich keine große Belastung sind. Da gab es schon Schlimmeres. Noch drei Störungen meldet mir mein Chef, ehe er mich mit dem Satz: „Kannst reinkommen!" erlöst. Inzwischen wird es allmählich dunkel. Langsam und vorsichtig trete ich in die Pedale. Acht Störungen heute sind genug, denke ich. Ein ganz normaler Tag. Auf der Rückfahrt in die Zentrale sehe ich bereits die ersten Arbeiter wieder in die Bäder laufen, obwohl die noch mindestens zehn Minuten Arbeitszeit haben. Im Sozialismus ist alles möglich, resümiere ich im Stillen. Für mich ist erst in zwei Stunden Feierabend. Dann kommt meine Ablösung. Bis dahin ist noch alles möglich.

In der Zentrale werde ich bereits vom „noch alles möglich" erwartet. Karl steht schon an der Tür und hält die Autoschlüssel in der Hand. „Wir müssen noch mal los", sagt er. „Aber diesmal mit dem Auto." Na Gott sei Dank, denke ich.

„Wohin?", frage ich.

„Raus in die Stadt, in einem der Werkshäuser ist das Kellerlicht ausgefallen." Für solcherlei Störungen haben wir ein Auto. Einen Barkas mit himmelblauer Lackierung und Benzinrationierung. Wenn das monatliche Kontingent erschöpft ist, bleibt wieder nur das Fahrrad.

Den Platz hinter dem Lenkrad überlasse ich Karl. Nach geschätzten zehn Kilometern auf dem Fahrrad, die ich heute zurückgelegt habe, werde ich mich jetzt chauffieren lassen. Außerdem kennt Karl Straße und Hausnummer. Dort werden wir bereits erwartet. Sechs Familien wohnen in dem Eingang. Einer von denen ist der Dreher von Nummer zwölf. Heute Morgen konnte es ihm nicht langsam genug gehen, jetzt wartet er schon sehnsüchtig. „Na", sage ich, als er mich erkennt. „Bei dir geht wohl heute alles kaputt." Er murmelt etwas vor sich hin, was sich wie „steinaltes Material" und „Vorkriegsware" anhört und verschwindet in seiner Wohnung.

Mit der Taschenlampe tasten wir uns die Kellertreppe hinunter. Keine einzige Lampe brennt. Karl schraubt schon den Sicherungskasten auf. Eine Sicherung ist defekt. Eine Kleinigkeit. Die wird ausgewechselt, dann geht es wieder zurück. „Patsch" macht es, als Karl eine neue Sicherung einschrauben will. Prost Mahlzeit, denke ich. Das hat uns gerade noch gefehlt. Wir schauen uns an und wissen sofort, eine von den vielen Lampen hat einen Kurzschluss. Und den müssen wir suchen. Das ist aufwendig. Ade, Feierabend. Einige neugierige Hausbewohner schauen uns an. Ihre Blicke sind als „mal sehen, was die nun machen" zu deuten. Nee, so schnell geben wir nicht auf. Wozu sind wir Elektriker?

„Elektriker sind faul, wissen sich aber immer zu helfen", pflegt unser Chef stets zu sagen.

Also, dann wollen wir mal. Karl blinzelt mir schalkhaft zu, und in diesem Moment haben wir beide den gleichen Gedanken. Aus seinem Sammelsurium von Ersatzteilen entnimmt Karl ein Stück Messing, das in Form und Größe der Sicherung ähnelt. Das Teil wird jetzt eingesetzt. Interessiert verfolgen die Hausbewohner, die noch immer im dunklen Keller stehen, unser Tun. „Kann mal bitte jemand das Licht einschalten?", bittet Karl die Leute. In dem Wissen, was gleich passiert, suchen wir beide schnell Deckung hinter einem Mauervorsprung. Es gibt einen Knall, in einer der Lampen blitzt es auf und alle anderen Lampen brennen. Fehlersuche beendet. Die Lampe zu reparieren bleibt keine Zeit. „Wir sagen den Kollegen Bescheid, die reparieren die Lampe am Tag", sagen wir den Hausbewohnern und packen unser Werkzeug zusammen.

Zehn Minuten vor Feierabend sind wir zurück. Die Zeit reicht noch zum Händewaschen.

Nach und nach kommt unsere Ablösung. „Keine offenen Störungen!", sagen wir den Kollegen. Die sind zufrieden. „Tschüs und schöne Schicht", wünschen wir jedem per Handschlag und machen uns auf den Weg ins Bad. Gott sei Dank, das Licht im Treppenhaus brennt noch.

Merseburg hin und zurück

Birgit Gerlach

Als sie den Fischladen an der Ecke erreicht, biegt die Straßenbahn in die Leninallee ein. Ilona rennt los und die rußig-neblige Luft brennt beim Atmen in der Brust. Es hat bereits zur Abfahrt geklingelt. Sie drängelt sich in die brechend volle Bahn. Die Falttür summt und jault, eine Menschentraube klemmt dazwischen. Wie ein Block schieben sich die Fahrgäste noch ein paar Zentimeter in das Innere des Wagens, endlich klappt die Tür zu.

Nächste Haltestelle. Es wird umgeschichtet. Ilona findet nichts zum Festhalten, ist eingemauert zwischen Schultern und nach oben gestreckten Armen.

Bahnhof. Wenn sie jetzt keinen Sitzplatz erobert, ist es für die nächsten anderthalb Stunden verwirkt. Die Bahn füllt sich ebenso blitzschnell wie sie sich geleert hat.

Ein Fensterplatz wird frei. Der rote Plastesitz ist noch angewärmt vom Vorgänger. Auf den grauen daneben lässt sich schnaufend ein korpulenter Mann in einer blaugrauen Wattejacke fallen, unter seiner Schirmmütze rinnen Schweißbäche hervor. Den Platz gegenüber besetzt ein Langhaariger, dessen Jeansbeine einem Parka entspringen und in ausgefransten blau-weißen Turnschuhen enden und sofort zu wippen beginnen, so dass nicht nur die Stofftasche mit dem aufgemalten Ostermarschzeichen auf und ab hüpft, sondern der gesamte Sitz samt Aufhängung mitschwingt.

Nächste Haltestelle. Wieder pressen sich neue Fahrgäste in den Waggon.

Die Fenster sind beschlagen, und Ilona verspürt im morgendlichen Stumpfsinn der Straßenbahnfahrt von Halle nach Merseburg eine kaum zu unterdrückende Lust, auf die Scheibe zu malen. Hinter ihr tauschen zwei Frauen in gedämpftem Ton Backrezepte aus, sonst redet niemand. Der Dicke neben ihr schnarcht leise. In der Sitzreihe schräg gegenüber blättert ein Heliomatikbrillenträger mit über die Glatze gekämmtem, pomadigem Scheitelhaar ausladend das „Neue Deutschland" um. Sein graues Präsent-20-Jackett ragt handbreit unter der schwarzen Lederbundjacke hervor.

Ilona malt eine Wellenlinie auf das beschlagene Fensterglas, lächelt, zieht ein geblümtes Taschentuch aus der Manteltasche, trocknet sich den Zeigefinger ab, versucht zu lesen, döst ein. Rattatam, Rattatam.

Von einem beißenden Geruch wird sie jäh aus dem Schlaf gerissen. BUNA. Ein Menschenstrom ergießt sich aus der Straßenbahn in Richtung Werktor, das ihn irgendwo im dichten Nebel zu verschlucken scheint. Mit den Bunesen hat die Wärme die Bahn verlassen, sie wurde gegen kalten Karbidgestank getauscht. Der Langhaarige mit dem Hüpfbein ist sitzengeblieben. Neue Passagiere kommen herein. An der nächsten Haltestelle steigt auch das Wackelbein aus. Freiimfelde. Rattatam.

Jemand tippt auf ihre Schulter. Krankenhaus. Alle passen aufeinander auf, keiner verschläft seine Station. Sie bedankt sich.

Das Licht der Laternen vor dem Portal des Säulenhauses verschwimmt im Nebel. Heute führt ihr Weg jedoch nicht die große Steintreppe hinauf, die Rettungswache befindet sich im Wirtschaftshof. Während sie die Krankenwagenauffahrt hinauf läuft, überquert ein Güterzug die Straße und bahnt sich laut ratternd seinen Weg zwischen dem Inneren und dem Chirurgischen Krankenhaus. Sie balanciert an den großen Pfützen und Kohlenhaufen vorbei und meldet sich zum Dienst.

Kaum eingekleidet, wird sie zum ersten Einsatz geschickt: Pseudokrupp.

Die Schlackensteinstraße am Ortseingang von Leuna ist glatt wie Schmierseife, doch Laskowski steuert den Barkas sicher und gelassen durch die Kurve am Kino und vorbei an den großen Kühltürmen. Hier ist der Nebel gelb. Kurz vor dem Werkstor biegen sie links ab in eine Reihenhausstraße. Ilona kennt diese typischen Arbeiterhäuser der zwanziger Jahre. Von einem schmalen Flur geht es links in die Küche und von dort weiter zur Wohnstube. Diese hat einen Hinterausgang zum Gemüsegarten. An der rechten Wand des Flurs führt eine Stiege ins Dachgeschoss.

Bild: Barkas als Rettungswagen vor SMH-Leitstelle
Merseburg (aus Privatbesitz Ulrich Koch)

Sie müssen ein kleines Stück laufen. Die Nebeltropfen
brennen in den Augen. Der Fahrer schleppt den großen
orangefarbenen Plastekoffer, der ursprünglich eine
Werkzeugkiste gewesen war und mit viel Bastelarbeit
zum Rettungskoffer wurde.

Ein aufgeregter Vater eilt ihnen entgegen. Schon
die ganze Nacht habe das Kind zum Herzerbarmen
gehustet, gegen Morgen kam die Atemnot dazu. Blass
wird es von der Mutter umhergetragen, schreit heiser
und kraftlos, völlig ermattet vom erfolglosen Kampf um
Luft. Die Mutter weint.

Ilona ist noch in der Ausbildung, nichts ist Routine.
In Gedanken ruft sie ihr Lehrbuchwissen auf: Alle Anwesenden beruhigen. Für Frischluft sorgen. Dann Me-

dikamente. Sie versucht zu beruhigen. Frische Luft gibt es nicht. Eine Spritze bringt die erhoffte Linderung.

Die BHG soll Zement bekommen. Laskowski wartet seit drei Wochen auf die Lieferung. Sein Schwager hatte ausgeholfen für einen Sack gute Kartoffeln. Am Wochenende wollen sie den Rest der Laube hochmauern.

Ilona wartet im Auto, Laskowski verschwindet mit einem Päckchen Kaffee für die Verkäuferinnen in der Baracke.

Knarrend wird ein Funkspruch von der Leitstelle durchgegeben: Asthmaanfall in Braunsbedra.

In Merseburg-Süd rollt kurz vor ihnen die Linie fünfzehn über die Straße des Friedens, beim Überqueren der Straßenbahnschienen klappern die Einbauten des Sankras.

Beuna und Frankleben liegen unter der grauen Dunstglocke der Brikettfabrik. Hinter den Ortschaften führt eine glitschige S-Kurve auf die Landstraße. Die kahlen Pappeln am Straßenrand geben den Blick auf das Tagebauloch gegenüber frei. An dessen Sohle schillert eine türkisfarbene Flüssigkeit, die wie nachlässig verrührte Farbe ungleichmäßige Ringe bildet.

Sie durchfahren ein Wäldchen und erreichen Braunsbedra, am Ortseingang die hiesige Brikettfabrik, danach biegen sie rechts ab. Geduckte, vom Kohlenstaub schwarz gefärbte Siedlungshäuser hinter zwei Schritt breiten Vorgärten säumen die enge Straße. Der B 1000 staucht durch die tiefen Pfützen. Die Klappe vom Infusionsflaschenfach fällt herunter. Laskowski flucht.

Bild: Brikettfabrik Braunsbedra (Klaus Ulrich)

Die dunkelgrüne Tür der Hausnummer dreiundzwanzig, deren Oberlicht eine Gardine ziert, die noch grauer ist als die Luft, steht offen. Es ist ein heiseres „Hier, in der Küche!" zu hören, dann nur noch pfeifendes Atmen. Ein hageres, fahlhäutiges Männlein, nur mit einem Unterhemd bekleidet, stützt sich um Luft ringend mit beiden Händen auf den hölzernen Küchentisch. Bei jedem Atemzug wird die Haut oberhalb der Schlüsselbeine tief nach innen gesaugt. „Es hat schon am Ende der Nachtschicht angefangen", haucht er, „ich bin das gewöhnt, aber dieses Mal ist es schlimmer."

Die staubbedeckten Fensterscheiben lassen kaum Licht in den niedrigen Raum. Über dem Küchentisch

174

hängt ein Lampenschirm aus gelbem, geätztem Glas mit gewelltem Rand, in der losen Fassung eine Vierzig-Watt-Birne. Darüber baumelt ein geringeltes Fliegenfängerband mit reichlich Beute.

Laskowski holt die große Taschenlampe. Ilona befreit die Hautfalten in der Armbeuge des Mannes, der sich nur mit Mühe davon überzeugen lässt, sich auf den Küchenstuhl zu setzen, mit reichlich Desinfektionsmittel von den hartnäckigen Rußpartikeln solange, bis ein weißer Fleck bleibt. Nach der Spritze wartet sie mit dem Alten zusammen darauf, dass die Bronchien wieder Luft aus- und einlassen, bis hinab in seine Lunge, die voller Kohlenstaub ist.

Die Nachbarin kommt herein und wischt sich die Hände an den blau-rosa geblümten Streifen der Kittelschürze ab. Sie will nach ihrem Alfred sehen, weil seine Frau auf der Arbeit ist, sie hat Zeit, muss selbst erst wieder zur Spätschicht.

Als Ilona in den Rettungswagen einsteigt, werkelt Laskowski an der Klappe vom Materialfach. Er sei gleich fertig, ruft er nach vorn, wolle nur schnell den Magneten am Verschluss ein Stück herausschieben und wieder festschrauben.

Auf der Suche nach einer Wendestelle fahren sie weiter in die Straße bis zum Schlagbaum. Dahinter ist das Ende der Welt, noch ein paar Meter Unkraut, dann der riesige Tagebau. Der Sankra scheppert zurück durch die kohleschwarzen Schlaglöcher, die Klappe bleibt zu, Laskowski freut sich.

Sie kommen auf die Landstraße, der Nebel beginnt sich aufzulösen. Am Rande des Wäldchens gegenüber der Brikettfabrik grasen Rehe und tun sich an den grünen Spitzen der Wintergerste gütlich.

Ein neuer Einsatz wird gemeldet: Mücheln. Umkehren, wieder zurück ins Geiseltal, Schlackensteine in Krumpa und der süßlich schwere Geruch vom Mineralölwerk Lützkendorf, in Neubiendorf rechts Häuser am Abgrund des Tagebaus, die Betonplattenstraße nach Mücheln wie Schienenstöße, am Eptinger Rain der Hausbesuch wegen Magen-Darm-Beschwerden.

Danach geht es zurück den Berg hinab und durch den Viadukt. Vor ihren Augen tut sich das unüberschaubare graubraune Tagebauloch auf wie ein Krebsgeschwür, das sich durch das Geiseltal und unter seinen anliegenden Ortschaften hindurchgefressen hat. In mehreren übereinanderliegenden Ebenen ist die Erde abgebaggert, dazwischen Gleise, in ferner Tiefe wie Spielzeug anmutende Lastkraftwagen, sich verzweigende Fahrspuren, die sich in Matsch und Wasserlachen verlieren, eine endlose Kraterlandschaft, kilometerweit Apokalypse.

Die Fahrer haben Schichtwechsel. Sperlich übernimmt das Fahrzeug, ist froh, dass die Klappe wieder hält, aber wer weiß wie lange, dauernd fällt irgendetwas auseinander.

Schafstädt, Pissen, Zöschen. Sperlich erzählt von seiner Band und dass er seit dem Ausreiseantrag Auftrittsverbot hätte, plant sein Leben im Westen, da darf man alles, und er kommt garantiert groß raus, wenn die ihn hier erst rausgelassen hätten.

Schkopau, Beuna, Merseburg Bahnhof: Person nicht ansprechbar. Die Empfangshalle ist von Uringestank und trübem Licht erfüllt. Ein Transportpolizist begleitet sie zur Menschenansammlung rechts vor dem Gepäckabgabeschalter. In deren Mitte liegt ein alter, grauhaariger, bärtiger Mann am Boden. Jemand hat ihm die Wattejacke unter den Kopf geschoben. Keine Lebenszeichen. Reanimation erfolglos. Er ist und bleibt tot. Die Transportpolizisten suchen den Personalausweis. Die Aktentasche des Mannes enthält eine Aluminiumbrotbüchse, eine halb volle Flasche Grubenfusel – Deputatschnaps – und zwei Schachteln Karo. Den Ausweis finden sie in der Gesäßtasche: wohnhaft in Großkayna, sechsundvierzig Jahre.

Weiter: Merseburg Süd, Geusa, Wallendorf. Schweigen.

Schichtwechsel.

Lehmann ist Kettenraucher. Symbolisch lässt er das Fenster auf der Fahrerseite einen Spalt auf. Ilona hat ihr Fenster ebenfalls heruntergelassen. So ist die Fahrerkabine nicht nur verraucht, sondern auch kalt. Abermals Leuna, Merseburg-West, dann endlich wieder Sauerstoff.

Sie war gerade eingeschlafen, als die Sprechanlage am Kopfende ihres Bettes quäkt: „Einsatz, Hafttauglichkeit." Wütend zieht sie sich an, es ist zwei Uhr.

Sie klingeln am Volkspolizeikreisamt. „Moment bitte", schnarrt eine Stimme aus dem Lautsprecher, Lehmann steckt sich noch eine an. Ein Wachtmeister mit genuscheltem Namen holt sie ab. Die Pforte mit der Sprechluke rechts neben dem Eingang ist nachts leer. Ihre Schritte hallen im langen Gang, vorbei an grau gestrichenen Türen mit quadratischem Guckloch und gekreuztem Gitter davor. Im kalten Neonlicht folgen sie dem Polizisten. Die vorletzte Tür am Ende des Ganges ist offen, aufgeregte Stimmen sind zu hören. Ein anderer Uniformierter, der sich als Oberwachtmeister Hinrich vorstellt, begrüßt sie: „Als Erstes müssen Sie sich den Genossen Worm ansehen. Dem Genossen wurden bei der Ingewahrsamnehmung eines Bürgers Verletzungen beigebracht." Mit diesen Worten führt er sie in den schlauchförmigen Raum. Rechts ist ein Schreibtisch mit seiner Schmalseite bündig an die kahle Längswand angestellt, darüber hängt eine schwarze Schreibtischlampe mit einem ausziehbaren Metallgestell, das zusammengeschoben ist. Am Tisch stehen drei Stühle. Vor dem Schreibtischstuhl an der Fensterseite thront eine alte hohe Schreibmaschine mit runden Tasten, der Stuhl gegenüber ist mit der Lehne zur Wand gedreht, der an der Schmalseite steht seitlich zum Tisch mit Blickrichtung zur Schreibmaschine. An den abgeschlagenen Ecken der Tischplatte lugen die Presspäne hervor. In zwei leeren Kaffeetassen auf dem Fensterbrett ist der aufgeschwemmte Satz zu kleinen Endmoränen sedimentiert, die Schmalzfleischbüchse daneben randvoll mit Kippen.

An der linken Längswand befindet sich ein zwei Meter breiter Dienstplan mit verschiedenfarbigen Pappkärtchen, handgeschrieben, mit dunklen Rändern als Zeugnis des jahrelangen Ein- und Aussteckens. Die drei Volkspolizisten davor diskutieren heftig. Hinrich bietet Ilona den Platz an der Schmalseite des Tisches an. Sie dreht den Stuhl zum Schreiben herum, bittet den verletzten Polizisten an den Schreibmaschinenplatz, dieser nimmt jedoch den Stuhl gegenüber. Vor die Maschine setzt sich der Oberwachtmeister.

Lehmann, der sich angeregt mit der Dreiergruppe vor dem Dienstplan unterhalten hatte, reicht ihr das Klemmbrett mit der Notfalldokumentation. Sie untersucht den Polizisten und notiert den Befund: von der linken Augenbraue schräg nach außen oben verlaufende, 15 mm lange, 0,5 mm breite, dezente Rötung ohne Verletzung der Hautoberfläche. Therapie: keine.

Der Oberwachtmeister überfliegt den Bericht.

„Jetzt müssen Sie nur noch die Hafttauglichkeit unterschreiben. Wollen Sie den Bürger kurz sehen?", und er winkt sie in das Nebenzimmer.

Befund: Hämatom 3 x 4 cm mit massiver Schwellung über dem linken Auge, zirkulär auslaufend bis zum Unterlid reichend, Schwellung der Oberlippe, Unterblutung der Mundschleimhaut an den Schneidezähnen, Schürfwunde an der linken Wange, 1 cm unter dem Auge beginnend, bis zum linken Unterkiefer reichend.

„Wie haben Sie sich die Verletzungen zugezogen?"

„Den Bürger zu befragen ist nicht Ihre Aufgabe", schneidet ihr der Oberwachtmeister das Wort ab, „Sie sollen lediglich die Hafttauglichkeit bescheinigen, sonst nichts."

Sie schreibt weiter. Therapie: Vorstellung in der chirurgischen Ambulanz zum Ausschluss einer Schädelverletzung, Überprüfung des Impfstatus, bei Bewusstseinsverlust, starken Kopfschmerzen oder Erbrechen umgehende Verständigung der Schnellen Medizinischen Hilfe, alle zwanzig Minuten ist der Zustand des Patienten zu kontrollieren.

Wieder liest der Oberwachtmeister das Notfalldokument. „Dafür haben wir keine Leute. Wir sind kein

Sanatorium! Das hätte sich der Bürger vorher überlegen müssen. Der Bericht kann so nicht bleiben."

Ilona verabschiedet sich, Lehmann ist mit den anderen Genossen schon zum Ausgang geschlendert.

Sieben Uhr ist Dienstende. Der Frühschichter Laskowski wuselt schon auf dem Hof herum. Weil er ohnehin zu Besorgungen aufbrechen will, kann er Ilona zur Arbeit bringen. Sie ist froh über die Schwarzfahrt, sonst käme sie viel zu spät.

Merseburg-Süd ist ein ganz eigener Stadtteil. Die Straßen heißen Benndorfer, Naundorfer oder Wernsdorfer, benannt nach den Orten, die dem Braunkohletagebau zum Opfer gefallen sind, oder Bergmannsring und Steigerstraße nach denjenigen, die in den Häusern wohnen, die seit den fünfziger Jahren aus den überbaggerten Dörfern in die Wohnblocks umgesiedelt wurden.

Auf dem Flur des Stadtambulatoriums, der gleichzeitig das Wartezimmer ist, herrscht schon seit den frühen Morgenstunden Betrieb. Ilona huscht in den Keller, kleidet sich um, achtet akribisch darauf, nichts liegenzulassen in Erinnerung ihrer von Kakerlaken besetzten laufmaschensicheren Esda-Strumpfhose der letzten Woche. Sechszehn Mark musste sie in den Mülleimer werfen!

Beim Vorbeigehen am Anmeldeschalter grüßt sie die Wartenden, einige kennt sie. Ihre Kollegin dagegen kann jeden Patienten, den sie trifft, sofort mit dem Namen ansprechen, beeindruckend diese blasse schlanke Frau, die stets gleichmütig ist, immer lächelt, niemals klagt, selbst dann nicht, wenn das Wartezimmer bis auf den letzten Platz besetzt ist und die Ausbildungsassistentin noch immer eine Frage hat. Sogar wenn sie vom

Nachtdienst kommt, ist sie ungebrochen freundlich, nur ein wenig blasser als sonst. Unter den Mitarbeitern wird erzählt, dass einmal ein Minister einen offiziellen Besuch im Merseburger Stadtteil der Kohlekumpel abgehalten habe, die Ärztin für ihre Arbeit im Dienste der sozialistischen Werktätigen gelobt und gesagt habe, dass Leute wie sie einen Orden verdient hätten. Den Orden vom Minister habe sie bis heute nicht bekommen.

Die gynäkologische Schwester Ingrid, die gewaschene Gummihandschuhe von der Leine nimmt, ruft Ilona ein gut gelauntes „Guten Morgen" zu. Sie wirft einen Handschuh in die Schüssel, aus der Puderwölkchen aufsteigen, wälzt ihn darin und krempelt ihn mit Schwung von innen nach außen, so dass die Handschuhfinger wie ein Hahnenkamm nach oben schnellen.

Auf Ilonas Schreibtisch liegt bereits ein Aktenstapel. Anfangs waren sechs Patienten pro Stunde der Richtwert, jetzt sollte sie schon acht schaffen. Die Chefin schafft zwölf.

Heute muss sie unbedingt pünktlich mit der Sprechstunde fertig werden. Dreizehn Uhr ist „Schule der sozialistischen Arbeit".

Natürlich wird es wieder nichts. Es ist fünf nach eins, als sie den Sozialraum betritt. Schwester Bärbel, die an der Stirnseite des langen Tisches sitzt, hält bereits den Vortrag. Über ihr an der Wand hängt ein Honeckerbild, daneben eine große runde Uhr. Jedes Mal, wenn der Minutenzeiger weiterspringt, macht es „klack".

Bärbel liest vom Blatt: „Nur im Sozialismus ist es möglich, die vorhandenen Ressourcen zum Wohle des werktätigen Volkes einzusetzen und eine sichere Zu-

Bild: Im Stadtambulatorium Merseburg Süd (aus Privatbesitz Regina Bloßfeld)

kunft zu gestalten. Im Kapitalismus dagegen herrscht Profitgier, und die rücksichtlose Ausbeutung macht Mensch und Umwelt kaputt."

Klack.

„Deshalb müssen wir all unsere Kräfte ..."

Klack.

„... und nur die unverbrüchliche Freundschaft zur Sowjetunion ..."

Klack.

„Es ist ein objektives Gesetz, dass nur der Weg über den Sozialismus zum Kommunismus historisch überlegen ist und zum Sieg ..."

Klack.

Der Vortrag ist zu Ende. Der Sieg hallt noch nach.

Die ärztliche Leiterin regt zur Diskussion an. Keiner sagt etwas, die Mitarbeiter gucken nach unten oder wie gebannt auf die Tischplatte. So muss sie selbst reden.

Klack.

Da meldet sich Schwester Kerstin. „Oh schön", freut sich die Chefin und erteilt ihr das Wort. Sie stammelt: „Also ich wollte nur noch mal sagen, dass nur der Sozialismus ...".

Klack.

Die Parteisekretärin schenkt Kerstin ein anerkennendes Lächeln und nickt ihr zu. Ihr monströser wasserstoffblonder Dutt nickt mit, ohne auch nur einen Millimeter aus seiner festgefügten Form zu geraten.

Klack.

In Gedanken sind alle beim Feierabend.

Ilona schnappt ihre Hausbesuchstasche. Der Fahrer hat den Moskwitsch schon vor dem Haupteingang geparkt, poliert geschäftig über die Scheinwerfer, während er mit dem Hausmeister plaudert.

Die Treppenhäuser der Fünfziger-Jahre-Bauten in der Straße des Friedens, Merseburg-Süds Magistrale, sind breit und großzügig. In den Küchen ist genug Platz für einen Esstisch und aus den großen Fenstern kann man entweder zur Straße oder in den mit Bäumen bewachsenen Innenhof sehen.

In den zehn Jahre jüngeren Blöcken, wie in der Steigerstraße oder der Glück-auf-Straße, sind die Aufgänge nur laufbreit, die Treppen begrenzt ein hellgrünes Metallgeländer, die Flure der Wohnungen bieten kaum Platz, einen Besucher zu empfangen, und die Küchen sind schmal.

Jedoch eines, so scheint es Ilona, ist im Zuhause aller ehemaligen Geiseltalbewohner gleich: Schlägel und Eisen haben einen Ehrenplatz in der guten Stube.

Manche Rentner sind enttäuscht, dass sie schon wieder eine andere Ärztin aus der Poliklinik besucht. Doch dann holen sie ihre Tablettenschachteln aus dem Küchenschrank, lassen sich untersuchen, bekommen ein Rezept und Ilona geht zum nächsten Block.

An der Straßenbahnhaltestelle setzt sie der Fahrer ab. Es ist ein Novembertag wie im Frühling, die Sonnenstrahlen wärmen ihr Gesicht. Die abgebröckelten Fassaden sehen freundlicher aus als sonst, und die Bahn zottelt vorbei am Krankenhaus, am Stadtpark, links ein Blick zum Wassertal, dann die karbidgrauen Dächer von Schkopau und die roten Büroplattenbauten vor dem BUNA-Werk. Abermals wundert sie sich, dass der dick auf deren Platten und Fenstern haftende Karbidstaub nicht irgendwann einmal abfällt. Er bildet überall rechts unten auf den roten Bauelementen ein hellgraues Dreieck, das mit den Jahren immer größer wird, und so den Häusern ein gleichmäßiges Wabenmuster verleiht.

Weiter in Richtung Halle rumpelt die Straßenbahn über die Saalebrücke, über den schwarzen, nach Phenol riechenden Fluss, dessen Schaumkronen von Merseburg zur Silberhöhe und zu den Schrebergärten von Böllberg und Halle-Süd treiben. Die untergehende Sonne hat die Auenlandschaft in ein mildes Licht getaucht. Auf einem umgefallen Baumstamm am Flussufer hockt ein Graureiher und wartet auf Fische.

Der Berlinroller

Katharina Mälzer

Trüb und feucht war es Anfang März 1972, als Max, ein junger Mann, gegen acht Uhr von Schkopau in Richtung Merseburg zur Arbeit fuhr. Er steuerte seinen Berlinroller behutsam über die huckeligen Bahnschienen des Bahnübergangs. Dort, wo heute ein Kreisel ist, gab es damals eine T-Kreuzung. Die gepflasterte Hauptstraße ging geradeaus nach Merseburg; würde man abbiegen, käme man nach Bad Lauchstädt. Ein Pritschenwagen mit Plane befuhr dieselbe Straße, allerdings entgegengesetzt, also aus Merseburg kommend. Im Fahrerhaus saßen der Fahrer und neben ihm ein Offizier der sowjetischen Streitkräfte. Hinten auf der Pritsche befanden sich zehn, vielleicht auch fünfzehn oder zwanzig Soldaten. Auf jeden Fall eine ganze Menge. Als sich Max auf der Kreuzung befand, bog der Laster nach links ab, ohne die Vorfahrt des Berlinrollers zu beachten. Auch wenn Max langsam fuhr, hatte er keine Chance, noch rechtzeitig zu bremsen oder anderweitig auszuweichen. Geistesgegenwärtig sprang er also vom Berlinroller und machte ein Looping. Aus den Augenwinkeln heraus sah er, wie der Laster das Zweirad überrollte. Max richtete sich auf, rieb sich seinen Ellenbogen, da, wo sein Anorak nun zerrissen war. Der Lasterfahrer merkte, daß es diesmal keine normalen Schlaglöcher waren, die die Mannschaft durchschüttelten. Er stoppte sein Gefährt. Max sah den Fahrer aussteigen, danach den Offizier. Beide guckten nach links, nach rechts, diskutierten. Nach einer für Max langen Zeit kamen noch zwei Offiziere, wahrscheinlich vom Standort Merseburg, die die Sache begutachteten. Max stand unbeachtet am Straßenrand. Ein Offizier brüllte nach hinten etwas wie давай, und Leute sprangen von der Pritsche. Vier schnappten sich das, was vom Berlinroller übrig war, und warfen es auf die Ladefläche. Jetzt tauchte ein damals unter Kraftfahrern gut bekannter Verkehrspolizist auf. Es war ein nicht so verbissener Mann, einer von der menschlicheren Art. Der kam auf Max zu, während die sowjetischen Streitkräfte mit Mann und Maus und Berlinroller abzogen. „Hör zu, mein Junge, wir können nicht viel machen. Geh erst einmal auf Arbeit und heute nachmittag kommst du auf unsere Polizeistelle. Dort können wir alles in Ruhe besprechen."

Max zog also los, den Helm unterm Arm, auf seine Arbeitsstelle in der Weißen Mauer.

Am Nachmittag trottete Max zur Polizeistelle in der Friedrich-Engels-Straße. Der Polizist empfing ihn mit einem Lächeln, was Max Hoffnung gab. „Sei nicht traurig, Junge! Ein richtiger Motorradfahrer muß auch mal einen Unfall gehabt haben. Und dir ist ja zum Glück nichts passiert." Doch mußte er den Jungen enttäuschen hinsichtlich des Rollers.

Bild: Der Berlin-Roller (KM)

„Versicherung? Die greift hier nicht. Du mußt deine Ansprüche selbst mit der Roten Armee aushandeln!" Er schrieb etwas auf einen Zettel, auf dem stand: „Klobikauer Straße, Westseite über F91, 100 m rechts; Villa, hellgelb gestrichen, Kommandantur der Roten Armee".

Dann verabschiedete der Polizist den Jungen, indem er ihm freundschaftlich auf die Schulter klopfte.

Max überlegte. Sein Russisch war nicht gut, man könnte es auch als außerordentlich schlecht bezeichnen. Russische Buchstaben schrieb er nicht, er malte sie eher von der Tafel ab. Er benötigte einen Dolmetscher. In Gedanken ging er seine ehemaligen Klassenkollegen durch. Dann fiel ihm sein bulgarischer Freund ein, der an der TH studierte. Ja, Ivan, der würde passen.

Gesagt, getan. Wenige Tage später klopften die beiden Freunde an die Tür der schönen Villa. Die jungen Leute wurden eingelassen und in einen Raum geführt, in dem ein großer, runder Tisch stand. Auf dem nackten Holz standen Schnapsgläser. Der Raum war in eine blaue Wolke von Zigarettenrauch gehüllt. Es herrschte eine angenehme, fast gemütliche Atmosphäre. Die Russen waren freundlich und zollten Max großen Respekt. So jung und hat schon einen eigenen Dolmetscher! Man entschuldigte sich für den Unfall, man erkenne die Schuld an und wolle alles wiedergutmachen. Das Motorrad befinde sich in einer Werkstatt. Max wurde gefragt, ob er mit einem Schmerzensgeld von 200 Litern Benzin einverstanden sei. Max verschlug es die Sprache. 200 Liter! Das entsprach 300 Mark! Sein Motorroller benötigte vier bis viereinhalb Liter auf hundert Kilometer! Wie oft könnte er an den Süßen See, zum Kanal oder gar an die Ostsee zum Baden fahren. Ivan übersetzte noch, in drei bis vier Wochen würde sich die Rote Armee bei Max wieder melden. Aber das Faß solle Max stellen. Er schüttelte den Kopf. Woher sollte er ein Faß nehmen, eins mit einem Volumen von 200 Litern? Gut, lenkten die Russen ein. Aber das Fenster, wo man klopfen sollte, окно, wo man das Faß abladen müßte, das sollte Max noch nennen. Ivan fragte nach. Die Russen schienen keine Klingel zu kennen. Max nannte also ein Fenster. Zum Glück wohnte er Parterre, da war es fast egal, wo geklopft wurde.

Nach drei Wochen wurde das erste Mal geklopft. Max stieg allein zu den Russen in den Laster. Straff ging es nach Osten. Max war etwas mulmig zumute, aber er wußte, in die Richtung ging es auch nach Leipzig. In Rückmarsdorf bogen die Russen wieder einmal links ab, diesmal in einen Werkstatthof. Max sollte seinen Berlinroller begutachten. Es war eine deutsche Kfz-Werkstatt für Ladas und Motorräder, ein privater Handwerksbetrieb. Im wesentlichen war das Motorrad fertig. Max inspizierte es und bemängelte in seinem jugendlichen Leichtsinn, es fehlten die damals von ihm selbst angebauten Blinker. Der Meister meinte, das sei kein Problem, das mit den Blinkern, das mache er noch. Er lachte über Max' Frage, ob das Motorrad denn Russenbenzin verkraften würde. Er beruhigte ihn, fahre er doch selbst nur damit. Und er hätte 600 Liter bekommen, damit er auch alle Originalteile des Motorrollers für das quasi neue Gefährt zusammensuchen konnte.

Noch im März, gegen acht am Abend, es war schon dunkel, kam fast geräuschlos ein Laster zu Max' Wohnung gefahren. Man klopfte ein letztes Mal an das Fenster. Ivan und Max gingen hinaus. Vom Laster wurde ein großer Reifen geworfen, auf diesen warf man das Faß. Die Russen rollten das zerbeulte und ölverschmierte, aber dichte Faß in die Garage.

Dann holten sie ein DIN-A4-Papier hervor, gefaltet, formlos, auf dem stand: KEINE WEITEREN FORDERUNGEN AN DIE ROTE ARMEE. Nachdem Max unterschrieben hatte, zogen die Russen von dannen.

Er hatte noch nicht überlegt, wie er aus dem Faß das Benzin in seinen Tank bekam. Aber aus dem Zweiten Weltkrieg besaß sein Vater noch eine Faßpumpe.

Bald war auch der Berlinroller wieder zu Hause und Max drehte mit Ivan eine Extrarunde.

Lustig ist das Studentenleben...

Remember when you were young...*

Katharina Mälzer

Die Technische Hochschule hatte 1979 verschiedene Wohnheime. Man versuchte, die Studenten je nach Studienrichtung den entsprechenden Wohnheimen zuzuordnen. So waren im Wohnheim 2 die Chemiestudenten untergebracht. Einige waren auch im Wohnheim 7. Wohnheim 8 bis 10 waren für die Wiwis reserviert, die Wirtschaftswissenschaftler. Die Studenten, die VT studierten, also Verfahrenstechnik, wohnten in der 7. In den beiden Hochhäusern 11 und 12 waren auch Verfahrenstechniker, dort gab es Zimmer mit Balkon, die sogar ein kleines Bad mit Toilette besaßen. Es gab noch die WT-Studenten. Diese studierten Werkstofftechnik.

Die Mathematiker wohnten in der 12. Sie waren ein zu kleines Grüppchen für bestimmte Vorlesungen, so daß sie den Chemikern im ML-Unterricht zugeordnet wurden. Vielleicht waren es nur fünf Leute. So schien es zumindest, da man nur die unbekannten Gesichter bemerkte. Und wenn die dann fehlten ... Denn Marxismus-Leninismus-Vorlesungen ließen sich gut schwänzen. Das wurde natürlich auch von den vorlesenden Personen bemerkt. Es gab Unterschriftslisten, um die Säumigen zur Rechenschaft zu ziehen. Aber die Studenten waren findig, Unterschriften wurden nachgemacht. Zu beachten war, daß nicht zu viele nachgemacht werden konnten, denn der Hörsaal hatte voll zu sein. Während in der Anfangszeit je nach vortragendem Professor die Chemievorlesungen überfüllt waren, was bei weit über hundert Studenten pro Studienjahr kein Wunder war, war es bedenklich, wenn ein Student im ungeliebten Fach für vier nicht anwesende Freunde unterschrieb.

Die Zimmer in den Internaten gab es als Zwei-, Drei- oder Vierbettzimmer. Zweibettzimmer bekamen nur ausgewählte deutsche Studenten, die sich das Zimmer mit einem zugewiesenen Ausländer zu teilen hatten. Es gab wenige Russen. Es gab Tschechen, Vietnamesen, Studenten aus Bangladesh, Guayana, Ungarn, Algerien. Erst Mitte der achtziger Jahre kamen Libyer hinzu, denen für ihr „gutes" Geld viele Rechte eingeräumt wurden. Man nannte sie die „Dollarstudenten", denn sie bekamen ihr Stipendium in Dollar ausgezahlt. Sie hatten Einzelzimmer im Wohnheim 12 und in der Mensa einen eigenen Speiseraum. Man erzählte sich, daß ihnen auch Gebetsräume zur Verfügung gestellt wurden. Dann gab es Palästinenser, die mal nur so zwischendurch, für wenige Wochen, zum Kämpfen in ihre Heimat mußten. Während sie in der DDR überlegt hatten, wie sie sich einen Kassettenrekorder zusammensparen sollen, hofften sie nun, daß zu Hause ihre Verwandten noch lebten. Ein Afghane, der plötzlich in der Seminargruppe auftauchte, sprach mit geballter Hand von „Rot Front". Einmal biß er einen Algerier in die Hand, als dieser, da der Afghane neu in Merseburg war und noch nicht so gut deutsch sprach, ihm die Musik im Zimmer leiser drehen wollte. „Wie ein Weib", war der Kommentar des Algeriers, der den Angriff überlebte. Der Algerier ging mit seinem deutschen Zimmerkollegen immer mal auf ein Bier in die Freundschaft, eine HO-Gaststätte mit Tanzsaal in Merseburg-West. Dort trank er mit seinem Freund, bis der Kellner ihn eines Tages fragte: „Sag mal, dein Kumpel ist wohl Ausländer, weil er kein Wort spricht?" Das freute den Algerier.

Janos, ein Ungar, klagte einem deutschen Mädchen beim Tanz zur Sonntagsdisco, die extra für Studenten, die von zu Hause schon sonntags angereist waren, eingerichtet war, sein Leid. Er wisse nicht, was er studiere, sein Deutsch sei so schlecht, daß er kaum den Studienstoff verstehe. Nach seinem Studium gründete er einen Verlag für Kunstbücher.

Im Wohnheim 2 gab es Gemeinschaftsküchen und Gemeinschaftswaschräume mit Waschbecken und Toilettenteil. Für die Abfallbeseitigung für Küche und Toiletten waren die Studenten verantwortlich. Nach ausgehängtem Plan wechselte wöchentlich dieser Dienst von Zimmer zu Zimmer. Der Abfall wurde in große, aus gewalztem Blech bestehende Schiebedeckel-Müllbehälter entsorgt, diese aber so selten geleert, daß der Abfall aus dem Wohnheim keinen Platz mehr fand. Vieles fiel daneben, man mußte auf den Müll treten, es stank. Diese Müllbehälter standen im Freien, fast versteckt zwischen Gebüschhecken. Von Wohnheim 2 kommend, bevor man um die Ecke des Wohnheims ging, in dem sich der Wecker befand, standen sie, man konnte sie riechen. Für einige Sekunden hielt man beim Vorbeigehen die Luft an. Schlimm war es nur, wenn man Müll-Dienst hatte! Wenn man nachts die Küche betrat und das Licht anknipste, war der gesamte Fußboden schwarz von Kakerlaken. Dann war die Zeit reif für den Kammerjäger, der in regelmäßigen Abständen in die Wohnheime kam.

Wohnheim 2 besaß auch Keller. Dort gab es große gekalkte Räume, in denen mittig Duschkabinen gemauert waren. Einer für Männer, einer für Frauen, doch hielt man sich nicht so eng daran, es wurde geduscht, wo warmes Wasser floß und der Raum sauber und nicht überschwemmt war. Zur Sicherheit gab es eine zirka 30 Zentimeter hohe Stufe zum tiefer liegenden Raum ohne Tür.

Der Keller barg jedoch noch etwas Wichtiges. Die Alchimistenfalle, kurz Falle genannt. Das war die von Chemiestudenten geführte Räumlichkeit zum Tanzen, Trinken bis Saufen immer an Dienstagabenden. Dienstags wurde auch der Wecker geöffnet, geführt von Mathematikern. Es gab montags im Wohnheim 1 den Wärmetauscher, kurz „Wärmi" genannt, der Werkstofftechniker. Bei den WiWis war im Wohnheim 10 mittwochs die Wirtschaft offen, im Wohnheim 8 die Destille. Da die Destille auch von den Chemikern geführt wurde, mußten sie den Klub 1981 an die ausländischen

Studenten abtreten. Der Name wechselte in La Paix, geöffnet war danach dort freitags. An den VT-Hörsälen, dem sogenannten VT-Trakt oder Aquarium wegen der riesigen Glasscheiben, wurde donnerstags Musik gemacht. Kurz war es Reaktorersatz, denn der Reaktor, der seinen Sitz in der alten Mensa hatte, mußte wegen der Lagerung von Unmengen an Toilettenpapier in diesen Räumen für eine geraume Zeit umziehen. Hoch hinaus ging es in die Klubs der VTisten, einmal in die 9. Etage des Wohnheimes 11, und noch höher ging es in die 10. Etage des Wohnheimes 12 zum Höhepunkt. In der Stadt, weit weg vom Campus, befand sich die Ölgrube, wo immer mittwochs und samstags gefeiert wurde. Man mußte sich entscheiden, wo man hinwollte. Teils waren Beziehungen wichtig, um zur richtigen Zeit auch eingelassen zu werden. Manchmal konnte man die roten Karten mit numeriertem Eckabriß, die es von der Rolle gab, vorbestellen; aber wenn man freundlich und geschickt war, mal einen Drink zur richtigen Zeit den richtigen Leuten spendierte, kam man mit „Gesichtskontrolle" hinein. Für den Studentenklub Ölgrube gab es größere Karten mit dem aufgedruckten Markenzeichen, dem Merseburger Raben.

Damit der Austausch unter den Studenten funktionierte, man sich kennenlernen konnte, wurden in größeren Abständen „Heimleuchten" innerhalb der Wohnheime, auf Fluren und über alle Etagen durchgeführt. Bier gab es in Pappbechern und Limonade, essen konnte man Fettbemmen und saure Gurken. Studenten machten Musik mit ihren Tonbändern, man hörte die Musik, die in ganz Deutschland angesagt war. An DDR-

Bild: Badelatschen aus der Konsumgüterproduktion (KM)

Musik gab es nur wenig Handverlesenes, wie zum Beispiel „Am Fenster".

Das, was man als guter Chemiestudent zuerst lernte, war nicht das Herstellen von Gold, was die Alchimistenfalle vermuten ließe, sondern die Herstellung von schnellem Wein. Weinballon, Gärröhrchen, Wasser, Brot, Zucker und Hefe, ein lauwarmes Plätzchen und minimale Geduld waren nötig. Gärröhrchen stellten manchmal ein kleines Problem dar. Zart, wie die gebogenen Glasröhren mit den Ballonausbuchtungen waren, zerbrachen sie oft. Sie waren zwar auch billig, aber die Mangelwirtschaft gab es nicht her, daß jeder Student ein eigenes Gärröhrchen besaß. Erst in den achtziger Jahren wurde es in die Liste der Konsumgüter aufgenommen. Industriebetriebe waren, vielleicht auch wegen eines Parteitagsbeschlusses, aufgefordert, zur Konsumgüterproduktion beizutragen. Konsumgüter stellten das dar, was der normale Bürger so brauchte. Also stellte man in Buna eben Gärröhrchen, Badelatschen, Pflanzkübel her, um den wachsenden Bedürfnissen der Bevölkerung Herr zu werden.

Jedenfalls war nach zwei Wochen der Wein trinkfertig. Er schmeckte auch viel besser als die „Mädchentraube", ein saurer Weißwein, den man im Studentenkonsum, dort wo heute der Offene Kanal sein Domizil hat, für sechs Mark erstehen konnte. Die „Mädchentraube" war so sauer, daß er mit Zückli etwas aufgepeppt wurde. Auch preislich hielt dieser Wein dem Brotwein nicht stand. Ein halbes Brot kostete keine halbe Mark, das Kilogramm Zucker kostete eins fünfundfünfzig, Hefe bekam man für einen Groschen. Der Ballon war für zehn Liter ausgelegt, so rann der Wein in viele durstige Kehlen. Trotzdem wurde auch Wein gekauft, zum Beispiel Erlauer Burgunder, die Flasche für vier siebzig.

Es wurde auch anderes getrunken. So gab es auf der gegenüberliegenden Straßenseite vom Konsum eine Baracke, auch Harry genannt, in der Milch verkauft wurde. Diese Milch gab es in Ein-Liter-Plasteschläuchen. Der Schlauch wurde mit einer Hand aus den Behältern genommen, leicht gedrückt und nach beiden Seiten geschwenkt. Wenn kein zarter weißer Strahl austrat, wurde der Schlauch gekauft, denn er war dicht und somit die Milch nicht sauer. Es gab noch andere „Prüfer" in dem Verkaufsraum, der über eine Metallgittertreppe betreten wurde, das waren die Biertrinker. Jede einzelne Flasche wurde nach oben ins Licht gehalten und auf Trübung untersucht. Auch kontrollierte man den Sedimentgehalt des Bieres. Gekauft wurden nur die

Bild: Blick auf Entenplan, kleine und große Ritterstraße, 1988 (KM)

Flaschen, die eine ungetrübte, reine Flüssigkeit enthielten.

In der Marxismus-Leninismus-Vorlesung wurde die Nachkriegszeit durchgenommen. Der Professor erzählte, daß die Leute Igelit-Schuhe trugen. Er wollte den Studenten menschlich näherkommen, ihm wurde auch zugehört, als er sagte, daß man gute Arbeit mit Gutscheinen für Schuhe belohnte. Als der Professor noch eins draufsetzte und sagte, die Menschen hätten sich darüber gefreut, rief ein Student dazwischen, er würde sich auch darüber freuen. Der Professor wurde still, alle Studenten stellten das Schwatzen ein. Was würde jetzt passieren? Der Professor war vom Fach, er befahl allen Studenten, die der Sozialistischen Einheitspartei Deutschlands angehörten, nach der Vorlesung im Raum zu bleiben. Doch auch die anderen erfuhren, was passierte. Der Student, der den Einwurf gemacht hatte, war zum Glück selbst Mitglied, so daß er sich herausreden konnte. Er prangerte das Geschäft in der Innenstadt Merseburgs am Entenplan an, wo man einen Schuh-Exquisit-Laden eröffnet hatte. Und diese Schuhe waren sehr teuer.

Ein Bett im Wohnheim kostete monatlich zehn Mark. Somit betrug die Miete für ein Zweibettzimmer 20, die für ein Vierbettzimmer (zwei Doppelstockbetten) 40 Mark. Stipendium bekamen nur Studenten, die aus einem Elternhaus kamen, wo das Einkommen nicht hoch war. Gehörte ein Elternteil zur Gruppe der Intelligenz, war es unwahrscheinlich, Stipendium zu bekommen, denn das Gehalt eines Ingenieurs betrug immerhin fast 1000 Mark. Allerdings gab es für Studenten mit einem besseren Zensurendurchschnitt auch ein Leistungsstipendium, das waren 60 Mark monatlich. Der „Schuhex" war auch für Studenten, oder vielleicht gerade für Studenten, die ja jung und modern waren, beliebter Anziehungspunkt. Da mußte eben gespart werden, wenn einem die schönen Lederschuhe für 120 Mark gefielen. Abstriche wurden auch gemacht, indem man mangels Massenware auch mal eine nicht ganz passende Schuhgröße nehmen mußte, wollte man auf das tolle Schuhwerk nicht verzichten. Es mußte ja nicht gleich wie in „Aschenputtel" der ganze Zeh daran glauben. Oder man trennte sich von ein paar Klamotten, die an der Magistrale im An-und-Verkauf verkauft wurden. Der Vorteil der Mangelwirtschaft war, daß man sofort das Geld ausbezahlt bekam. 99 Prozent aller zum Kauf angebotenen Dinge fanden schnell einen Käufer.

Viele Studenten verdienten sich auch Geld mit ihrem Blut. In doppeltem Sinne nüchtern spendete man das erste Mal nur für das Spenderfrühstück – allemal gut für eine Apfelsine extra. Das zweite Mal gab es schon Geld. Eine Studentin wollte auch spenden. Sie hatte gefeiert, keine Englischvokabeln gelernt, aber den Tip der „Großen" bekommen, bei Blutspende gibt es frei! Allerdings gab es zuviel Blut. Die Studentin, extra früh aufgestanden, wurde weggeschickt, sie könne sich gegen Mittag wieder melden. Also mußte der Weg von der Geusaer Straße zum Krankenhaus doppelt gegangen werden, denn nur ein Spenderausweis ersparte die Rüge des Seminarleiters. Die Studentin ging hin, man zapfte ihr Blut, was aber nicht floß, sondern nur tropfte. Alle „Blutzieher" standen mittlerweile um sie herum, denn es war Mittagszeit. Mitleidige Blicke erhaschte die Studentin, die nun schon mehrere Einstichstellen an beiden Armen hatte und der man schon ein Lokalanästhetikum gespritzt hatte. Ärzte und Schwestern sprachen ihr neben dem Spenderfrühstück ein „Schmerzensgeld" zu. Sie bekam also schon bei ihrer ersten und einzigen Blutspende die 45 Mark.

Was aß der Student, wenn er nicht trank? Es gab in der Mensa gutes Essen. Die Mensa war neu, die Plastetabletts wurden vollgestellt mit dem dreiteiligen Plasteteller, dreigeteilt für Kartoffeln, Gemüse und in den größten Teil klatschte man das Fleisch mit Soße. Schnitzel oder Rostbrätel schmeckten immer, zum Nachtisch gab es ein Schüsselchen mit Pudding oder roter Grütze mit Vanillesoße. Im Imbißraum konnte man auch Bockwurst mit Kartoffelsalat oder Brötchen holen, Eis oder Kuchen. Es gab eine Angestellte in der Küche, die selbst wunderbaren Streuselkuchen auf dem Blech backte. Man mußte zusehen, daß man am richtigen Tag und zur richtigen Stunde da war, um ein Stück dieses köstlichen Hefekuchens zu ergattern. Es gab sogar ein Mensa-Restaurant, wenn man sonntags nicht gleich ins HdK, das Haus der Kultur, in die Stadt gehen wollte. Die alte Mensa, die den Namen „Mensa" behielt, war am Tage Turnhalle, abends war es ein beliebter Studentenklub mit Kellerbar. Es war der einzige Klub, in dem Rauchverbot herrschte. Das war aber nicht der Gesundheitsvorsorge, sondern dem Brandschutz geschuldet. Man sagte, wir gehen in' Reaktor oder in die alte Mensa. Milchprodukte konnte man im TH-Konsum kaufen. Das Stück Butter für zwei Mark fünfzig, weil diese dann doch nicht so scheußlich schmeckte wie Cama, die nur dem Namen nach der westlichen Rama ähnelte. Der Weg in die Stadt wurde nicht gescheut, um an bestimmten Tagen die Viertelliterglasflaschen mit Naturjoghurt zu kaufen, die es in einem eigenen Milchhaus am Brühl zu kaufen gab. Man mußte auch hier zur richtigen Zeit da sein, um ein oder zwei Flaschen davon zu ergattern. Irgendwie war alles abgezählt.

Vorlesungen gab es nicht nur im Hauptgebäude im großen Hörsaal, in dem auch Rock-Konzerte und Filmvorführungen des Filmklubs, wie zum Beispiel Nosferatu, stattfanden, und den kleineren Hörsälen 2, 4, 5 und 6, sondern auch in den älteren Hörsälen in Richtung neue Mensa. In diesen Sälen, der Vorraum war besagtes Aquarium, fanden die Physikvorlesungen statt. In dem sich rechtwinklig anschließenden Techniklabortrakt gab es Kellergänge, die man durchschritt, um zu kleineren Seminarräumen zu gelangen. An den Wänden dieser Kellergänge hingen uralte Verhaltensvorschriften zu Arbeits- und Gesundheitsschutz. Darauf war unter anderem die Erste Hilfe bei Schußverletzungen erklärt.

Man verweilte gern vor dem Plakat, studierte die Vorschrift, obwohl nie einer in Verlegenheit kam, diese spezielle Hilfe leisten zu müssen.

Musik war etwas, was verband. Im Hochhaus am Bahnhof, das mit dem Mosaik, gab es einen RFT-Laden, in dem man die regelmäßig erscheinenden Schallplatten, 16 Mark 10 fürs Stück, kaufen konnte. Der Buschfunk war eine wichtige Informationsquelle, um zu wissen, welcher „Interpret" gerade in die Rillen gepreßt worden war. Aber gekauft wurde, was man bekam, so hatte man etwas zum Tauschen. AMIGA war das Label für die Rockmusik, ETERNA für die Klassik. Pink Floyd* gab es nur unter der Hand, Wish you were here, gerade mal vier Jahre auf dem Markt, gab es für satte 100 Mark! Vom Label Jugoton.

Wegen der Mangelwirtschaft war das B100, nicht zu verwechseln mit dem Kleinbus B1000, ein begehrtes Tonbandgerät. Um die geliebte Musik zur selbstbestimmten Zeit zu hören, war es wichtig, sie selbst zu konservieren. Angespart war das Geld für das Gerät, aber die Beziehung zur Besorgung fehlte, da kam ein noch neueres Kassettengerät heraus, der Stern-Recorder R4000. Satte 1 000 Mark kostete das heiße Gerät. Der Chemiker war gefragt, Chromdioxid- statt Eisenoxid-Kassetten. Für ungeleierten Klang und häufigere Bespielbarkeit. Und am besten 90- statt nur 60-Minuten-Bänder. Dann hörte man die Sender, die Musik fürs Band brachten. Ungekürzt zum Mitschneiden!

Der 1. Mai war immer ein schöner Tag. Kampf- und Feiertag der Arbeiterklasse, doch auch Studenten hatten frei! Da man nicht wußte, ob die Anwesenheit kontrolliert werden würde, planten die Freundinnen, zur

Maidemonstration zu gehen. Sie hatten sich eben einge-
lebt, es stand der erste 1. Mai in Merseburg bevor. Am
Vorabend gab es jedoch immer Feste. Im Hörsaalauf-
gang wurde gefeiert, was das Zeug hielt. Die Freundinnen luden sich im Anschluß Gäste auf ihr Zimmer, ein
Gummischlauch wurde herausgeholt und der Brotwein
aus dem Ballon direkt in die Trinkgläser gezogen. Der
Wein wurde von den Studenten des höheren Studienjahres gelobt und man sprach dem Getränk freudig zu. Um
Uhrzeiten kümmerte sich niemand. Der Ballon war
noch nicht geleert, da verabschiedete man sich. Die
Mädchen fielen in einen tiefen Schlaf. Aus diesem er-
wachten sie gegen Mittag des 1. Mai. Sie entschieden,
das Zimmer zu wischen, denn der Fußboden war kleb-
rig vom süßen Wein. Niemand bemerkte, daß sie zur
Demonstration fehlten. So kann jetzt hier nichts weiter
zu Maidemonstrationen in Merseburg geschrieben werden.

Erinnerungen...

Hans-Dieter Weber

...an meine Kindheit in Merseburg

Warum mich der Klapperstorch ausgerechnet in Merseburg fallen lassen hat, weiß ich bis heute nicht. Die seltsame Geschichte vom Storch, der die Babys bringt, hatten mir meine Eltern erzählt. Ziemlich lange habe ich ihnen das geglaubt, eine Zeitlang sogar Würfelzucker aufs Fensterbrett im Wohnzimmer gelegt, um noch Geschwister zu bekommen. Leider hat sich mein Wunsch nie erfüllt und die Geschichte mit dem Storch erwies sich später als plumpe Lüge, wie so manches aus meiner Kinderzeit.

Einige Jahre nach dem verheerenden Weltenbrand, den angeblich vernunftbegabte Menschen angezettelt hatten, lag Merseburg an vielen Stellen noch immer in Trümmern. Englische und amerikanische Bomben, die eigentlich für die Leuna-Werke bestimmt waren, fielen „versehentlich" auf die kleine Stadt an der Saale, die ein paar Jahre später meine Heimatstadt werden sollte. Der

Ostflügel des Schlosses, hoch oben auf dem schon seit Jahrtausenden besiedelten Burgberg, das Neue Rathaus am Marktplatz, viele stattliche Bürger- und Mietshäuser sowie Handwerks- und Industriebetriebe waren durch Bomben zerstört worden. Nicht wenige Merseburger waren dabei unter den Trümmern der Häuser begraben worden. Die braunen Herrenmenschen, inzwischen verhaftet, geflohen oder untergetaucht, überließen es den einfachen Menschen, die Suppe auszulöffeln, die sie ihnen eingebrockt hatten. In vielen Merseburger Familien waren Tote zu beklagen, wurden Väter vermisst oder büßten noch für ihre Mitschuld am Krieg in der Gefangenschaft. Auch mein Vater kehrte erst 1949 aus Russland zurück. Fünf Jahre zuvor hatte er in Uniform meine Mutter in der Stadtkirche geheiratet. Schon am nächsten Tag musste er wieder zurück an die Ostfront und galt jahrelang als vermisst. Mutter verlor als gute Christin dennoch nie ihre Hoffnung. Als dann eines Tages völlig unerwartet ein abgemagerter Mann in abgerissener Kleidung vor ihr stand, da wusste sie, dass der liebe Gott ihre vielen Gebete erhört hatte. Im Zweifamilienhaus meiner Großeltern, Ecke Thomas-Müntzer-Straße/Am Goldgraben, begannen meine Eltern, sich ein gemeinsames Leben aufzubauen. Nun wurde es Zeit für mich, endlich aus dem Ei zu schlüpfen. Bald darauf wurden zwei Zimmer im Nachbarhaus frei, wo sich unsere kleine Familie, gemeinsam mit zwei anderen Mietern, ein eigenes „Nest baute". Vater hatte Arbeit in der Alu-Folie, den früheren Blanke-Werken, gefunden. Mutter bediente im kleinen Laden der Großeltern mit. Als Nachkriegskind musste ich vor allem gesund bleiben und wachsen. Das war bei der damaligen Knappheit von

Lebensmitteln und Brennmaterial leichter gesagt als getan. Vieles gab es nur auf Marken, der Schwarzhandel blühte. Meine Eltern verdienten nur wenig, trotzdem gelang es ihnen immer wieder, unsere Familie irgendwie über Wasser zu halten. Es reichte zwar vorne und hinten nicht, doch wir lebten, und der schreckliche Krieg war zu Ende. Nach den Amerikanern zogen die Russen in Merseburg ein. Diebstähle und Vergewaltigungen waren jetzt auf der Tagesordnung. Verängstigt zogen sich viele Menschen in ihre Häuser zurück. Von den durch die Russen eingesetzten deutschen Behörden hatten sie keine Unterstützung zu erwarten. Zum Überleben wurde jeder Quadratmeter Boden genutzt, um darauf Essbares anzubauen oder Vieh zu halten. Selbst der Merseburger Schlossgarten war parzelliert und bewirtschaftet worden. Zum Haus meiner Großeltern gehörte ein kleiner Obst- und Gemüsegarten. Manchmal saß ich dort auf dem Ast eines Apfelbaumes und träumte vom Glück. Oder ich half Großvater bei der Gartenarbeit und lernte dabei viele Pflanzen und Tiere kennen. Zum Pflücken von Äpfeln, Birnen und Süßkirschen war ich schon gut zu gebrauchen. Einmal fiel mir ein Apfel aus der Hand und landete direkt auf Großvaters Glatze. Oh Schreck! Die Großeltern hatten durch Inflation und Krieg zweimal ihr Erspartes verloren, strenge Sparsamkeit war ihnen so in Fleisch und Blut übergegangen. In dem aus alten Brettern selber erbauten Schuppen auf dem Hof verwahrte Großvater seine „Schätze". In unzähligen Blechdosen, Zigarrenkästchen und Pappschachteln sammelte er alles, was irgendwann einmal wieder gebraucht werden konnte. Krumm gebogene Nägel lagen neben verrosteten Scharnieren, alten Uniformknöpfen, ausgedienten Werkzeugen und endlosen Drahtrollen. Doch für handwerkliche Probleme aller Art war in Großvaters „Schatzkisten" immer etwas Brauchbares zu finden. Neben dem Holzschuppen standen drei zusammengezimmerte windschiefe Kaninchenställe. Großvaters Kurzohrhasen beobachtete ich manchmal durch das Maschendrahtgitter. Mit ihren braunen Knopfaugen sahen auch sie mich aufmerksam an, ihre Nasenspitzen nippten dabei unruhig hoch und runter. Kaninchenbraten war in der Nachkriegszeit etwas ganz Besonderes. Nur vor wichtigen Feiertagen schlachtete Großvater einen Hasen. Selbstverständlich wurde nach dem Schlachten alles verwertet. Das sorgfältig abgezogene Fell baumelte auf einen Holzbügel gespannt an einem Ast im Garten. Auch meine Eltern hielten sich damals im kleinen Garten am Haus ein paar Hühner. Im Winter wurden sie in den Keller umgesiedelt. Dort, wo die Hühner picken durften, wuchs bald kein grünes Hälmchen mehr. Sie buddelten sich seltsame Erdlöcher im trockenen Boden, um anschließend darin zu „baden". Mein Vater hatte einen neunzehn Jahre jüngeren Bruder, der als „Nesthäkchen" im Haushalt der Großeltern lebte. Mit meinem Onkel verband mich schon damals das Interesse am Garten. Mit zehn Jahren hatte ich mir nach eigenen Vorstellungen einen kleinen Garten angelegt. Neben einem Steingärtchen baute ich Salat, Kohlrabi, Tomaten und Radieschen an. Stachel- und Johannisbeersträucher standen in Reih und Glied, ein paar selbst gepflanzte Obstbäume trugen schon bald die ersten Früchte. Oft hielt ich mich in meinem Garten Eden auf, mit Pflanzen, Vögeln und Käfern bald eng vertraut. Mein erstes Gartenbuch kannte ich in- und auswendig, Pflanzen für den Steingarten bestellte ich hin und wieder bei „Christensen" in Erfurt. Bald stand für mich fest: Gärtner will ich werden. Doch ich hatte die Rechnung ohne den Wirt gemacht, nicht mit dem Widerspruch meines Vaters gerechnet. „Nichts da mit Gärtner, erlerne gefälligst einen anständigen Beruf!" Demokratische Mitbestimmung in den Familien gab es damals noch nicht. Vater sprach zu mir als Familienoberhaupt und damit basta. Mutter, eine gebürtige Schlesierin, verschlug der Krieg erst nach Lübeck und später nach Merseburg. Viel lieber als im kleinen Laden der Großeltern, der dann in den Fünfzigern vom Konsum übernommen wurde, hätte sie bei der Caritas gearbeitet. Im Sinne ihres Heilands wohltätig zu wirken, das wäre ihre eigentliche Berufung gewesen, die sich aber nie erfüllen sollte. Das wirkliche Leben stellte sie tagtäglich stundenlang hinter den braun gestrichenen Ladentisch, wo sie Salzgurken und Sauerkraut aus dem Fass, schlechte Zigaretten, Milch, Margarine und Butter verkaufen musste. Ich liebte die vielen Gerüche im kleinen Lebensmittelladen und verschwand oft hinten im Lagerraum, wo ich mich zwischen unzähligen Kartons und Kisten verstecken konnte. Wenn ich in der Schule eine Eins bekommen hatte, steckte mir Mutter manchmal zur Belohnung Bonbons zu. Mit Karies nahm man es damals noch nicht so genau. Das lange Stehen im Laden fiel ihr schwer, nach der Arbeit ruhte sie sich deshalb oft auf der Couch im Wohnzimmer aus. Mutter war immer die gute Seele unserer kleinen Familie. Auch an den Wochenenden stand sie schon zeitig auf und heizte den großen Kachelofen im Wohnzimmer an, der Stunden brauchte, um Wärme zu spenden. Damals war es üblich, nur einzelne Räume in der Wohnung zu beheizen. Das waren bei uns an allen Tagen die Küche und das Wohnzimmer, später kam noch mein kleines Kinderzimmer dazu. Wenn ich dort am wackligen Schreibtisch die Hausaufgaben erledigte, genoss ich die wohltuende Wärme des bulligen Ofens. Als Siebenjähriger war ich in die Dürerschule II eingeschult worden. Herr Bertold, mein erster Klassenlehrer, war streng und gerecht. Faxenmachen im Unterricht, das traute sich bei ihm keiner. Von ihm lernte ich das Schreiben und Rechnen sowie Disziplin und Fleiß. Mein Schulweg führte mich durch das „Ottoloch", den späteren Thomas-Müntzer-Park. Im Winter rodelten wir dort am „Selling-Berg", benannt nach einem kleinen Lebensmittelgeschäft an der Ecke Klobikauer Straße/Thomas-Müntzer-Straße. Längst nicht jedes Kind hatte einen eigenen Holzschlitten, der Schulranzen erfüllte den gleichen Zweck. Ich war schon in der fünften Klasse, als ich meine ersten Ski zu Weihnachten bekam. Die breiten Bretter aus massivem Holz waren für mich viel zu schwer, die klobigen Skischuhe und die Metallbindungen ebenfalls. Damit ohne Sturz den Selling-Berg herunterzurutschen, war eine höchst schwierige Aufgabe. Besonders Mutige bauten sich am Hang zusätzlich noch kleine Sprungschanzen aus Schnee und Eis. In den fünfziger Jahren war die Thomas-Müntzer-Straße, die heutige B91, noch eine beschauliche Anliegerstraße, die in nördlicher Richtung in die Klobikauer Straße einmündete. Die Straße wurde durch einen leicht erhöhten und begehbaren Grünstreifen mit zwei Reihen Bänken und Ahornbäumen in zwei Fahrbahnen geteilt – ein wahres Spielparadies für uns Kinder. Da auf der Straße kaum Autos fuhren, spielten wir nachmittags manchmal Rollhockey. Die Tore wurden durch unsere Schulranzen markiert. Auf meine Rollschuhe war ich sehr stolz. Es dauerte lange, bis ich endlich auch mein eigenes Fahrrad bekam. Oft spielten wir Fußball auf dem alten Lok-Sportplatz, nördlich der Klobikauer Straße. Manchmal schauten wir einfach nur zu, wenn dort die „Großen" kickten. Später gehörte ich der Schülermannschaft von „Empor Merseburg" an. Anfangs verloren wir hin und wieder zweistellig, aber dennoch nie unseren Mut.

...an Aluminium-Folie aus Merseburg

In der DDR war Merseburg ein wichtiges Zentrum der chemischen Industrie. Allerdings lagen die riesigen Industriebetriebe Leuna, mit zirka 30 000 Beschäftigten, und BUNA, mit zirka 20 000 Beschäftigten, südlich beziehungsweise nördlich vor den Toren der Stadt. In der Kreisstadt Merseburg selbst gab es dagegen nur relativ wenige Industriebetriebe. Einer davon war die Alu-Folie, oder wie sie damals offiziell hieß: der VEB Aluminium-Folie Merseburg. Im Betrieb arbeiteten etwa 700 Beschäftigte, er gehörte zum Mansfeld-Kombinat, der Generaldirektor saß in Eisleben. Auf großen Walzstraßen wurden hauchdünne Aluminiumfolien produziert und größtenteils im Betrieb weiterverarbeitet. Aluminiumfolien wurden beispielsweise in der Kondensatoren-Industrie, in den Verpackungsmittelwerken sowie in der Milchwirtschaft gebraucht. Doch auch die allseits beliebte Grillfolie kam zumeist aus Merseburg. Wie so vieles in der DDR war auch Aluminiumfolie ein rarer Artikel, der staatlich bilanziert (das heißt zugeteilt) werden musste. Aluminiumfolien aus Merseburg wurden darüber hinaus in viele europäische Länder exportiert, unter anderem in großen Mengen in die BRD. Dadurch nahm der Staat Devisen ein, die dem Merseburger Werk teilweise durch Investitionen in Maschinen und Anlagen wieder zugutekamen. Deshalb gehörte die Alu-Folie zu den technologisch modernsten Betrieben in der Region. Durch meinen Vater, der seit 1949 im kaufmännischen Bereich tätig war, kam ich schon als Kind mit dem Betrieb in Berührung. Im modernen Klubhaus des Werkes fanden jährlich Weihnachtsfeiern für die Kinder der Belegschaft statt. Daran kann ich mich noch heute gut erinnern. Auf der breiten und hohen Bühne, unter dem kunterbunt geschmückten Weihnachtsbaum, lagen zu einem Berg aufgetürmt unsere Geschenke. Der „Geschenkeberg" glitzerte und funkelte im Scheinwerferlicht, denn natürlich war alles in Geschenkpapier aus Aluminium-Folie eingepackt worden. Nach einem sehr schönen Weihnachtsprogramm wurden wir Kinder in Gruppen auf die Bühne gerufen und bekamen unser Paket vom Weihnachtsmann überreicht. Zum Dank mussten wir mit weichen Knien ein kleines Lied singen oder ein Weihnachtsgedicht aufsagen. Später dann, als Student, habe ich manchmal in den Semesterferien im Betrieb gearbeitet und damit mein Taschengeld aufgebessert. Mit Hubwagen transportierte ich schwere Folienrollen zu den Schneidemaschinen und die fertig geschnittene Ware zum Versand. Die Arbeit machte mir Spaß, viele Gesichter an den Maschinen wurden mir ein Leben lang vertraut. Nach dem Studium und einem Abstecher nach Magdeburg und Halle habe ich zehn Jahre lang im Werk gearbeitet. Mein Vater war zwischenzeitlich in den Ruhestand verabschiedet worden. Anfangs war ich für den Verkauf und den Versand der Folienrollen verantwortlich. Zu meinem kleinen „Reich" gehörte ein nagelneues Hochregallager, in dem die in schweren Holzkisten verpackte Ware auf den Versand zu den zahlreichen Kunden wartete. Von Jahr zu Jahr stieg der Anteil von Kisten, die mit der Deutschen Reichsbahn verschickt werden mussten. Durch „Transportkennziffern" nahm der Staat darauf direkten Einfluss. In der Folge traten zahlreiche Transportschäden auf, denn die hochempfindlichen Folienrollen waren für den Bahnversand eigentlich denkbar ungeeignet. Das wiederum führte zu hohem Bearbeitungsaufwand bei der Deutschen Reichsbahn infolge von Transportschäden. Vor allem aber fehlte die Ware beim Kunden. Später war ich dann für die Qualitätssicherung im Betrieb verantwortlich. Zu meinen neuen Aufgaben gehörte jetzt auch die Bearbeitung von Reklamationen und Transportschäden. Heute, auf diese Zeiten zurückblickend, kann ich sagen, dass bei mir immer eine enge Verbundenheit mit dem Betrieb geblieben ist. Persönliche Kontakte und Freundschaften haben sich bis heute erhalten. Treffe ich einen früheren Kollegen auf der Straße oder bei einer Veranstaltung, so geht das nie ohne „Schwätzchen" ab. Die Alu-Folie war aber auch ein typischer „sozialistischer Betrieb". Diese Seite der DDR-Realität sollte heute auch nicht vergessen werden. Dazu gehörten ein aufgeblähter Sozialbereich, die betriebliche Partei- und Gewerkschaftsorganisation, mehr oder weniger bekannte Stasi-Spitzel sowie die permanente Einflussnahme der SED auf die betrieblichen

Belange. Beispielsweise durfte es in den offiziellen Statistiken keine Arbeitslosenzahlen geben. Schließlich wollten wir die Bundesrepublik ja „überholen ohne einzuholen". Als junger Abteilungsleiter war ich deshalb manches Mal unterwegs, um arbeitsunwillige Kollegen aus dem Bett zu holen. Ebenso fragwürdig war die Verpflichtung unseres Betriebes, in der Stadt Merseburg Wohnungen zu sanieren. Aber nur auf diesem Wege erhielten unsere Kollegen, oft nach jahrelanger Wartezeit, eine eigene Wohnung. Volkswirtschaftlich gesehen war dies aber ein Ausdruck von Hilflosigkeit und Mangelwirtschaft.

...an die Russen in Merseburg

„Russen" war damals ein Schimpfwort, das offiziell nicht verwendet werden durfte. Stattdessen mussten wir von Sowjetbürgern und Sowjetsoldaten sprechen. Diese gab es zu DDR-Zeiten auch in Merseburg mehr als genug. Sie lebten zumeist völlig abgeschirmt von den Deutschen in einer großen Kaserne in der Geusaer Straße sowie am Militärflugplatz. Diese Einrichtungen stammten ursprünglich noch aus dem Dritten Reich und wurden nach Kriegsende von den Russen ohne große Umbauten einfach weiter genutzt. Lediglich der Flugplatz, im Nordwesten Merseburgs gelegen, wurde erheblich erweitert. Moderne Düsenjäger standen dort in riesigen Hangars. Zumeist nachts oder am Wochenende flogen die Militärmaschinen in geringer Höhe über die Wohngebiete. An den Fluglärm hatten sich die Betroffenen zwangsläufig zu gewöhnen. Die „Freunde" hatten in dieser Beziehung Narrenfreiheit, Beschwerden waren unmöglich. Nach außen hin war das riesige Flugplatzgelände stets hermetisch abgeschirmt. Ich habe es bis zum Abzug der Russen 1993 nie betreten dürfen. Auch die Kaserne in der Geusaer Straße war durch Mauern und hohe Bretterzäune verschlossen. Ab und zu sah man Soldaten sich weit über die Mauern hinausbeugen, um den vorübergehenden Deutschen ihre Uhren zum Kauf anzubieten. Blutjunge Kerle, häufig mit asiatischen Gesichtszügen, brauchten das Geld für Wodka. Ohne das „Wässerchen" war für sie das eintönige Kasernenleben wahrscheinlich nicht zu ertragen. Andererseits gehört Wodka zum Russen wie zum Deutschen das Bier. Mehrfach habe ich erlebt, dass Soldaten ausgerissen waren und sich anschließend irgendwo versteckten. LKW mit Suchtrupps nahmen dann die Verfolgung auf. Irgendwann wurden die Ausreißer aufgespürt und jämmerlich verdroschen. Im Unterschied zu den einfachen „Moschkoten" genossen die Offiziere einige Privilegien. Am hinteren Gotthardtteich gab es für sie extra ein Offizierskasino, in dem sie unter sich waren. Dort wurden im „Magasin" begehrte Waren verkauft, ebenso in der Rheinstraße in Merseburg-West. Manchmal durften auch Deutsche dort Fischkonserven, Obst oder Süßigkeiten einkaufen. In den Straßen Merseburgs waren oft russische Panzer unterwegs. Die schweren Kettenfahrzeuge hinterließen ihre unübersehbaren Spuren im Asphalt der ohnehin schon schlechten Straßen. Vom DDR-Staat wurden Kontakte zwischen Soldaten und Offizieren aus der Merseburger Garnison mit Betrieben und Schulen organisiert. Wenn die „Freunde" zu einer Feier erschienen, wurde nach einem offiziellen Teil zumeist „gesoffen". Die „Deutsch-Sowjetische Freundschaft" brauchte viele „sto gramm", um reibungslos zu funktionieren. Als Student kam ich erstmals mit klassischer russischer Literatur in Kontakt. Dostojewskis „Aufzeichnungen aus einem Totenhaus" fesselte mich, sein Roman „Die Brüder Karamasow" ging mir tief unter die Haut. Lew Tolstoi, Turgenjew, Gogol, Puschkin und andere kamen später hinzu. Bis heute stehen ihre Bücher in meinem Regal. Durch die Zeitschriften „Sowjetliteratur" und „Sputnik" lernte ich die zeitgenössische sowjetische Literatur kennen. Kein Vergleich mit der zumeist „blassen" DDR-Gegenwartsliteratur, die oft durch Konfliktlosigkeit und Parteilichkeit langweilte. Ob die sowjetische Zensur vielleicht nicht so „gut" funktionierte wie die deutsche? Der „Hammer" war dann aber 1988 das Verbot der deutschen Ausgabe des „Sputnik", weil darin erstmals offen über die Verbrechen der Stalin-Ära berichtet wurde. Die sowjetische „Perestroika" war folgerichtig 1989 ein wichtiger Impuls für die mehr und mehr aufkeimende Demokratiebewegung in der DDR. Gorbatschow wurde damit zu einem der geistigen Väter der friedlichen Revolution in unserem Land.

...an den 1. Mai

Der 1. Mai war in der DDR einer der wichtigsten staatlichen Feiertage. Auch in Merseburg wurde am „Kampftag der internationalen Arbeiterklasse" jährlich marschiert und demonstriert. In den mittleren und größeren Städten der DDR gab es zu diesem Zweck extra eine kleine „Stalinallee". Eine repräsentative Straße, auf der in breiter Front marschiert werden konnte, gehörte ebenso dazu, wie überdimensionierte Fußwege für die Zuschauer und mehrgeschossige Gebäude im russischen „Zuckerbäckerstil". In Merseburg war dies die „Magistrale". In den fünfziger Jahren auf einem zerbombten Straßenzug neu errichtet, erfüllte diese Straße alle Voraussetzungen für einen eindrucksvollen Aufmarsch vom Bahnhof bis hin zum Gotthardteich, wo vor dem riesigen Lenindenkmal eine Tribüne für die Ehrengäste aufgebaut worden war. Damals arbeitete ich in der Alu-Folie. Punkt neun Uhr hatte ich mich an unserem Stellplatz in einer Seitenstraße einzufinden. Am 1. Mai zu demonstrieren war stets Pflicht, unentschuldigtes Fehlen zog Konsequenzen nach sich. Partei und Gewerkschaft kümmerten sich um eine generalstabsmäßige Organisation. Einige von uns bekamen rote oder DDR-Fahnen in die Hand gedrückt, ebenso große Transparente oder Fähnchen (im Funktionärsdeutsch auch „Winkelemente" genannt). „Hohe Planerfüllung ist unser Beitrag für den Frieden" oder „Nieder mit den imperialistischen Kriegstreibern" oder auch „Meine Hand für mein Produkt" stand beispielsweise auf den Transparenten. In mehreren Marschblöcken marschierten wir pünktlich los. Voran russische Soldaten aus der Merseburger Garnison, gefolgt von deutschen Armee- und Polizeieinheiten. Dann kamen wir, die Arbeiter und Angestellten aus den sozialistischen Betrieben. Der Aufmarsch erinnerte mich stets unangenehm an das Dritte Reich. Zahlreiche Fenster waren mit Fahnen geschmückt, auch dies wurde von den Funktionären aufmerksam registriert. Vor allem Kinder und Ältere schauten heraus und winkten uns zu. Immer wieder mussten wir anhalten, um die auseinander

Bild: Fackelumzug (DW)

gezogenen Reihen zu schließen. Die sich manchmal überschlagende Stimme eines Sprechers dröhnte aus Lautsprechern, die an Häusern, Laternen und Bäumen hingen. Mir fielen dazu die „Goebbelsschnauzen" ein. Höhepunkt war stets unser Vorbeimarsch an der Ehrentribüne vor dem Lenindenkmal. Ich erkannte SED-Funktionäre, russische Offiziere, Betriebsdirektoren sowie Pioniere mit blauen Halstüchern. Die Stimme aus den Lautsprechern schrie uns vorwärts. Doch schon hundert Meter hinter der Tribüne löste sich der Marschblock wieder in einzelne Menschen auf. Wir gaben die Fahnen und Transparente ab und ließen uns Bratwurst und Bier schmecken. Erleichtert atmete ich durch, der Spuk war wieder einmal vorbei.

...an den „Strandkorb"

Obwohl Merseburg einst an der Saale erbaut worden war, gab es zu DDR-Zeiten dort keinen Strand, dafür aber den „Strandkorb". So wurde nämlich eine legendäre Konsum-Gaststätte, direkt an der Saale gelegen, von der Merseburger Jugend benannt. Da sie über einen Saal mit Bühne verfügte, fanden dort regelmäßig Jugendtanzveranstaltungen statt, in den Sechzigern überwiegend noch mit Kapellen, danach immer häufiger mit Diskotheken. Solche Veranstaltungen mit „dekadenter" Beat-Musik passten eigentlich nicht so richtig in das „Erziehungskonzept" der SED für die sozialistische Jugend. Anfangs versuchten deshalb die Funktionäre, Beat-Musik und deren Begleiterscheinungen, wie beispielsweise lange Haare bei jungen Männern, schlechtzureden oder zu ignorieren. Aber an der populären Musikkultur aus England und den USA führte bald kein Weg mehr vorbei. Für uns Jugendliche war die Beat-Musik anfangs bedeutend mehr als lediglich eine neue Musikrichtung. Damit einher ging eine kritische Haltung gegenüber der Welt der Erwachsenen. Daraus entwickelte sich im Laufe der Jahre eine eigenständige Jugendkultur. Wir suchten nach Antworten auf solche Fragen wie beispielsweise: Was haben die Amerikaner eigentlich in Vietnam verloren? Jimi Hendrix zerfetzte mit seiner Gitarre die amerikanische Nationalhymne. Warum kann nicht überall auf der Welt Frieden sein? Die Flower-Power-Bewegung war der Versuch einer Antwort. Die langhaarige und bunt gekleidete Jugend traf sich damals in Merseburg regelmäßig Woche für Woche im „Strandkorb". Hier konnte man ungestört

Bild: „Strandkorb" Merseburg (PES)

und ohne lästige Etikette miteinander quatschen, ein
paar Bierchen über den Durst trinken, „abtanzen" oder
einfach nur „abhängen". Von Anfang an gab es aber
auch immer wieder Gewalt. Schlägereien in der Nähe
der Saale endeten oft blutig, manches Mal sogar tödlich.
Der „Strandkorb" war für manche so etwas wie die
„Familie". Durch die regelmäßigen Treffen entstand
„Gemeinschaft". Man tauschte sich über die neuesten
Hits aus dem Radio, über Klatsch und Tratsch aus der
„BRAVO" oder über das „Wer mit wem?" aus. Wir
nahmen damit ein klein wenig teil an der weltweiten
Jugendkultur der wilden Siebziger. Jimi Hendrix, Eric
Clapton, Joe Cocker oder Bob Dylan hießen unsere
Helden. Da es in der DDR anfangs kaum Platten von
diesen Musikern gab, blühte der Schwarzhandel. Aus
Polen, der Tschechoslowakei oder Ungarn wurden die
begehrten schwarzen Scheiben über die Grenzen ge-
schmuggelt. Ausländische Studenten, die an der TH
studierten, durften manchmal nach Westberlin oder in

die BRD reisen und brachten von dort Platten mit. Der schwarze Handel mit den schwarzen Scheiben blühte natürlich auch im „Strandkorb". Als der „Strandkorb" dann Anfang der achtziger Jahre nahezu vollständig abbrannte, ging damit auch eine Ära zu Ende. Noch heute treffen sich die inzwischen ergrauten Fans hin und wieder im Kulturkeller Ölgrube beim „Standkorb-Treffen".

...an die „Jugendmode"

Politisch und wirtschaftlich war die DDR bürokratisch zentralisiert. Die SED bestimmte alles, nichts wurde dem Zufall oder gar dem Markt überlassen. Sogar Kleidung für Jugendliche war Sache der Einheitspartei. Das Angebot an Bekleidung war in Merseburg, so wie überall in den Provinzen, zumeist trist und einfallslos. Mode und Trends spielten kaum eine Rolle, der praktische Zweck stand im Vordergrund. Anschauliches Beispiel: die allseits bekannte (und verlachte) Dederon-Kittelschürze für die werktätige Frau. Bekleidung wurde staatlich geplant und bilanziert. Quantität stand stets vor Qualität. Hergestellt wurde zumeist in der DDR. Importe gab es selten, denn Devisen waren stets knapp. Modische Bekleidung für junge Leute spielte jahrelang überhaupt keine Rolle. Als sich in den Sechzigern die Popkultur entwickelte, änderte sich auch die Mode für Jugendliche international radikal. Allerdings suchte man in den Merseburger Geschäften vergeblich nach Jeans, T-Shirts, modischen Hemden oder Jacken. Diejenigen, die Verwandtschaft in der BRD hatten, wurden beneidet. Echte Levis-Jeans waren das lange ersehnte Weihnachtsgeschenk. Ansonsten musste man seinen Urlaub in Ungarn, Polen oder in der Tschechoslowakei verbringen, um an die heißbegehrten Sachen irgendwie heranzukommen. Auf Grund der restriktiven Regelungen beim Geldumtausch war dies aber auch nicht so einfach und ging einher mit Abstrichen bei Verpflegung und Unterkunft. Erst mit der Ära Honecker setzte sich auch in der DDR zeitweilig eine gewisse Liberalisierung durch. Mode für junge Leute wurde jetzt ernster genommen, die „Jugendmode" erfunden. Das waren spezielle Abteilungen in den Kaufhäusern für junge Leute. In Merseburg kaufte man damals Bekleidung beispielsweise im Kaufhaus „Magnet" am Gotthardteich ein. An die Eröffnung der Jugendmodeabteilung im 2. Stock kann ich mich noch gut erinnern. Es herrschte Andrang, wie schon lange nicht mehr. Angeboten wurde Jugendbekleidung aus DDR-Produktion, die internationalen Modetrends nachempfunden worden war. Besonders deutlich wurde der qualitative Unterschied bei den heißbegehrten Jeans. Die lappigen Stoffe der DDR-Marke „Wisent" ließen kaum Freude aufkommen und unterschieden sich fundamental von echten „Levis" oder „Mustang". Nur wer keine anderen Bezugsquellen hatte, musste notgedrungen damit leben. Aber immer noch besser so als gar kein Angebot. Auch den Hemden, Schuhen, Jacken und T-Shirts sah man meist schon von weitem an, woher sie kamen. Einige Zeit später gab es dann auch hin und wieder Importe. Diese waren natürlich gefragt und demzufolge auch schnell wieder ausverkauft. Also musste man im Geschäft jemanden kennen, um reelle Chancen zu haben. Wer Westgeld hatte, kaufte lieber gleich im Intershop ein. Für viel Geld bekam man auch im Exquisit am Bahnhof modische Bekleidung. Doch welcher Jugendliche konnte sich das schon leisten? Trotz zahlreicher Beschlüsse der SED und verschiedener Initiativen wurde das Problem mit der Mode für junge Leute nie so richtig gelöst. Es begleitete uns deshalb bis 1989.

...an meine Studentenzeit in Merseburg

Schon als Kind war ich mit der Technischen Hochschule in Merseburg gut vertraut. Da, wo sich jetzt westlich von der B91 der Campus erstreckt, befand sich in den Fünfzigern noch eine Kleingartenanlage. Davon hat sich bis heute die ehemalige Gartengaststätte mit ihrem markanten Zollingerdach erhalten. Mit großem Aufwand modernisiert, dient das Gebäude heute zur Erwachsenenbildung. Der Startschuss für den Bau einer TH in Merseburg erfolgte 1954. Die großen Chemiewerke in Schkopau, Leuna und Bitterfeld brauchten dringend frisch ausgebildete Ingenieure und Betriebswirte. Ausgebildet wurde anfangs allerdings noch in Halle, weil in Merseburg ja erst noch gebaut werden musste. Ich wohnte damals mit meinen Eltern in der Thomas-Müntzer-Straße/Ecke Goldgraben. Wohnraum war, so wie fast alles, Mangelware. Deshalb mussten wir lange Zeit ein Zimmer in unserer Wohnung an einen Hochschulmitarbeiter untervermieten. So lernte ich frühzeitig junge Assistenten von der Technischen Hochschule und deren Tagesablauf kennen. Ich erinnere mich noch an so manches interessante Gespräch und gut gefüllte Bücherregale. Da es in unserer Wohnung nur ein Bad gab, war der Kontakt untereinander manchmal „hautnah". An den Wochenenden fuhren die jungen Männer meist nach Hause zu ihren Eltern, um am Sonntagabend mit vollgepackten Taschen zurückzukehren. Nach dem Abitur und einer Berufsausbildung in Leuna wollte auch ich studieren. Ich entschied mich, wie konnte es anders sein, für die Technische Hochschule in Merseburg. Kybernetik, Mathematik und Datenverarbeitung (KMD) hieß eine neue Studienrichtung, die mich interessierte und „Zukunft" versprach. Für den Großrechner von Robotron musste ein spezielles Gebäude errichtet werden. Seminare hatten wir in den neu erbauten VT (Verfahrenstechnik)-Gebäuden, Vorlesungen in den großen Hörsälen des Hauptgebäudes. Weil auf dem Hochschulgelände damals immer noch gebaut wurde, waren wir in den ersten beiden Semestern in einem ehemaligen Barackenlager in Wallendorf untergebracht. Dies lag südlich der Bahnlinie Merseburg-Leipzig/Leutzsch und war in den dreißiger Jahren erbaut worden. Jeweils sechs bis acht Studenten bewohnten ein großes Zimmer, ähnlich wie in einer Kaserne. Duschen und Toiletten auf dem Flur wurden gemeinsam genutzt. Wir fühlten uns schnell heimisch und erfreuten uns an den vielen Freiheiten, die unsere provisorische Unterkunft so mit sich brachte. Eine eigene Studentenkneipe gehörte ebenso dazu, wie Feten auf den Barackendächern. Ich lernte schnell, dass Studieren weitaus mehr bietet, als trockenen Stoff zu büffeln. Mit Beginn des zweiten Studienjahres zogen wir in ein neu errichtetes Wohnheim am Campus um – leider. Doch das gemeinsame Jahr in der „Wallendorfer Wildnis" hatte uns menschlich zusammengeschweißt. Unser neuer Treffpunkt wurde jetzt der Studentenkeller Ölgrube, der immer von den Studenten des zweiten Studienjahres bewirtschaftet wurde. Für ein ganzes Jahr gehörte auch ich dazu. Dort lernte ich, nach Musik von Schallplatten beziehungsweise vom Tonbandgerät zu „tanzen", bald darauf Diskothek genannt. Mit zwei Freunden wollte ich das auch mal ausprobieren. Unsere Lautsprecherboxen leimten wir in einer Garage zusammen. Ein paar Schallplatten und Geräte kamen dann noch hinzu, so dass wir schon nach wenigen Wochen unsere erste „Mucke" im Merseburger Schlossgartensalon starten konnten. Auch im „Strandkorb" hatten wir bald regelmäßige Termine. An den Wochenenden fuhren wir mit unserem alten F8 manchmal hinaus auf die Dörfer, selbst Tanzsäle in Sachsen und Thüringen waren vor uns nun nicht mehr sicher. Die „Merseburg-Diskothek", so nannten wir uns, bestimmte zeitweilig meinen Tagesablauf, das Studium wurde dagegen immer mehr zur Nebensache. Erst ein „Ungenügend" in der ersten Hauptprüfung machte mich wieder munter. Mensch, da war doch noch was? – Ach ja, das Studium. Ich begann von einem Tag auf den anderen wieder zu büffeln und meisterte dadurch die nächsten Prüfungen wesentlich besser. Die vermasselte Hauptprüfung holte ich erfolgreich nach. Zwischenzeitlich war meine Fachrichtung in die Sektion „Wirtschaftswissenschaften" integriert worden, so dass ich als diplomierter Betriebswirt abschloss. Meine „Sturm-und-Drang-Zeit" als Student in Merseburg war damit zu Ende. Draußen vor der Tür, da wartete auf mich schon das „richtige" Leben.

...an Freud und Leid mit der Chemie

„Chemie bringt Wohlstand, Brot und Schönheit" – stand lange Zeit in großen Lettern auf einer Hauswand in der Merseburger Magistrale geschrieben. Im 20. Jahrhundert prägten die großen Chemiewerke Leuna und BUNA mehr und mehr das Leben in Merseburg. Die beschauliche Beamtenstadt mauserte sich zu einer aufstrebenden Chemiearbeiterstadt. Grundlage für diese industrielle Entwicklung Merseburgs waren die reichen Braunkohlevorkommen im nahe gelegenen Geiseltal. Diese konnten kostengünstig im Tagebauverfahren abgebaut werden. Braunkohle, Luft und Wasser aus der Saale waren anfangs die wichtigsten Rohstoffe der im Zuge deutscher Kriegsvorbereitungen entstandenen Chemie-Industrie. Hinzu kam die gute strategische Lage Merseburgs, weit genug hinter der deutsch-französischen Front gelegen. Das rohstoffarme Deutschland wollte dieses Defizit durch moderne chemische Verfahren kompensieren, um von Importen aus dem Ausland unabhängig zu werden. Nach den beiden Weltkriegen trat die DDR dieses Erbe an. Im von Bomben stark zerstörten Leunawerk war viel Aufbauarbeit zu leisten, bevor wieder produziert werden konnte. BUNA hingegen war davon nicht betroffen. Die beiden Werke waren die wichtigsten Arbeitgeber in der Region. Dort arbeiteten über 50 000 Beschäftigte in unterschiedlichen Berufen. Wie damals üblich, gehörten zu den Werken auch soziale Einrichtungen wie beispielsweise Polikliniken, Betriebsferienheime, Kindergärten sowie Betriebswohnungen. Dorthin, wo Arbeit und Wohnungen angeboten wurden, zog es die Menschen. Dementsprechend wuchs die Einwohnerzahl von Merseburg stetig an. Mit der Braunkohleförderung im Geiseltal war der Abriss ganzer Dörfer verbunden, für die Betroffenen war dies natürlich eine Katastrophe. Um ersatzweise Wohnraum bereitstellen zu können, sprossen in Merseburg die Stadtteile Süd und West völlig neu aus dem Boden. Durch die Umsiedlungen aus dem Geiseltal lebten in Merseburg zeitweilig über 60 000 Menschen. In den achtziger Jahren wurde der staatliche Wohnungsbau dann aber nach Halle-Neustadt und Halle-Süd gelenkt. In der Folge nahm die Einwohnerzahl Merseburgs langsam wieder ab. Die neuen Stadtteile Merseburg-West und Merseburg-Süd hatten für ihre Bewohner vergleichsweise viel zu bieten: moderne Schulen und Kindereinrichtungen, Kaufhallen, Polikliniken sowie eine gute Anbindung an das städtische Straßennetz. Es entwickelten sich „grüne" Stadtteile, die deshalb auch heute noch geschätzt werden. Während Süd in den sechziger Jahren noch Stein auf Stein relativ großzügig erbaut wurde, setzte sich in den siebziger Jahren immer mehr die industrielle Plattenbauweise durch. Wände und Decken wurden gleich neben den Kieswerken vorgefertigt und anschließend mit Kränen montiert. Volkswirtschaftlich gesehen brachte dies sicherlich einige Vorteile mit sich, doch die Wohnungen wurden im Grundriss immer kleiner, die Wärmedämmung immer schlechter, und um ein Bild aufzuhängen, brauchte man eine Schlagbohrmaschine. Neben diesen überwiegend positiven Effekten für die Merseburger Bevölkerung und ihre Stadt verursachte die chemische Großindustrie zu DDR-Zeiten hier aber auch ungeheure Umweltschäden.

Neben Bitterfeld hatte Merseburg die höchste Schadstoffbelastung und das schlechteste Image. Wenn man sich im Sommer der Stadt mit dem Auto näherte, sah man sie schon von weitem in dunkle Smogwolken eingehüllt liegen. Schuld daran war vor allem der Staub aus der Schkopauer Karbidfabrik. Dieser färbte die Dächer der Häuser, die Gärten, die Straßen und Grünanlagen grau ein. Insbesondere die Einwohner von Merseburg-Nord mussten darunter leiden. Die Saale verkam Jahr um Jahr zu einem grünschwarzen Pfuhl, in dem sich bald kein Leben mehr regte. Die Kohleschlämme aus dem Geiseltal wurden ungefiltert über die Geisel in den Merseburger Gotthardteich eingeleitet, wo schon bald die letzten Karpfen verendeten. Hochgiftige Schadstoffe aus der Chemieindustrie wurden unbehandelt in ausgekohlte Gruben im Geiseltal geleitet, ebenso auf die riesigen Deponien in Leuna und Schkopau. Der feine Kohlenstaub aus der Beunaer Brikettfabrik ließ Kinder nach dem Spielen wie Bergleute aussehen. Ebenso setzte er sich auf die frisch gewaschene Wäsche ab, die im Hof auf der Leine trocknete. Erst die friedliche Revolution von 1989 machte endlich Schluss mit diesen Umweltverbrechen.

...an das „Bücher-Land" DDR

Offiziell bezeichnete sich die DDR gerne als Land der Bücher oder auch als „Lese-Land", darin nur noch von der Sowjetunion übertroffen, die bekanntlich schon den Kommunismus aufbaute. So stand es jedenfalls in den Schulbüchern und Zeitungen. Die Wirklichkeit sah dagegen ganz anders aus. Vom internationalen Buchmarkt war die DDR weitgehend abgeschnitten. Auf Grund stets knapper Devisen konnte sie sich Buchlizenzen nur sehr beschränkt leisten. Doch da war noch ein anderer Grund: Bücher waren für die SED-Funktionäre vor allem Werkzeuge zur politischen „Erziehung" („Gehirnwäsche" wäre wohl passender gewesen) der eigenen Bevölkerung im Sinne der sozialistischen Ideologie. Deshalb wurden Bücher immer streng zensiert. Es kam nur das in den Buchhandel, was den Funktionären politisch in den Kram passte. Als Student stöberte ich gerne in den Regalen der Merseburger „Volksbuchhandlung" sowie der Buchhandlung Stollberg in der Bahnhofstraße. Für mein kleines Bücherregal zu Hause suchte ich nach Ausgaben beispielsweise von Hemingway, Hesse, Grass oder Böll. Das war vergleichbar mit der berühmten Suche nach der Stecknadel im Heuhaufen. Die Regale in den Merseburger Buchhandlungen waren zwar stets gut gefüllt, aber kaum mit Büchern, nach denen ich suchte. Da halfen nur Hartnäckigkeit, ständiges Nachfragen und manchmal auch ein Quäntchen Glück. In der evangelischen Buchhandlung Stollberg unterschied sich das Angebot teilweise schon von dem in der staatlichen Volksbuchhandlung. Deshalb war ich meistens hier Kunde und nutzte intensiv die Möglichkeit zur Vorbestellung. Stollberg unterschied sich von der Volksbuchhandlung auch noch durch einen angeschlossenen kleinen Verlag, der zumeist regionale Literatur herausgab. Die stets in großen Auflagen gedruckte DDR-Gegenwartsliteratur interessierte mich damals kaum. Die damit verbundenen politischen Absichten sprangen einen schon auf den ersten Buchseiten unangenehm an. Auf ihren Parteitagen gaben SED-Funktionäre den Schriftstellern sogar Themen und Grundsätze vor. Dafür war lange Zeit Kurt Hager zuständig. Das soll aber nun nicht heißen, dass man die DDR-Gegenwartsliteratur damals komplett vergessen konnte. In thematischer und künstlerischer Hinsicht gab es schon einige positive Ausnahmen. Erwin Strittmatter und seine Frau Eva fallen mir da beispielsweise ein. Ebenso Christa Wolf, Stefan Heym und Ulrich Plenzdorf. Selbst „Die Aula" von Hermann Kant steht noch heute in meinem Bücherregal. Bekannten Autoren musste die SED gezwungenermaßen Freiräume zugestehen, vor allem dann, wenn sie auch international verlegt wurden. Mit Begeisterung las ich Erwin Strittmatters „Ole Bienkopp" und seine drei „Wundertäter"-Bände. Die zwischen den Zeilen geäußerten Kritiken an einigen politischen Zuständen in der DDR waren schnell in aller Munde. Auf Grund des relativ schmalen Angebotes an „guten Büchern" im DDR-Buchhandel standen Antiquariate hoch im Kurs. Wenn ich in Halle zu tun hatte, kam ich am Antiquariat in der Großen Ullrichstraße meistens nicht vorbei. Doch auch diese Buchhandlungen durften nur das anbieten, was zuvor genehmigt worden war. Zumindest bei den „Klassikern" wurde ich hier aber oft fündig.

Mir schlachten

Tilo Buschendorf

Zum Verständnis. Jede Region hat bekanntlich seine eigenen sprachlichen Eigenheiten. Hier in der Gegend, wo ich aufgewachsen bin, wird oft mir und mich oder auch dir und dich verwechselt. „Ich komme bei dich", sagen die Leute, wenn sie zu jemandem gehen wollen, und umgekehrt sagen sie: „Komm doch mal bei mich!" Aber einmal im Jahr benutzen die Leute das Wort mir. Immer dann, wenn Schlachtezeit ist, sagen sie: „Mir schlachten!"

„Mir wolln schlachten", sagt Gert zu mir. „Alleine schaffen mir das aber nicht. Kannste mich nich helfen?" Klar konnte ich. Und die Aussicht, einmal dabei zu sein, wenn so ein lebendiges Schwein zu Wurst und anderen fleischigen Leckereien verwandelt wird, reizte mich ebenfalls. Als Kind habe ich manchmal bei dem einen oder anderen des Dorfes zugesehen, aber selbst mit zugepackt hatte ich noch nie. Schon der Gedanke, als Belohnung eine oder zwei Würste mit nach Hause nehmen zu dürfen, war verlockend.

Zwar war das Wurst- und Fleischangebot bei HO und KONSUM ausreichend, aber von Abwechslung im Angebot konnte zu damaliger Zeit keine Rede sein. Jedoch war Wurst frisch und noch dampfend aus dem Kessel schon damals etwas Besonderes. Da kam mal Abwechslung in den Speiseplan.

Noch ganz in Gedanken beginnt mir das Wasser im Mund zusammenzulaufen. Also sage ich dem Gert und seinem Schwein-zu-Wurst-Projekt zu. „Musst aber schon früh beizeiten da sein", hatte Gert mir noch zum Schluss gesagt. „So gegen sechse kommt der Schlachter. Un nich dass de im Sonntagsanzug kommst", fügt er noch lachend hinzu.

Gert ist ein Schulfreund und wohnt drei Straßen weiter. Ein kleines Gehöft mit Wohnhaus, Stall und Waschküche nennt er sein Eigen. Zwei Schweine, fünf Hühner und ein paar Kaninchen sorgen für Abwechslung auf dem Speiseplan seiner dreiköpfigen Familie. Dazu ein kleiner Garten hinter dem Haus, in dem Erbsen, Bohnen und anderes Gemüse gedeihen. Auch an Blumen wurde gedacht. Besser gesagt, hat seine Frau gedacht. Alles sieht sehr gepflegt aus.

Drei Tage später. Es ist noch stockdunkel, als ich bei Gert auf dem Hof stehe. Es ist bitterkalt. Minus sieben Grad zeigt das Thermometer an. Gert und seine Frau sind schon auf den Beinen. Der dreijährige Benno schläft noch fest. Im Stall quieken die Schweine und aus der Waschküche wabern dicke Dampfwolken. Eine Katze schleicht über den Hof. Gerade hat Gert begonnen, das Feuer unter dem Waschkessel zu entfachen. Nun füllen sie ihn mit Wasser, das sie eimerweise aus dem Wohnhaus heranschleppen. „Es geht gleich los!", ruft mir Gert zu. „Der Martin und der Udo kommen auch noch!"

Das Hoftor geht quietschend auf. Ein Mann schiebt sein knatterndes Moped herein, an dem hinten ein zweirädriger Wagen angehängt ist. Filzstiefel, Wattejacke und Pelzmütze schützen ihn vor der Kälte. Auf seinem Rücken trägt er einen alten Rucksack, der mal einem Soldaten aus dem letzten Krieg gehört haben muss. Er stellt sein Moped an die Hauswand und reibt sich fröstelnd die Hände. Gert geht auf ihn zu und reicht ihm die Hand. „Morchn, Fritz", begrüßt er ihn. „Is alles klar bei dir? Willste erst mal n Schnaps?"

„Nee, lass mal", sagt Fritz. „Erst wenn das Schwein auf der Leiter hängt. Wo kann ich mich umziehen?"

„Komm mit", sagt Gert und winkt Fritz, ihm zu folgen.

Jetzt begreife ich, Fritz ist der Schlachter.

„Packe das mal aus un trag's in die Waschküche", sagt Fritz zu mir und zeigt auf die Gerätschaften, die in dem Mopedanhänger verstaut sind. Dann schlurft er Gert hinterher ins Wohnhaus.

Im Wagen liegen diverse Geräte, die man für die Wurstherstellung braucht. Einen Fleischwolf, eine Stopfmaschine und ein großes Schneidebrett schleppe ich nach und nach in die Waschküche. Da drinnen ist es warm und feucht. Durch den Wasserdampf kann man kaum die Hand vor Augen sehen. Ich komme ins Schwitzen. Als wie angekündigt Martin und Udo eintreffen, habe ich schon fast alles verstaut. Inzwischen hat Fritz sich umgezogen. Statt dicker Jacke und Pelzmütze trägt er nun ein grau-weiß gestreiftes Arbeitshemd, und auf dem Kopf thront eine weiße Mütze. Zum Schutz vor der Nässe hat er sich eine weiße Gummischürze umgehängt und seine Filzstiefel durch welche aus Gummi ersetzt. An seiner Hüfte baumelt ein lederner Köcher, aus dem die Griffe verschiedener Messer herausragen. Verwegen, fast wie ein Cowboy sieht Fritz damit aus. Verstohlen sehe ich an mir herunter. Zwar hatte ich Arbeitskleidung angezogen, aber an eine Schürze aus Gummi hatte ich nicht gedacht. Und Gummistiefel! Fehlanzeige!

„Na, dann wolln mer ma", ruft Fritz etwas belustigt. „Wo issn das Schwein?"

Gert und Fritz verschwinden im Stall. Das Quieken im Stall wird schlagartig lauter. Eins der beiden Schweine schreit nun ununterbrochen. Kurze Zeit später flitzt es wie ein geölter Blitz aus dem Stall. Gert und Fritz an einem Stick, der um eines der Hinterbeine gebunden ist, hinterher. Beide versuchen mit aller Kraft, das Schwein festzuhalten. Wir drei Helfer halten vorerst respektvoll Abstand. An einem Haken, der eigens für diese Zwecke fest in die Hauswand eingelassen ist, bindet Gert den Strick mitsamt dem Schwein fest. Das Schwein zerrt aus Leibeskräften daran und schreit markerschütternd. Ich bekomme eine Gänsehaut. Es scheint zu ahnen, welches Schicksal es erwartet. Fritz spricht beruhigend auf das Schwein ein, tätschelt dabei seinen Rücken. Fritz, der Schweineflüsterer, denke ich. Für einen Augenblick schließe ich meine Augen. Tatsächlich scheint sich das Tier zu beruhigen. Aber Fritz ist nicht der Schweinetröster. Fritz ist der Schweinetöter. Hinter seinem Rücken hält er nämlich einen Gegenstand versteckt, der wie ein kurzes Rohr aussieht. An dem einen Ende ist ein kurzer Hebel und das andere Ende ist trichterförmig erweitert. Dann geht alles blitzschnell. Machs gut und gute Reise, wünsche ich dem Schwein. Dann setzt Fritz das trichterförmige Ende dem Schwein auf die Stirn und betätigt sogleich den Hebel. Es gibt einen trockenen Knall und augenblicklich fällt das Schwein tot um. Blitzschnell packt Fritz das tote Schwein am Vorderfuß, zieht es nach oben und ein beherzter Schnitt mit einem seiner Messer durchtrennt die Halsschlagader des Schweins. Gert steht in Lauerstellung. Mit einer großen Schüssel in den Händen springt er hinzu und fängt das ausströmende Blut mit der Schüssel auf. Wir drei stehen wie bedeppert daneben und sehen zu, wie nun auch das letzte Leben aus dem Schwein entweicht und seine Seele gen Himmel fährt. Ich blinzele in den morgendlichen Himmel, an dem jetzt die ersten Sonnenstrahlen emporklettern. Ob seine Seele wirklich dorthin aufsteigt, frage ich mich. Haben Tiere ihren eigenen Himmel oder kommen sie in den gleichen wie wir Menschen? Wer weiß das schon? Zurückgekommen von da oben ist noch keiner. Und wenn! Wir könnten die Sprache der Schweine sowieso nicht verstehen.

„Das Blut brauchen wir nachher für die Blutwurst", ruft Gert uns zu und holt mich brutal aus meiner Gedankenwelt zurück in die Wirklichkeit. Mit einem großen Quirl rührt er das auslaufende Blut, damit es nicht gerinnt. Schweinehimmel, ja oder nein! Gert ist das egal. Hauptsache aus dem Schwein werden Wurst und andere fleischige Leckereien. Und nur das zählt.

Der Arztbesuch

Katharina Mälzer

Die junge Studentin wollte sich gynäkologisch untersuchen lassen. Nichts Schlimmes, einfach die jährliche Untersuchung, die anstand. Sie lief die zirka zwei Kilometer von der TH zum Basedow-Krankenhaus, wo sich neben dem ehrwürdigen Gebäude die L-förmige flache Poliklinik befand. Im inneren Knick des Gebäudes war der Eingang. Bei der Anmeldung gab sie ihren SVK-Ausweis ab. Rechts, im kurzen Teil des Gebäudes befanden sich der Internist und der Allgemeinarzt, im längeren Teil, nach links gehend, lagen die Praxen der Gynäkologen.

Längs war der Raum durch eine Wand geteilt, hinter der die Praxen lagen. Auf der anderen Seite war ein imaginärer Gang, der sich durch fehlende Stühle abzeichnete, denn der Rest dieses Raumes war vollgestellt mit Stühlen. Genug Platz also zum Warten. Die Studentin setzte sich. Sie hatte ihren Hefter dabei, es gab immer was zu üben. Und so war ihr nicht bange, daß die Zeit rasch vergehen würde. Neben ihrer Arbeit am Hefter beobachtete sie, daß zu Dr. W. die Frauen einzeln hineingingen. Auch hatte sie das Gefühl, es ginge dort schneller voran als bei Dr. B., wo sie selbst zu warten hatte. Sie erkannte das System. Bei Dr. B. wurden die Frauen im Block aufgerufen. Mathematisch gesehen war es vielleicht sogar egal. Wenn um die zehn Frauen aufgerufen wurden, mußten diese ja erstmal abgearbeitet werden. Bei Dr. W. wurde alles etwas aufgelockert, da wurden in kürzeren Zeitabständen einzelne Namen gerufen. Doch wurde die Studentin das Gefühl nicht los, bei Dr. W. käme nur die Crème de la Crème zur Sprechstunde. Denn es saßen Unmengen an Frauen in der Nähe zur Tür von Dr. B. Das Warten wurde allmählich zur Pein. Ihr fehlte das Internatsbett, wo man zwischen den Heftern und Büchern immer mal erschöpft in die Kissen sinken konnte. Mehrere Blockaufrufe mußte sie über sich ergehen lassen. Die aufgerufenen Frauen zogen alle durch diese eine Tür zu Dr. B. Die Studentin wunderte sich. Was passierte hinter dieser Tür? Sie tröstete sich, denn das Warten und die Neugier würden doch sicher bald ein Ende haben. Die Sprechzeiten waren auch hier endlich. Und schließlich hatte man sie ja an der Anmeldung nicht abgewiesen. Nach Stunden, gefühlt als auch real, rief man ihren Namen. Inmitten der anderen Frauen zog sie in Richtung dieser Tür zu Dr. B. Was sie erwartete, war kein Dr. B, sondern ein Raum, viel kleiner als der riesige Wartesaal, in dem Frauen standen. Am Fenster, in der Ecke des Raumes, stand ein Schreibtisch. Darauf stand ein Telefon, zwei Stapel an Akten türmten sich neben Bleistiften, Kugelschreibern und aus ausrangiertem, einseitig beschriebenem Papier fein säuberlich gerissene Notizzettel. Alles war beengt. Auf der Seite, die einer weiteren Tür als der, die zum Wartesaal führte, gegenüberlag, standen Kabinen, durch einen Stoffvorhang vom Raum getrennt. In diesen Kabinen verschwanden in der Reihenfolge des Aufrufes die Frauen. Heraus kamen sie bepackt mit all dem, was sie bisher ab Gürtel runterwärts getragen hatten. Die Studentin verschwand in der Kabine, Schlüpfer und Jeans stopfte sie in ihren aus Bindfaden geknüpften Beutel, der noch Unmengen an Material hätte bergen können, so dehnbar war er. Aus der Kabine kommend stellte sie sich in den leichten Bogen der anderen Frauen. Alle stierten mehr oder weniger aus dem Fenster. Die Studentin, von Neugier und Forschergeist getrieben, schaute sich um. Sie war hier im Kreis mit Abstand die Jüngste. Die Frauen zeigten, wie sie selbst, ihre nackten Beine. In Schuhen, die zu Hosen am besten gepaßt hätten, steckten weiße, teils mit blauen Adern durchzogene, krumme, teils mit dunklen Haaren oder Pickeln überzogene Beine. Über dem einen Arm hingen die Kleidungsstücke, meist Hosen, über dem anderen das Handtuch, welches zu jeder Untersuchung mitgebracht werden mußte. Zellstoff war knapp. Zellstoff wurde als ökonomisch wichtige Ressource auch nur für die wichtigen Dinge verwendet. Die Handtaschen wurden mittig vor die Stelle gehalten, die es in Kürze zu beobachten galt. Die Studentin atmete auf, froh, ihr langes Fleischerhemd angezogen zu haben, welches nun mit den von ihr angenähten metallenen Sternknöpfchen statt der originalen grauen Plasteknöpfe zum Minikleid avancierte. Das Warten ging nun im Stehen weiter. Plötzlich glaubte die Studentin ihren Ohren kaum. Die Schwester begann ihre Befragung. Einzeln wurden die Frauen namentlich aufgerufen. Sie blieben jedoch an ihrer angestammten Stelle aus Platzgründen stehen, und riefen nur kurz Ja oder Hier. Dann erfuhr jeder im Raum, wann die Frau geboren worden war, um über die Übereinstimmung mit dem Datum auf der Karteikarte Frauenverwechslungen auszuschließen, welche Beschwerden sie hierher getrieben hatte und der Tag des Beginns ihrer letzten Regel. Bei dieser Frage rauschte es im Kopf der Studentin, die letzte Frage war zwar logisch, aber trotzdem überraschend, und war ihr nicht sofort parat wie das eigene Geburtsdatum. Die Zeit des Wartens hier war relativ zum Größenverhältnis Wartesaal zu Vorbereitungsraum entsprechend kürzer. Hinter der den Umkleidekabinen gegenüberliegenden Tür saß nun endlich Dr. B. Bei ihm war die blonde Schwester, mit langem Pony neben der Schüttelfrisur rund um ihr kreisförmiges Gesichtchen, welches einen allwissenden, aber verschwiegenen Eindruck machte. Sie hörte und sah alles mit und führte ihm die Kartei vorbildlich. Aber der Studentin war es nun weniger peinlich. Froh, nur wegen eines kurzen Blicks in ihr Inneres gekommen zu sein, ohne etwas über etwaige Beschwerden oder Probleme sagen zu müssen, erduldete sie alles. Verwundert sah sie beim Gehen, daß sich der Wartesaal immer noch nicht geleert hatte. In den späteren Jahren hatte sie ein Beziehungsgeflecht aufgebaut. Die Wartezeit bei Dr. W. war wirklich kürzer.

Merseburg zwischen Ost und West

Katharina Mälzer

Die DDR mit ihren Zäunen und Mauern wird heute als Gefängnis für ein ganzes Volk gesehen.

Aber der Geist überwand schon immer Mauern. Und manchmal nicht nur der!

Gibt es eine Insel im Roten Meer? Im Prinzip ja, hätte der Sender Jerewan geantwortet. Damals war Berlin, speziell das Stück „Westberlin", die Insel im roten Meer DDR.

Die dortigen Bürger hatten die Möglichkeit, mit Passierschein die Grenze nach Ostberlin und in die DDR offiziell für einen Tag zu übertreten. Für ganz Schnelle war der Weg nach Merseburg dann nicht allzu weit!

So kam auch Jürgen Mitte der achtziger Jahre des vergangenen Jahrhunderts zu Familie P. nach Merseburg, denn Jürgen war mit einem halleschen Mädchen verbandelt, das wiederum Freunde hatte, die auch mit

Familie P. befreundet waren. Man trank und redete und vergaß über den abendlich bis nächtlichen Gesprächen das Grau des Alltags. Und außerdem waren alle jung! Jürgen mußte manchmal die Feier am Abend unterbrechen, da der Passierschein nur bis 2.00 Uhr in der Nacht gültig war. So fuhr er mal schnell mit seinem alten VW nach Berlin, ging nach drüben, um für hüben den frischen Passierschein zu bekommen. Dann wurde weiter gefeiert, geredet, getanzt – eben gelebt.

Eines Tages, es war ein Fernsehabend ganz in Familie angesagt, klingelte es. Jürgen stand vor der Tür. Er hatte keine Lust fernzusehen, obwohl mit einer Riesenantennenanlage auch mehr als Die aktuelle Kamera geguckt werden konnte. Familie P. hatte wiederum keine Lust, in den Wettiner mitzugehen. Der Wettiner Hof war damals Treff- und Sammelpunkt für Ausländer der besonderen Art. Da trafen sich Österreicher, Jugoslawen, mitunter mit kontaktsuchenden hübschen Mädchen. Familie P. interessierte sich auch nicht für den neuen großen Audi, für dessen Beschau Jürgen sie einlud. Sie tauschten sich nur kurze Nettigkeiten aus, und Jürgen zog allein los, das Angebot in der Tasche, jederzeit wieder vorbeikommen zu können oder auch zu übernachten.

Am nächsten Morgen, es muß ein Wochenende gewesen sein, klingelte es wieder an der Tür.

Familie P. öffnete. Ein Polizist stand davor. Nach seiner Vorstellung mit Namen und Dienstgrad stellte er sofort die Frage: „Kennen Sie einen Herrn Jürgen S.?"

Herr P. schaute in die Augen von Frau P. Diese blickte genauso fragend zurück. Sollten sie ehrlich antworten, war es eine Falle? Hatte Jürgen etwas ausgefressen? Was wußten sie genau von Jürgen? Was hatte der überhaupt für einen Nachnamen? Da sie nichts wußten, auch nichts, was für Jürgen oder sie selbst hätte gefährlich werden können, antworteten sie mit: „Ja."

Der Polizist stellte die nächste Frage: „War Herr S. gestern abend bei Ihnen?" Das nächste Ja kam nun schneller. „War Herr S. mit einem Kraftfahrzeug des Typs Audi angereist?" Jetzt stutzte Familie P. Das Auto hatte weder Herr noch Frau P. gesehen. Wer weiß, ob es eines gab. Aber wie sollte sonst Jürgen von Berlin nach Merseburg gekommen sein? Herr P. antwortete zögernd: „Er hat was erzählt von einem Audi, aber gesehen haben wir ihn nicht." Der Polizist machte einen ruhigen Eindruck. Außerdem war er allein gekommen, brauchte also keinen Zeugen für sich und seine Tätigkeit. So fragte Frau P.: „Was ist denn passiert?" Und bereitwillig antwortete der Polizist. Herr S. sei bei Familie P. gewesen, dann in den Wettiner Hof gegangen. Dort habe er einen Angehörigen der sowjetischen Streitkräfte getroffen, wäre mit diesem mitgegangen und dieser Mann habe ihm das Auto gestohlen. Herr S. sei des Nachts zur Polizeistation in der Friedrich-Engels-Straße gekommen. Herr S. habe angegeben, er sei in Halle beraubt worden. Man könne sich nicht alles zusammenreimen, daher sei er, der Polizist, hier, um den Sachverhalt zu beleuchten. Doch Familie P. konnte nicht weiterhelfen. Der Polizist zog ab. Er als auch Familie P. waren unzufrieden. Der Polizist, weil er nicht viel in Erfahrung bringen konnte. Familie P., weil sie nicht über Spekulationen herauskam.

Ein Angehöriger der sowjetischen Streitkräfte – das konnte nur ein Offizier sein. Ein einfacher Soldat war in der Garnison völlig abgesperrt. Kontakte von Deutschen, sprich DDR-Bürgern, zu Russen, im damaligen Amtsdeutsch Sowjetbürgern, oder umgekehrt wurden von offizieller Seite nicht gern gesehen. Deutschsowjetische Freundschaft stand nur rein theoretisch in den Statuten der DSF, der Gesellschaft für Deutsch-Sowjetische Freundschaft. Und nun ein Kontakt eines Russen mit einem Westdeutschen, dem Klassenfeind schlechthin! Man munkelte, mit abtrünnigen Soldaten würde kurzer Prozeß gemacht. Aber ein Offizier, vielleicht war es sogar der Politoffizier, der auch ab und an mit Familie P. feierte, wenn auch heimlich? Das klang nun wirklich nach allerhärtester Bestrafung! Familie P. bekam Angst. Sie sorgte sich um ihren Freund Jürgen als auch um den bekannten oder unbekannten Russen.

Doch aller guten Dinge sind drei! Es klingelte erneut, wenn auch am späten Nachmittag.

Freund Jürgen kehrte heim. Alle umarmten sich.

Jeder wollte zuerst sprechen. Fragen und Antworten überschlugen sich. Die wenigen Angaben, die der Polizist gemacht hatte, mußten in die richtige Reihenfolge gebracht werden: Wettiner Hof, Auto, Russe. Halle. „Wie sah's denn mit dem Alkohol aus", fragte Frau P. und fügte hinzu: „Du siehst nämlich aus, als könntest du einen Kaffee vertragen!" Jürgen nickte. Frau P. kochte einen starken Kaffee, alle drei setzten sich an den Tisch, und Jürgen versuchte sich zu erinnern. Ja, Alkohol sei natürlich dabei gewesen. Wie immer war der Wettiner voll, Jürgen kam ins Gespräch mit einem Russen. Frau P. fragte: „Unser Bekannter?" „Nein, ein anderer. Aber nicht weniger nett. So gegen 23.00 Uhr meinte der Russe, er hätte noch einen ganz speziellen

Wodka zu Hause." Herr P. lachte: „Zu Hause!" Jürgen ließ sich nicht beirren. „Ja, zu Hause habe er die Flasche. Gut, ob er direkt in der Garnison wohnt; jedenfalls sind wir mit meinem Wagen los. Ich fuhr den Gerichtsrain hoch, dann bogen wir mehrmals ab, der Russe sagte, wo's langgeht. Dann hielt ich, der Russe holte die Flasche, die wir im Auto gemeinsam austranken." Frau P. hakte nach: „Also vor der Garnison gesoffen. Wie bist du denn dann nach Halle gekommen? Wieso hat der Russe dir das Auto geklaut?" Jürgen überlegte. Er nahm noch eine Tasse Kaffee, grübelte. „Nun, die Polizei hat mein Auto vor der Garnison gefunden." „In Merseburg?" „Ja, in Merseburg!"

Die Hirne glühten. Bis das Ergebnis kam. Wie allgemein bekannt, war auch hier der Russe der bessere Trinker. Er hatte sich, nachdem die Flasche keinen Tropfen mehr hergab, von Jürgen verabschiedet. Vielleicht mußte er auch am nächsten Tag zum Dienst. Oder er war einer der Piloten, die für den Fluglärm über Merseburg, mehrfach pro Woche, je nach verfügbarer Menge an Kerosin, verantwortlich waren.

Jürgen mußte sich ergeben. Aber nicht gegenüber dem Russen, sondern dem Alkohol. Ihm mußte sehr schlecht gewesen sein, er verlor die Kontrolle über sich, verlor die Orientierung über Zeit und Raum. Er wußte nicht mehr, was rechts oder links, vorn oder hinten war. Er fand sein Auto nicht mehr, vielleicht vergaß er es auch. Er irrte durch die dunklen Straßen Merseburgs. Irgendwann tat ihm die Bewegung an frischer Luft gut. Eine Straße sah aus wie eine bekannte in Halle. Er fand nach seinem nächtlichen Ausflug die Polizeistelle, erinnerte sich an die Ähnlichkeit mit der Straße in Halle.

Und Jürgen fing an zu kombinieren. Halle, Russe, Trinkgelage und kein Auto mehr …

Nun atmeten alle drei auf und fingen an zu lachen. Denn es war zum Glück alles gut gegangen. Auch für den Russen. Jürgen kannte nicht dessen Namen. Den Russen konnte nur die eigene Fahne, Atemfahne, verraten – und das auch nur bei seinen sowjetischen Genossen, denn die Polizei der DDR durfte nicht gegen Angehörige der sowjetischen Streitkräfte ermitteln.

So war der Russe sicher. Das Auto war wieder da, es war mit offener Fahrertür gefunden worden.

Was der Polizist in seinen Bericht schrieb, ist unbekannt …

Das „Stadtcafé" an der Hölle

Regina Oversberg

Eigentlich kann ich mich an keinen kälteren Winter als den von 1986 erinnern. Tagelang blieb die Temperaturanzeige im zweistelligen Minusbereich hängen. Ich ging nur aus dem Haus, um meine Schule zu erreichen oder wenn ich von anderen höheren Gewalten dazu gezwungen wurde. Und genau das traf ein, als mich der Kreisschulrat nach Merseburg zu einer Besprechung rief. Mein erster Gedanke war deshalb auch: „Wie kann er so etwas bei dieser Kälte von mir verlangen?" Theoretisch hätte ich ja mit unserem Trabant fahren können. Den hatten wir im letzten Sommer zum Neuwertpreis von 10 000 Mark erworben, obwohl er bereits zehn stolze Jahre auf den Straßen der DDR unterwegs gewesen war. Aber zum Autofahren gehört natürlich eine Fahrerlaubnis, die mir trotz mehrjähriger Anmeldung immer noch nicht zur Verfügung stand. So blieb mir nur die Straßenbahn, um mein Ziel im neun Kilometer entfernten

Merseburg zu erreichen. Die rote Tatra-Bahn kam pünktlich und leicht unterkühlt am Zielort Merseburg, Haltestelle Hölle, an. Ohne mich lange auf die Kälte des Wintertages einzulassen, steuerte ich schleunigst das Kreisschulamt an. Das Denkmal für den alten Ottonen-König Heinrich im Rücken, vorbei am massigen Gebäude der Kreissparkasse, über die Straße und schon hatte ich meinen Anlaufpunkt erreicht. Natürlich war ich froh, als mich die schützende Wärme dieser alten Villa gnädig aufnahm. Das Gespräch dauerte nicht lange, und so war ich bald darauf schon wieder auf dem Weg zur Straßenbahn. Auch diese Bahn war pünktlich, viel zu pünktlich, um sie noch erreichen zu können. Bedrückt stoppte ich meinen Sprint zur Bahn und sah mich ratlos in der Umgebung um. Zwanzig Minuten bis zur nächsten. Wohin nun bei dieser Kälte? „Ins Stadtcafé!", jubelte es plötzlich in mir. Also machte ich kehrt, überquerte geradeswegs den Platz, den die Merseburger „Hölle" nennen, und trat in das Café ein. Warme Luft, in der das Aroma von Kaffee und der beißende Qualm von Zigaretten lagen, schlug mir entgegen. Der Kontrast zur frischen Winterluft hätte kaum größer sein können. Wie immer war das Stadtcafé gut besucht! Es gab kaum einen Platz an den kleinen runden Tischen. Wie immer wollte ich natürlich an der Fensterseite sitzen, von wo aus man die vorübereilenden Passanten so gut beobachten konnte. Lediglich am Tisch eines älteren Herrn war noch ein Platz in allerbester Lage frei. Er nahm kaum Notiz von mir. Ich zündete mir eine gute F6 an und wartete geduldig auf die Kellnerin. Mit ihrer weißen Bluse, dem schwarzen engen Rock und dem weißen Rüschenschürzchen entsprach sie genau dem Idealbild einer zuverlässigen Kellnerin, die unentwegt Bestellungen aufnahm und mit dem Gewünschten bald darauf zu ihren Gästen zurückkehrte. Doch bis ich endlich meine Bestellung aufgeben konnte, fuhr bereits die nächste Straßenbahn in Richtung Heimatort an meinem Fensterplatz vorbei. Mit einem kleinen Notizblock stand die Bedienung schließlich an meinem Tisch. In Anbetracht der beißenden Kälte entschied ich mich für einen Kaffee auf französische Art, den ich darauf nach verhältnismäßig kurzer Zeit kredenzt bekam. Ich zündete mir eine weitere F6 an, gab den Cognac und den Zucker in den heißen Kaffee hinein und rührte das Ganze genießerisch um. Der erste Schluck floss angenehm wärmend durch mich hindurch, der zweite schmeckte einfach herrlich und der dritte bewirkte erstes Kreisen in meinem Kopf. Bis ich die Tasse Kaffee vollständig ausgetrunken hatte, verstärkten sich diese Wirkungen um ein weiteres. Leicht beschwipst und schuldbewusst lächelnd traute ich mich bald darauf wieder in den kalten Wintertag hinaus. Als ich kurze Zeit später erneut in der Straßenbahn saß, kam diese mir nun viel wärmer und gemütlicher vor. „Es hat doch sein Gutes, dass du noch keine Flebbe hast!", ging mir in diesem Moment durch den Kopf.

Nichts war gut!

Peter Gehre

Mit vierzehn Jahren hatte ich die erste Phase meines Lebens, die Menschwerdungsphase, abgeschlossen. 1971 begann man mich, nach dem Eintritt in die Ernst-Haeckel-Oberschule Merseburg, wahrscheinlich die „roteste" Penne in Ostdeutschland, ideologisch zu ruinieren. In fast allen Fächern spielte die Politik der DDR die entscheidende Rolle. Und damit begannen meine erheblichen Probleme mit dem System. Ursprünglich war ich angetreten, Malerei und Architektur zu studieren. Dieser Wunsch zerschlug sich radikal, als man mir drohte, unter drei Jahren Kriegsdienst in der Volksarmee laufe da gar nichts. Zu allem Überfluss musste ich dann tatsächlich noch in den Krieg ziehen. Nach dem Ablegen der Reifeprüfung, ja das hatte ich sogar noch hingekriegt, wurde ich sofort zum Grundwehrdienst eingezogen. Nach einem halben Jahr Ausbildung in der Knollenburg Halberstadt, der totale Horror, musste ich ein Jahr nach Ilsenburg an der innerdeutschen Grenze dienen. 240 Grenzaufzüge mit der Vergatterung vor jedem Einsatz und dem Aufruf, jeden Grenzdurchbruch

unter allen Umständen zu verhindern, also ein Aufruf zum Mord, von dem heute niemand mehr was wissen will, musste ich an die Front, bewaffnet mit 90 Schuss scharfer Munition. Deshalb meine ich auch, dass ich im Krieg war. Das war kein Spaß mehr mit Platzpatronen, das war 240-mal Angst und Hoffnung, dass niemand kommt. Ich hatte Glück, es kam niemand. Meine Motivation, mich in diesem System zu engagieren, war ein für alle Mal zerschlagen worden. Ich flüchtete mich in die Sauferei und schrieb staatskritische Gedichte, die mich sicher in den Knast gebracht hätten. Zum Glück wurden sie nie gefunden und ich hatte auch erst zwanzig Jahre nach der politischen Wende den Mut, diese in Buchform zu veröffentlichen. 1983 wollte man mich als IM der Staatssicherheit werben. Der freundliche Herr wurde in seinem Monolog immer aggressiver und als ich das ablehnte, meinte er, dass ich eigentlich mal zum Reservedienst für drei Monate eingezogen werden sollte.

Noch im gleichen Jahr hatte er sein Versprechen eingelöst, was meinen Frust weiter verstärkte. Ich igelte mich ein und wartete auf ein Wunder. Dieses Wunder geschah dann im Herbst 1989 und nahm seinen Anfang in Leipzig bei den Friedensdemos, dreißig Kilometer von Merseburg entfernt. Ich glaubte damals noch nicht daran, dass ich tatsächlich die friedlichste Revolution in Deutschland ohne Tote miterleben durfte. Nun konnte ich mich allmählich verwirklichen, machte ein Fernstudium im „Zeichnen und Malen", zeichnete und malte Antikriegsbilder und Bilder gegen Terror und Umweltzerstörung. Mit meinem Weltbild-Zyklus „The World Union Vision", in dem ich auf 192 Metern Länge die friedliche Weltvereinigung darstelle, würde ich gern als Friedensmaler in die Geschichte eingehen. Ich bin ja der Meinung, dass früher für mich absolut nichts besser war. Demokratie ist sicher nicht das Allheilmittel, aber es gibt keine bessere Staatsform. Deshalb meine ich auch: „Keinen Schritt zurück".

Wie ich den Mauerfall verschlief

Peter Gehre

Donnerstag, 09. November 1989, 06.00 Uhr:
Im Gummianzug stieg ich von meinem Moped „Star"
ab, ging zu meinem Bett und fiel in dieses nach einer
Zwölf-Stunden-Nachtschicht im Chemiebetrieb.

Donnerstag, 09. November 1989, 13.30 Uhr:
Ich erwachte und schaute schlafwandelnd aus dem
Fenster auf die Straße. Plötzlich traf mich fast der
Schlag, und ich war hellwach. Dort, wo vor einigen
Stunden noch nichts nach Arbeit, nach schwerer Arbeit,
aussah, waren urplötzlich 100 Zentner Kohlen aus der
Erde gewachsen, um Einlass in den Keller flehend. Zu
der Zeit war ich eigentlich nur noch mit Fernsehen gu-
cken, Nachrichten nichts als Nachrichten, beschäftigt.
August in Ungarn, September in Prag, Oktober in
Leipzig – seitdem die Welt auf uns schaute, wurde es
mir immer unheimlicher. Ob das gut geht.

Bild: Mauer und Stacheldraht, Peter Gehre

Donnerstag, 09. November 1989, 14.00 Uhr:

Also Fernseher aus, in die alten Klamotten rein, raus auf die Straße zu den Tausenden, nein nicht zu den friedlichen Demonstranten, sondern zu den tausenden schwarzer Briketts. Ich hätte sie auf der Stelle anzünden können. Doch der Winter stand vor der Tür. Nun hieß es für mich Schubkarre holen, Briketts aufladen, in den Hof fahren, abladen, in den Keller durch die enge Luke schaufeln, im Keller wieder verteilen, raus auf den Hof, auf die Straße, das Gleiche von vorn und das hunderte Male.

Donnerstag, 09. November 1989, 19.00 Uhr:

Fix und fertig, topdreckig, lag ich in der Badewanne, nachdem ich mit meinen schwarzen Freunden den Badeofen angeheizt hatte. Mich interessierte plötzlich nichts mehr, kein Fernsehen, kein Radio, nur noch das

Bett. Am nächsten Morgen musste ich wieder auf Schicht sein, pünktlich zur Zwölf-Stunden-Frühschicht.

Freitag, 10. November 1989, 06.00 Uhr:
Ich betrat die Messwarte, und alle tuschelten irgendetwas. Ich verstand nur Bruchstücke, wie Mauer… Löcher… Ausreise. Allmählich wurde mir klar, dass ich irgendwie Weltgeschichte verschlafen hatte. Gerade als ich am Vortag im Strudel der Badewanne versank, verkündete in der „Aktuellen Kamera", gegen 18.55 Uhr, ein gewisser Schabowski auf eine lapidare Frage eines italienischen Journalisten, ganz aus Versehen, dass ab sofort die Ausreise aus der DDR möglich sei, dabei einen Zettel aus der Tasche holend, „…ja das gilt unverzüglich". Er hatte sich geirrt. Der größte Irrtum der Geschichte. Es sollte erst am nächsten Tag, also dem 10.11.1989 verkündet werden. Damit hätte ich auch nichts verpasst, den Run auf die Mauer, die glücklichen, sich in den Armen liegenden Menschen. Also Schabowski hat Schuld daran, dass ich nicht live dabei war. Inzwischen habe ich es hundertmal gesehen, mein Buch „Phantasie – oder der Traum der Freiheit", systemkritische Gedichte aus den 70er Jahren mit provokanten Bildern aus den 90er Jahren, ist am 09. November 2009, 20 Jahre nach dem Mauerfall, erschienen, 2 Jahre später kam mein zweites Buch „Phantasie & Visionen" mit vielen Bildern meiner „World Union Vision", der friedlichen Weltvereinigung heraus. Mein in Öl gemalter Weltbild-Zyklus wird eines der längsten Ölbilder der Welt werden, alle Länder der Erde friedlich vereint. Warum sollte nicht das, was in Deutschland gelang, auch überall auf unser aller Erde funktionieren. Im

Moment sieht es zwar gerade mal nicht danach aus, aber wir haben keine andere Chance.

„Make Love Not War" – „Love And Peace For Ever" – „Ein bisschen Frieden" – „Wozu sind Kriege da?" Daran sollten wir uns alle halten. „Wir haben nur diese eine Erde". Es gibt Weltmusik, es gibt Weltmalerei, es gibt Weltliteratur – „Wie wäre es mit dem Ausbruch des 1. Weltfriedens?"

Mit allen fünf Sinnen durch die 80er Jahre

Katharina Mälzer

Anna wohnte an der Stelle des Chemie-Dreiecks in Merseburg, wo man bei Ostwind die Straßenbahn quietschen hörte, wenn sie am Stadtpark hinabfuhr. Im Winter wußte man dann, es wird bitterkalt. Bei Südwind roch sie den süßlichen Geruch der Leuna-Amine, die den Geruch von Walzöl aus der Alu-Folie überdeckten. Aber es schien als lieblicher Geruch, denn Südwind versprach im Sommer Badewetter. Kam der Wind von Norden, so wehte er kalkig riechende Bunaluft heran. Neben dem Grau aus den Schornsteinen der Karbidfabrik versprach dann das Wetter, feucht und eklig zu werden.

Merseburg bildet aber auch ein Dreieck mit den Großstädten Halle und Leipzig. Zwischen diesen Städten lag die Bezirksgrenze. Während Merseburg zum Bezirk Halle gehörte, war Leipzig ein anderer Bezirk.

Bild: Kaufhaus Dobkowitz, 1988 (KM)

Annas Freund arbeitete in Halle in einem Handwerksbetrieb. Sie bekam den Tip, in der kommenden Woche würde ein bestimmtes Lampengeschäft im oberen Boulevard (heute Leipziger Straße) in Halle mit Nähmaschinen beliefert werden. Elektrische Nähmaschinen, überhaupt Nähmaschinen, waren ein begehrtes Gut, schneiderte man sich doch die Sachen, die es nicht zu kaufen gab, selbst.

Den neuesten Schrei, also das, was gerade „in" war, guckte man sich im West-Fernsehen ab. Es gab die Pramo als Modezeitschrift, mit etwas Glück konnte man die Sibylle kaufen und wer beste Beziehungen besaß, kam an die Burda aus dem Westen heran, in der die wichtigen Schnitte und Nähanleitungen waren. Also zog Anna los, fand den besagten Lampenladen und betrat ihn erstmalig. Sie ging zur Verkaufstheke und fragte eine der Verkäuferinnen, ob es Nähmaschinen gebe. Die Verkäuferin sagte sofort und ganz bestimmt nein. Anna hatte erwartet, die Frau würde sich entsetzt zeigen, wieso Anna eine Nähmaschine in einem Lampenladen kaufen wolle. So alt war Anna, um sich im Zwischen-den-Zeilen-Lesen nicht nur im Gedruckten auszukennen. Denn sie erhaschte den Blick, den eine Verkäuferin der anderen zuwarf. Anna verabschiedete sich höflich und ging quer durch die belebte Innenstadt bis zu dem Betrieb, in dem ihr Freund arbeitete. Sie erzählte, sie spüre, daß es Nähmaschinen gebe. Der Chef des Freundes hörte mit und hakte nach. Ich spürte es, ich glaube, es gibt welche, sagte Anna. Die Verkäuferinnen hätten so seltsam geguckt. Der Chef griff zum Telefonhörer. Ein kurzer Anruf, die Beziehungen knisterten durch die Leitung. Geh, sagte der Chef, sie haben welche. Also ging Anna ein zweites Mal in das Lampengeschäft. Ein komisches Gefühl hatte sie, als sie ihr Geld hingab für einen großen Karton. Schwer war der Karton, aber was drin war, konnte Anna nur ahnen. Sie erinnerte sich an das alte Schulaufsatzthema zum Erklären von Sprichwörtern. Jetzt fiel ihr gleich etwas zur Katze im Sack kaufen ein. In Merseburg angekommen, öffnete sie aufgeregt den Karton. Seitdem besitzt sie eine Veritas, eine elektrische Nähmaschine. Nähgarn kaufte sie am Entenplan in der unteren Etage des ehemaligen Dobkowitz-Kaufhauses.

Stoffe gab es bei Stoff-Reiche in der Ernst-Thälmann-Straße im vorletzten Haus, kurz bevor man rechts in die Friedrich-Engels-Straße einbog. Die drei Stufen hoch, links hinein in das kleine Geschäft mit den beiden Schaufenstern. Auf einem langen Tisch, rechts an der Wand, lagen die Stoffballen. Gab es mal etwas Besonderes, bildeten sich lange Schlangen. Neben dem Dessauer Hof befand sich die Spowa, wo es neben

Sportwaren auch Ober- und Untertrikotagen zu kaufen gab. Einmal gab es Unmengen an T-Shirts für ungefähr 5 Mark, nicht nur in weiß, sondern auch farbig in türkis und orange. Ob es eine Überproduktion war, eigentlich unmöglich, wußte niemand. Doch hatten diese Shirts einen Makel. Es war links auf der Brust ein JP in schwarzer Farbe, unauswaschbar, aufgedruckt. Das Pionieremblem, das Zeichen der Jungen Pioniere. Aber Anna kniff die Augen zusammen, besaß sie doch schwarze Stoffarbe. Aus dem JP wurde ein Ohr. Ein Mickymaus-Ohr. Ein zweites, Nase und der breite Mund und fertig waren die heißen Mickymaus-T-Shirts. Dazu malte sie mit einer speziellen Stoffmalfarbe, Puff Paint aus dem Westen. Von links gebügelt, plusterte das Gemalte auf, was dem Ganzen eine gewisse Professionalität gab. Auf dem Flohmarkt gingen sie für den vierfachen Preis weg.

Anna kaufte im Kaufhaus Magnet angerauhte Bettlaken. Die weiche Seite nach außen nehmend, nähte sie Sweatshirts für Kinder. Vorher wurden die Bettlaken eingefärbt. In der Magistrale bekam man mit etwas Glück die Stoffärbetabletten, immer vier Stück in Papier konfektioniert für 35 Pfennige. Wenn nicht, fragte man Freunde. Jeder kaufte überall, was es gerade gab. Denn man wußte, irgendwer würde es schon gebrauchen können, und man hatte so auch immer etwas zum Tauschen. Auf das Vorderteil malte sie bunte Comic-Figuren. Sie benutzte den elastischen Stoff von ausrangierten Silastikpullovern, schnitt sie in Streifen und nähte daraus die Bündchen. Um es ganz offiziell zu machen, das heißt, um die Anzüge auf Flohmärkten in größerem Stil zu verkaufen, beantragte Anna beim Rat des Kreises Merseburg, Domplatz 9 im Schloß, eine Herstellungsgenehmigung. Diese wurde vom „Rat des Kreises Merseburg (Bezirk Halle) – Abteilung Preise" nach geraumer Wartezeit genehmigt, obwohl sie mit den Bettlaken unerlaubterweise Konsumgüter weiterverarbeitete. Auf dem numerierten Preiskarteiblatt schrieb man die Einzelhandelsverkaufspreise vor, Größe 104 durfte Anna für 27 Mark, Größen 116 bis 128 für 31 Mark und Größe 140 für 37,50 Mark verkaufen. Man genehmigte ihr eine Handelsspanne von 22 Prozent, bezogen auf den EVP. Die Verwaltungsgebühr betrug 5 Mark. Die Genehmigung galt für ein Jahr und nur für den Verkauf im Bezirk Halle. Auf dem Blatt stand: „Auf der Grundlage der Ordnung über das Verfahren zur Prüfung und Entscheidung von Anträgen der Bürger auf Erteilung einer Herstellungs- und Preisgenehmigung für Konsumgüter, die von Bürgern in ihrer Freizeit hergestellt werden – vom 8.1.1987 – des Rates des Bezirkes Halle wird … die Genehmigung zur Herstellung folgender Erzeugnisse erteilt …" Anna nutzte die Herstellungsgenehmigung nicht mehr, das Ausstellungsdatum war der 14. November 1989.

Not macht erfinderisch. Theoretisch durfte und sollte man in der DDR mitbestimmen und beitragen zur Verbesserung der Befriedigung der Bedürfnisse. Eine praktische Möglichkeit der Mitbestimmung hieß: Eingaben schreiben. Anna schrieb auf der Schreibmaschine. Man mußte nur die Adressen ausfindig machen, an die man die Eingabe schicken wollte. Das Papier wurde mit Blaupapier und Durchschlagspapier eingespannt, das Vorgeschriebene wurde feinsäuberlich aufs Papier gehackt. Besser, keine Fehler machen, es ließ sich nichts löschen. Eine Eingabe ging an das Wartburgwerk. Es fehlten Bremsklötze für den eigenen Wartburg, Ersatzteile, die mal schnell über Leben und Tod entschieden. Kraftfahrzeugersatzteile wurden in den Barkas-Werken in Karl-Marx-Stadt hergestellt, daher ging die Eingabe zum IFA-Chef dorthin und nicht nach Eisenach. Anna wartete mit ihrem Freund, was passieren würde. Irgendwann bekamen sie Post, sie sollten die Adresse einer offiziellen Werkstatt in Wohnortnähe melden. Dorthin wurden die Bremsklötze dann personengebunden geschickt. Die jungen Leute probierten nun mit einer weiteren Eingabe, an das beliebte FLOSSMANN-Brot, das Vollkornbrot aus Kuhschnappel, zu kommen. Dieses wurde nur an einem einzigen Tag in der Woche in Merseburg verkauft. Es war nach wenigen Stunden ausverkauft, manchmal noch schneller. Wer nicht gerade in der Nähe der Verkaufsstelle arbeitete, hatte keine Chance, an das begehrte Brot zu kommen. In der Zeitung stand jedoch, der Kreisarzt empfehle für die Gesundheit das Essen von Vollkornbrot, sprich FLOSS-MANN-Brot. Daraufhin adressierten Anna und ihr Freund den Brief an den Kreisarzt Schwarz. Sie überlegten schon, wohin sie das „personengebundene" Brot schicken lassen sollten. Zunächst erhielten sie eine Mitteilung, man habe das Schreiben an die Stelle Handel und Versorgung weitergeleitet. Von denen kam ein weiterer Brief, in dem die jungen Leute „zur Klärung eines Sachverhalts" zu einem Gespräch geladen wurden. Anna und ihr Freund hörten sich nun an, wie man sich im Kreis bemühe, die Bevölkerung mit ausreichenden Lebensmitteln zu versorgen. Sie brachten ein Beispiel nach dem anderen. Es sei sogar eine Dienstreise nach Bitterfeld gemacht worden, um Möhrenwaschanlagen zu besichtigen, um vielleicht Erkenntnisse für die Verbesserung der Versorgung der Bevölkerung Merseburgs zu gewinnen. Man erzählte, daß die Buna-Werke eine eigene Brausefabrik besäßen. Dadurch wäre die Versorgung der Arbeiter mit alkoholfreien Getränken gesichert. Und man fügte hinzu, falls zum Beispiel in Berlin ein großes Fest wäre und, wie schon passiert, die gesamte Getränkeindustrie der DDR unter der Lieferlast zusammenbreche, die Buna-Werktätigen müßten auf ihre Getränke nicht verzichten. Es war ein aufschlußreiches Gespräch, aber Brot gab es nicht.

Die letzte Eingabe schrieben die beiden Merseburger im September 1989 an den Finanzminister der DDR, Ernst Höfer, Leipziger Straße 5 bis 7, Berlin. Sie beschwerten sich, als DDR-Bürger betrügen zu müssen, um einen Urlaub mit dem eigenen Auto nach Bulgarien über ČSSR, Ungarn, Rumänien legal finanzieren zu können. Das Problem war, daß man nur 20 bis 40 Mark pro Tag und Person, je nach Land, umtauschen durfte. Allein die Kosten für Benzin und Zeltplatzgebühren ließen sich damit nicht bestreiten. Der letzte Satz der Eingabe war: „Ich schäme mich, als Bettler ein Bürger der DDR zu sein". Der Eingang des Schreibens wurde bestätigt. Zum Sachverhalt wollte man sich in einem Gespräch in Berlin, aber auch, wenn es gewünscht würde, in Merseburg äußern. Doch folgten Anna und ihr Freund nicht der Einladung nach Berlin ins Ministerium, sondern gingen in Leipzig demonstrieren. Mittlerweile war Oktober 1989.

Auch hier war die Wende dazwischengekommen.

Leseturm

Literaturkreis Merseburg

Der Leseturm ist eine offene und freie Vereinigung von und für Autoren aus Merseburg und Umgebung. Neben dem gegenseitigen Austausch über literarische Projekte und Arbeiten werden insbesondere Lesungen und andere Veranstaltungen des Leseturms gemeinsam geplant. Sie möchten bei uns mitmachen? Kommen Sie doch einfach zu einer unseren Autorenrunden vorbei.

www.leseturm.net

In diesem farbenfroh und reich illustrierten Kinderbuch, das zum Vorlesen, aber auch für Erstleser geeignet ist, lernen der Spatzenjunge Flori, die kleine Raupe Moppel und ein stolzer Pfau die Bedeutung einfacher, aber wichtiger Lebensweisheiten kennen. Drei Fabeln vermitteln, dass Hochmut vor dem Fall kommt, dass man sich nicht mit fremden Federn schmückt und dass wer zuletzt lacht, am längsten lacht.

Hardcover 25,75 € - ISBN 9783943519228
E-Book 12,99 € - ISBN 9783943519235

Dieses kleine Buch führt kurz in die von Wilhelm Reich begründete Orgonomie der Atmosphärenbeeinflussung ein, beschreibt die Funktion und den Aufbau eines Cloudbusters und erklärt, wie und warum ein Mensch unter bestimmten Bedingungen auch ohne Hilfsmittel dazu in der Lage ist, Wolken am Himmel aufzulösen. Weiterhin werden Hinweise für den Umgang mit dieser Technologie gegeben.

Paperback 11,99 € - ISBN 9783943519181
E-Book 8,99 € - ISBN 9783943519198

Neue Geschichten

über Herbert, Hubert und
andere Zeitgenossen

Regina Oversberg

Regina Oversberg erzählt
heiter die neuesten Geschichten aus Herberts, Huberts
und, nicht zuletzt, Hildes
ganz gewöhnlich ungewöhn-
lichem Alltag. Vom modebe-
wussten Hund bis zu Zeitrei-
sen kann geschmunzelt,
gelacht, nachgedacht werden.
Selbst für Momente, in denen
alles Schweigen war, findet
die Erzählerin die richtigen
Worte...

Paperback 9,99 € - ISBN 9783943519204
E-Book 7,99 € - ISBN 9783943519211

pkp Verlag

www.pkp-verlag.de